SAS

LA PISTE DU KREMLIN

DU MÊME AUTEUR
AUX PRESSES DE LA CITÉ
(titres épuisés)*

N° 1 S.A.S. A ISTANBUL
N° 2 S.A.S. CONTRE C.I.A.
N° 3 S.A.S. OPÉRATION APOCALYPSE
*N° 4 SAMBA POUR S.A.S.
*N° 5 S.A.S. RENDEZ-VOUS A SAN FRANCISCO
*N° 6 S.A.S. DOSSIER KENNEDY
*N° 7 S.A.S. BROIE DU NOIR
*N° 8 S.A.S. AUX CARAÏBES
*N° 9 S.A.S. A L'OUEST DE JÉRUSALEM
*N° 10 S.A.S. L'OR DE LA RIVIÈRE KWAI
*N° 11 S.A.S. MAGIE NOIRE A NEW YORK
*N° 12 S.A.S. LES TROIS VEUVES DE HONG KONG
N° 13 S.A.S. L'ABOMINABLE SIRÈNE
N° 14 S.A.S. LES PENDUS DE BAGDAD
*N° 15 S.A.S. LA PANTHÈRE D'HOLLYWOOD
N° 16 S.A.S. ESCALE A PAGO-PAGO
N° 17 S.A.S. AMOK A BALI
*N° 18 S.A.S. QUE VIVA GUEVARA
N° 19 S.A.S. CYCLONE A L'ONU
*N° 20 S.A.S. MISSION A SAIGON
*N° 21 S.A.S. LE BAL DE LA COMTESSE ADLER
*N° 22 S.A.S. LES PARIAS DE CEYLAN
N° 23 S.A.S. MASSACRE A AMMAN
*N° 24 S.A.S. REQUIEM POUR TONTONS MACOUTES
N° 25 S.A.S. L'HOMME DE KABUL
N° 26 S.A.S. MORT A BEYROUTH
*N° 27 S.A.S. SAFARI A LA PAZ
N° 28 S.A.S. L'HÉROINE DE VIENTIANE
*N° 29 S.A.S. BERLIN CHECK POINT CHARLIE
*N° 30 S.A.S. MOURIR POUR ZANZIBAR
*N° 31 S.A.S. L'ANGE DE MONTEVIDEO
N° 32 S.A.S. MURDER INC. LAS VEGAS
N° 33 S.A.S. RENDEZ-VOUS A BORIS GLEB
N° 34 S.A.S. KILL HENRY KISSINGER !
N° 35 S.A.S. ROULETTE CAMBODGIENNE
*N° 36 S.A.S. FURIE A BELFAST
N° 37 S.A.S. GUÉPIER EN ANGOLA
N° 38 S.A.S. LES OTAGES DE TOKYO
N° 39 S.A.S. L'ORDRE RÈGNE A SANTIAGO
N° 40 S.A.S. LES SORCIERS DU TAGE
N° 41 S.A.S. EMBARGO
N° 42 S.A.S. LE DISPARU DE SINGAPOUR
N° 43 S.A.S. COMPTE A REBOURS EN RHODÉSIE
N° 44 S.A.S. MEURTRE A ATHÈNES
*N° 45 S.A.S. LE TRÉSOR DU NÉGUS
N° 46 S.A.S. PROTECTION POUR TEDDY BEAR
*N° 47 S.A.S. MISSION IMPOSSIBLE EN SOMALIE
N° 48 S.A.S. MARATHON A SPANISH HARLEM
*N° 49 S.A.S. NAUFRAGE AUX SEYCHELLES
N° 50 S.A.S. LE PRINTEMPS DE VARSOVIE
N° 51 S.A.S. LE GARDIEN D'ISRAËL
*N° 52 S.A.S. PANIQUE AU ZAÏRE
N° 53 S.A.S. CROISADE A MANAGUA
N° 54 S.A.S. VOIR MALTE ET MOURIR
N° 55 S.A.S. SHANGHAI EXPRESS
N° 56 S.A.S. OPÉRATION MATADOR
N° 57 S.A.S. DUEL A BARRANQUILLA
N° 58 S.A.S. PIÈGE A BUDAPEST
N° 59 S.A.S. CARNAGE A ABU DHABI
N° 60 S.A.S. TERREUR A SAN SALVADOR
N° 61 S.A.S. LE COMPLOT DU CAIRE
N° 62 S.A.S. VENGEANCE ROMAINE
N° 63 S.A.S. DES ARMES POUR KHARTOUM
N° 64 S.A.S. TORNADE SUR MANILLE
N° 65 S.A.S. LE FUGITIF DE HAMBOURG
N° 66 S.A.S. OBJECTIF REAGAN
N° 67 S.A.S. ROUGE GRENADE
N° 68 S.A.S. COMMANDO SUR TUNIS
N° 69 S.A.S. LE TUEUR DE MIAMI
N° 70 S.A.S. LA FILIÈRE BULGARE
N° 71 S.A.S. AVENTURE AU SURINAM
N° 72 S.A.S. EMBUSCADE A LA KHYBER PASS
N° 73 S.A.S. LE VOL 007 NE RÉPOND PLUS
N° 74 S.A.S. LES POUS DE BAALBEK

N° 75 S.A.S. LES ENRAGÉS D'AMSTERDAM
N° 76 S.A.S. PUTSCH A OUAGADOUGOU
N° 77 S.A.S. LA BLONDE DE PRÉTORIA
N° 78 S.A.S. LA VEUVE DE L'AYATOLLAH
N° 79 S.A.S. CHASSE A L'HOMME AU PÉROU
N° 80 S.A.S. L'AFFAIRE KIRSANOV
N° 81 S.A.S. MORT A GANDHI
N° 82 S.A.S. DANSE MACABRE A BELGRADE
N° 83 S.A.S. COUP D'ÉTAT AU YEMEN
N° 84 S.A.S. LE PLAN NASSER
N° 85 S.A.S. EMBROUILLES A PANAMA
N° 86 S.A.S. LA MADONE DE STOCKHOLM
N° 87 S.A.S. L'OTAGE D'OMAN
N° 88 S.A.S. ESCALE A GIBRALTAR
L'IRRÉSISTIBLE ASCENSION DE MOHAMMAD REZA, SHAH D'IRAN
LA CHINE S'ÉVEILLE
LA CUISINE APHRODISIAQUE DE S.A.S.
PAPILLON ÉPINGLÉ
LES DOSSIERS SECRETS DE LA BRIGADE MONDAINE
LES DOSSIERS ROSES DE LA BRIGADE MONDAINE

AUX ÉDITIONS VAUVENARGUES

LA MORT AUX CHATS
LES SOUCIS DE SI-SIOU

AUX ÉDITIONS GÉRARD DE VILLIERS

N° 89 S.A.S. AVENTURE EN SIERRA LEONE
N° 90 S.A.S. LA TAUPE DE LANGLEY
N° 91 S.A.S. LES AMAZONES DE PYONGYANG
N° 92 S.A.S. LES TUEURS DE BRUXELLES
N° 93 S.A.S. VISA POUR CUBA
N° 94 S.A.S. ARNAQUE A BRUNEI
N° 95 S.A.S. LOI MARTIALE A KABOUL
N° 96 S.A.S. L'INCONNU DE LENINGRAD
N° 97 S.A.S. CAUCHEMAR EN COLOMBIE
N° 98 S.A.S. CROISADE EN BIRMANIE
N° 99 S.A.S. MISSION A MOSCOU
N° 100 S.A.S. LES CANONS DE BAGDAD
N° 101 S.A.S. LA PISTE DE BRAZZAVILLE
N° 102 S.A.S. LA SOLUTION ROUGE
N° 103 S.A.S. LA VENGEANCE DE SADDAM HUSSEIN
N° 104 S.A.S. MANIP A ZAGREB
N° 105 S.A.S. KGB CONTRE KGB
N° 106 S.A.S. LE DISPARU DES CANARIES
N° 107 S.A.S. ALERTE AU PLUTONIUM
N° 108 S.A.S. COUP D'ÉTAT A TRIPOLI
N° 109 S.A.S. MISSION SARAJEVO
N° 110 S.A.S. TUEZ RIGOBERTA MENCHU
N° 111 S.A.S. AU NOM D'ALLAH
N° 112 S.A.S. VENGEANCE A BEYROUTH
N° 113 S.A.S. LES TROMPETTES DE JÉRICHO
N° 114 S.A.S. L'OR DE MOSCOU
N° 115 S.A.S. LES CROISÉS DE L'APARTHEID
N° 116 S.A.S. LA TRAQUE CARLOS
N° 117 S.A.S. TUERIE A MARRAKECH
N° 118 S.A.S. L'OTAGE DU TRIANGLE D'OR
N° 119 S.A.S. LE CARTEL DE SÉBASTOPOL
N° 120 S.A.S. RAMENEZ-MOI LA TÊTE D'EL COYOTE
N° 121 S.A.S. LA RÉSOLUTION 687
N° 122 S.A.S. OPÉRATION LUCIFER
N° 123 S.A.S. VENGEANCE TCHÉTCHÈNE
N° 124 S.A.S. TU TUERAS TON PROCHAIN
N° 125 S.A.S. VENGEZ LE VOL 800
N° 126 S.A.S. UNE LETTRE POUR LA MAISON-BLANCHE
N° 127 S.A.S. HONG KONG EXPRESS
N° 128 S.A.S. ZAÏRE ADIEU
LE GUIDE S.A.S. 1989

AUX ÉDITIONS MALKO PRODUCTIONS

N° 129 S.A.S. LA MANIPULATION YGGDRASIL
N° 130 S.A.S. MORTELLE JAMAÏQUE
N° 131 S.A.S. LA PESTE NOIRE DE BAGDAD
N° 132 S.A.S. L'ESPION DU VATICAN
N° 133 S.A.S. ALBANIE MISSION IMPOSSIBLE
N° 134 S.A.S. LA SOURCE YAHALOM
N° 135 S.A.S. CONTRE P.K.K.
N° 136 S.A.S. BOMBES SUR BELGRADE

GÉRARD DE VILLIERS

LA PISTE DU KREMLIN

Photo de couverture : Olivier DASSAULT

ISBN : 2-84267-100-7

CHAPITRE PREMIER

Igor Alexandrovitch Zakayev contempla le ciel piqueté d'étoiles et se sentit le maître du monde. Une brise légère soufflait du sud, apportant une tiédeur délicieuse qui ajoutait encore au faste de sa soirée d'anniversaire. Fêter ses quarante ans sur la Côte d'Azur, en plein mois d'août, était vraiment un plaisir des Dieux. Igor Alexandrovitch, debout dans un coin de la terrasse surplombant sa magnifique propriété, laissa errer son regard sur ses invités qui prenaient d'assaut les buffets installés sur la vaste esplanade au sol de marbre entourant la piscine.

Les smokings se mêlaient aux robes du soir. Les plus jolies femmes de la Côte étaient là, escortées de tous ceux qui comptaient, de Monte-Carlo à Saint-Tropez. Certains étaient même venus de plus loin pour assister à sa soirée. Ceux qui avaient déjà fait honneur au buffet dansaient, emportés par la fougue de l'orchestre brésilien. C'était une fête superbe, même pour les plus blasés des Monégasques, qui, en venant jusqu'au Cap-d'Antibes, avaient déjà l'impression de changer de planète. Mais Igor Alexandrovitch Zakayev était presque un des leurs. Il habitait la Principauté, où il louait à l'année un appartement à l'*Hôtel de Paris*. Il avait acheté cette propriété pour y donner des soirées, jouer au milliardaire russe fastueux et un peu fou — commandant pour les meubles un plein container chez l'architecte d'intérieur parisien Claude Dalle, pour plus de

500 000 dollars —, ce qu'il était. La plupart du temps, la villa était inoccupée ou prêtée à des amis moscovites qui n'avaient pas eu la chance de réussir aussi bien qu'Igor Zakayev.

L'orchestre cessa de jouer et les projecteurs qui éclairaient l'esplanade autour de la piscine s'éteignirent. Seule la pleine lune permettait de distinguer de vagues silhouettes. Les invités cessèrent de danser et de manger, se demandant quelle surprise le maître de maison leur réservait. Deux projecteurs se rallumèrent, éclairant le haut de l'escalier majestueux descendant de la terrasse vers la piscine. Soudain, une apparition inattendue surgit dans les faisceaux de lumière : deux Noirs athlétiques, le corps huilé comme des esclaves antiques, uniquement vêtus d'un pagne blanc, portaient à bras tendus un plateau de cuivre sur lequel se tenait, dans une immobilité hiératique, une splendide jeune femme brune aux courts cheveux d'un noir de jais couvrant sa tête comme un casque. Les épaules nues, elle était vêtue d'un fourreau argenté très ajusté, comme une cotte de mailles, qui coulait jusqu'à ses chevilles, découvrant le haut de sa poitrine pleine.

On aurait dit une scène de péplum… C'est d'ailleurs dans ces films que le Russe avait puisé son inspiration.

Il suivit des yeux la lente descente des marches, le ventre soudain en feu. Il ne se lasserait jamais de la beauté presque irréelle de sa maîtresse, Elena Ivanovna. Il l'avait rencontrée deux ans plus tôt, à Moscou, dans une discothèque chic, *Le Monte-Carlo*, où se retrouvaient « New Russians » et « bandits »[1]. En compagnie d'un homme qui aurait pu être son père, Elena dansait sur place, appuyée à une balustrade dominant la piste de danse. Elle était si extraordinairement belle, si sexuelle, qu'Igor en avait instantanément oublié la pute pourtant magnifique pendue à son bras. Il connaissait tout le monde dans cette discothèque. Deux heures plus tard, après s'être débarrassé de son encombrant cavalier — le propriétaire d'un magasin de fourrures pour

1. Hommes d'affaires liés à la mafia.

lequel Elena avait fait un défilé —, il avait la jeune femme à sa table. Hautaine, le regard lointain, comme sont souvent les Russes, elle avait répondu du bout des lèvres aux questions d'Igor Alexandrovitch, fumant à la chaîne des Sabranie — les cigarettes les plus chères de Russie — qu'elle allumait avec un Zippo tellement incrustré de pierres précieuses qu'il ressemblait à une châsse... Elle était mariée avec un businessman qui voyageait beaucoup et habitait la plupart du temps à Monte-Carlo. Visiblement, d'après sa robe et ses bijoux, ce n'était pas une pauvresse... Ils avaient dansé. Droite comme un I, Elena se laissait à peine effleurer, hiératique, encore plus désirable. Elle avait tout juste consenti à boire quelques gouttes de la bouteille de Taittinger Comtes de Champagne Blanc de Blancs millésimé 1994 commandée à prix d'or en son honneur par Igor. À trois heures du matin, elle avait bâillé, consulté sa montre — une Breitling Callistino au cadran rose dont les heures étaient marquées par de petits diamants — et laissé tomber :

— Je rentre. Je prends l'avion demain matin.

— Je peux vous raccompagner ? avait aussitôt proposé Igor.

— Inutile. J'habite juste en face, au *Balchuk. Dosvidania.*

Igor Alexandrovitch Zakayev aurait tué père et mère pour la baiser tout de suite, là, sur la banquette. Il en avait les mains moites, l'estomac noué. Silencieux, deux gardes du corps massifs comme des menhirs avaient surgi, encadrant la jeune femme. Igor s'était contenté de demander, comme un collégien timide :

— Où puis-je vous revoir ?

— À Monte-Carlo, avait répondu la jeune femme. Mon numéro est dans l'annuaire.

Igor l'avait suivie des yeux tandis que ses « gorilles » lui frayaient un chemin vers la sortie. Il avait quand même attendu cinq minutes pour se précipiter chez le concierge de l'hôtel *Balchuk Kempinski*, juste de l'autre côté de la rue. Cent dollars plus tard, il savait par quel vol Elena Ivanovna Sudalskaïa quittait Moscou le lendemain.

Celle-ci avait semblé à peine surprise de le retrouver dans l'avion de l'Aeroflot. Igor en avait appris un peu plus sur elle durant le voyage et découvert son étrange voix rauque. Elena était séparée de son mari qui continuait à lui assurer un train de vie luxueux. Elle partageait son temps entre Moscou, Londres et Monte-Carlo, allant de fête en fête, de bijoutier en grand couturier. Le soir même, Igor l'avait emmenée chez Ducasse, à l'*Hôtel de Paris*, et ensuite au *Jimmy'z*. Cette fois, Elena avait fait beaucoup plus honneur au Taittinger Comtes de Champagne Rosé 1993. En sortant du *Jimmy'z*, elle avait proposé à Igor de venir prendre un dernier verre dans son appartement de l'avenue de la Princesse-Grace. Le jeune Russe aurait abandonné sa Bentley au milieu de la rue tant il avait hâte de se retrouver seul avec elle. Il n'avait pas laissé à Elena le temps d'ouvrir la bouteille de Taittinger juste sortie du réfrigérateur. La bousculant, il l'avait poussée dans la chambre, puis jetée sur le lit.

Igor avait relevé sa robe longue en épais satin blanc, lui arrachant littéralement sa culotte. Elena s'était laissé faire avec une indifférence complice mais n'avait pas joui. Pourtant, Igor Alexandrovitch n'avait pas ménagé sa peine. Malgré ses yeux verts, ses pommettes saillantes, sa bouche bien dessinée et un corps d'athlète qui faisaient d'habitude craquer toutes ses conquêtes, il lui avait fallu plusieurs semaines avant d'arracher un orgasme à Elena. Un soir, sans qu'il sache pourquoi, elle l'avait accueilli, inondée, et avait joui presque aussitôt.

Depuis, ils ne s'étaient plus quittés, bien qu'Elena refuse qu'il vienne vivre avec elle. Ce qui ne l'aurait pas dépaysé : Elena avait quasiment la même décoration que lui, se fournissant chez le même architecte d'intérieur parisien, Claude Dalle. Igor s'était incliné, gardant son appartement à l'*Hôtel de Paris*. Comme il voyageait beaucoup pour ses affaires, et qu'Elena ne l'accompagnait pas toujours, la jalousie le tenaillait. Elle-même se déplaçait beaucoup, sans jamais dire où elle allait. Igor n'osait pas la questionner. Pour mieux l'attacher à lui, il l'avait mise au courant de ses activités les plus secrètes, ce qu'elle avait paru considérer comme normal.

Igor avait bien essayé d'en savoir plus sur elle, mais s'était heurté à un mur. Six ans plus tôt, elle avait été Miss Moscou. Sur la suite, elle était muette... Il se contentait d'en profiter au maximum, la couvrant de cadeaux somptueux qu'elle acceptait avec l'indifférence apparente d'une grande dame. En revanche, elle s'appliquait à satisfaire tous ses caprices sexuels, avec une bonne volonté éblouissante. Au point qu'il se demandait parfois si elle n'était pas *vraiment* amoureuse.

La musique de la Cinquième Symphonie qui rythmait la descente de l'escalier s'arrêta brusquement. Les deux Noirs, arrivés au bord de la piscine, s'étaient immobilisés. Les invités retenaient leur souffle. Invisible dans la pénombre de la terrasse, Igor dirigea un petit « bip » sur le dos d'Elena et l'actionna. Aussitôt, comme par miracle, le long fourreau argenté glissa le long du corps de la jeune femme, la révélant dans sa splendide nudité, telle une statue. Des mouvements divers agitèrent les invités, plutôt habitués aux fastes sages du bal de la Croix-Rouge.

Déjà, Elena s'arrachait de son plateau et d'un plongeon impeccable, disparaissait dans l'eau bleue de la piscine.

*
* *

Le brouhaha accompagnant cette audacieuse apparition s'était à peine calmé que quatre nouveaux projecteurs s'allumèrent simultanément, éclairant des podiums dressés aux quatre coins de la piscine. Les invités d'Igor Alexandrovitch Zakayev mirent quelques secondes à réaliser ce qui se passait. Sur chaque podium se trouvait un couple entièrement nu ! Les hommes possédaient leur partenaire dans une position chaque fois différente, au son d'une musique délicieusement romantique...

Cette fois, quelques exclamations indignées s'élevèrent. Incrédules devant ce « live show », certains des invités, choqués, s'enfuyaient littéralement. D'autres, tétanisés, ne pouvaient s'empêcher de regarder les couples en train de décliner avec application le Kama-Soutra.

Isolé dans la pénombre, en haut de la terrasse, Igor Alexandrovitch Zakayev était ravi. On parlerait longtemps de sa soirée. Une silhouette surgit près de lui. Elena, ses cheveux laqués à peine dérangés, avait remis son fourreau argenté. Elle souriait.

— *Tebe nravitsa ?*[1] demanda-t-elle de sa voix rauque, si basse qu'elle ressemblait parfois à celle d'un homme.

— Beaucoup. Tu étais magnifique.

Un serveur s'approcha avec un plateau où ils prirent deux coupes de Taittinger qu'ils entrechoquèrent avant de les vider et de les jeter dans les buissons.

— *Za vaché zdorovié*[2].

Pendant quelques minutes, ils contemplèrent les couples accomplissant consciencieusement leurs figures érotiques, puis leurs regards se croisèrent. Igor posa la main sur les hanches d'Elena et pesa doucement. Docilement, elle s'agenouilla en face de son amant. Sa bouche à la hauteur de son ventre, elle ouvrit délicatement le zip du pantalon de smoking.

En sentant la bouche d'Elena l'engloutir, Igor eut l'impression de recevoir une secousse électrique. Il s'adossa à la rambarde de pierre, balayant du regard les couples qui faisaient l'amour sur les podiums, les invités admiratifs, puis la somptueuse créature agenouillée à ses pieds, prête à le faire jouir dans sa bouche.

Il était vraiment le maître du monde.

*

* *

L'orchestre brésilien s'était remis au travail, le « live show » terminé. Les invités qui ne s'étaient pas enfuis,

1. Tu as aimé ?
2. Santé !

gavés de caviar, de vodka, de Taittinger, de Defender, se disaient que finalement les goûts du maître de maison n'étaient pas si désagréables. Igor Zakayev, euphorique, un bras passé autour de la taille d'Elena, allait s'installer à une table lorsqu'un homme en smoking blanc s'approcha de lui, souriant. Roux, la cinquantaine, le visage rond d'un bon vivant, il lança en anglais :

— *Wonderful evening !*

— *Thank you*, remercia distraitement Igor Zakayev, s'apprêtant à continuer son chemin.

— *My name is Foster Chalburn*, précisa l'inconnu. Je voudrais vous parler.

Igor Zakayev, surpris, détailla son interlocuteur. Le sourire était plaqué, froid, comme le regard bleu fixé sur lui. Il avait convié tant de gens qu'il ne connaissait pas le tiers de ses invités.

— Si c'est du business, dit-il en se forçant à sourire, je pense que cela peut attendre demain.

— C'est du business, confirma l'homme, mais cela ne peut pas attendre demain.

Le Russe s'immobilisa, vaguement inquiet.

— Pourquoi ?

Foster Chalburn tourna la tête vers Elena, indiquant son désir de lui parler seul, mais Igor Zakayev fit sèchement :

— Vous pouvez parler devant elle.

— *All right !* Vous possédez bien un bureau à Washington, celui de la société Menatep ?

— Absolument. Pourquoi ?

— Votre bureau a été perquisitionné par le FBI, sur mandat de l'*attorney general*[1] Janet Reno, continua paisiblement son interlocuteur. Dans le cadre d'une instruction criminelle. Les disques durs de vos ordinateurs ont été saisis et sont en cours d'analyse.

Igor Zakayev pâlit.

— Vous appartenez au FBI ?

— Non, à une autre agence fédérale.

1. Ministre de la Justice.

Le Russe se raidit encore plus sous le regard en apparence indifférent d'Elena qui fumait, comme à son habitude, une de ses Sabranie multicolores.

— Nous sommes en France, rétorqua-t-il. Ici, vous ne pouvez rien contre moi. Je vais téléphoner à mes avocats.

Foster Chalburn demeura impassible.

— Vous pouvez *parfaitement* téléphoner à vos avocats, monsieur Zakayev. Et vous êtes effectivement en France. Mais le FBI a trouvé dans vos ordinateurs des éléments qui établissent que votre société se trouve au centre d'une opération massive et illégale de blanchiment d'argent. Si vous vous étiez trouvé à Washington, vous seriez en ce moment en prison. Mais un mandat d'arrêt international a été lancé contre vous et il existe une convention d'extradition entre la France et les États-Unis. Vous êtes passible d'une peine de trente à cinquante ans de prison.

Igor Alexandrovitch Zakayev n'entendait plus l'orchestre, ne voyait plus les étoiles, ne sentait plus la brise tiède sur son visage. Il jeta un coup d'œil à Elena, en train de fumer, l'air absente, et protesta d'une voix mal assurée :

— Tout cela est du bluff, je n'ai rien fait d'illégal…

Foster Chalburn secoua la tête et laissa tomber de sa voix placide :

— Je pense que c'est un mauvais système de défense, monsieur Zakayev. Mais vous avez peut-être un moyen d'échapper à la prison… C'est la raison de ma présence ici ce soir, à votre magnifique soirée…

Il n'y avait même pas d'ironie dans sa voix. En dépit de ces paroles d'espoir, Igor Alexandrovitch Zakayev sentit que la fête était bien finie.

*
* *

Le garçon posa le plateau du petit déjeuner sur le guéridon et alla ouvrir les rideaux. Un soleil radieux inondait le port de Monte-Carlo. Igor Zakayev cligna des yeux, jetant un coup d'œil à sa Breitling Chronomat en or massif. Midi et quart. Il était rentré à six heures, après avoir fait l'amour à Elena une partie de la nuit, au terme d'une soirée commencée par un dîner chez *Rompoldi* et poursuivie au *Jimmy'z*, le tout arrosé par des flots de Taittinger.

— Il fait très beau, monsieur, annonça le garçon, espérant probablement un pourboire en échange de cette bonne nouvelle.

Igor se contenta de grogner, puis, apercevant une enveloppe blanche à côté de la théière, tendit le bras et demanda :

— Qu'est-ce que c'est ?

— On a déposé cela pour vous à la réception, indiqua le garçon en lui tendant l'enveloppe.

Igor Zakayev l'ouvrit. Elle contenait un bristol blanc avec quelques lignes en russe, d'une longue écriture penchée et maladroite. « Reviens vite ! Je serai de retour dans quelques jours. »

Il n'y avait pas de signature, mais l'empreinte d'une bouche au rouge à lèvres. Celle d'Elena. Cette bouche qui lui donnait tant de plaisir.

Elena était partie le matin même pour Bruxelles, n'acceptant même pas de passer avec lui sa dernière journée à Monte-Carlo. Un de ses mystérieux voyages. Igor s'était incliné. Si tout se passait bien, il ne resterait pas longtemps aux États-Unis... Et, quand tout serait fini, il lui resterait encore beaucoup d'argent et bien des années à vivre. Évidemment, il ne pourrait plus retourner en Russie. Mais, *nitchevo*[1]...

Beaucoup de choses étaient arrivées depuis son anniversaire, une semaine plus tôt. Il avait revu Foster Chalburn le lendemain matin. Ce dernier lui avait révélé qu'il appartenait à la Central Intelligence Agency, qui surveillait Igor depuis plus de cinq ans. Le Russe avait été effaré de découvrir tout ce que les Américains savaient de ses manipulations financières... Ils avaient reconstitué le parcours de sommes colossales sorties de Russie pour aboutir dans

1. Tant pis.

des paradis fiscaux, repartir ensuite vers leurs différents propriétaires, dans d'autres paradis fiscaux. Le travail d'Igor, ce qui lui avait apporté la fortune, consistait dans cette circulation. Il avait très vite compris les règles du jeu. Le soir même de son anniversaire, il était déjà sous surveillance étroite d'agents de la CIA. Il ne pouvait plus bouger sans qu'ils le sachent, ni tenter de disparaître sans se faire arrêter.

Trois jours après leur rencontre, Foster Chalburn avait présenté à Igor Alexandrovitch Zakayev une offre qu'il ne pouvait guère refuser...

Les Américains pouvaient l'envoyer en prison pour de longues années, mais, au fond, ils s'en moquaient : il n'était qu'un prestataire de services. Ils avaient « démonté » tout son système, mais il leur manquait un élément essentiel : les noms des *véritables* bénéficiaires de ces évasions de capitaux. Ceux qui se cachaient derrière les dénominations fantaisistes de sociétés écrans basées à Antigua, aux Cayman Islands ou à Jersey. Ceux qui avaient volé et continuaient de voler l'État russe. Foster Chalburn avait été net :

— Nous savons que la classe politique russe est corrompue jusqu'à l'os, à de rares exceptions près. Nous *voulons* en avoir les preuves.

Igor Zakayev avait opiné silencieusement, sachant très bien à quoi s'en tenir. Le fait même que la CIA soit impliquée signifiait qu'il s'agissait d'une affaire politique, pas financière. L'élection présidentielle russe était programmée pour juin 2000. Les Américains voulaient pouvoir influencer la politique russe en cette période cruciale.

En toute discrétion.

Par le chantage. Méthode vieille comme le monde...

Ce jour-là, Igor et Foster Chalburn déjeunaient dans un restaurant de Beausoleil dominant la Méditerranée, à la cuisine raffinée. Mais Igor n'avait plus faim.

Toutes les informations réclamées par Foster Chalburn se trouvaient dans un coffre, à Zurich. Sentant sa réticence, Foster Chalburn avait affirmé :

— C'est un bon *deal* pour vous. Nous abandonnons les

poursuites et nous ne touchons pas à *vos* intérêts. De plus, nous vous offrons une protection totale jusqu'à ce que les choses se calment. Lorsque vos commanditaires seront identifiés, ils ne bougeront pas. De plus, certains d'entre eux se retrouveront derrière les barreaux.

Igor Alexandrovitch Zakayev avait longuement fixé son sorbet au café en train de se transformer en une petite flaque brunâtre. Il avait déjà la corde au cou et le savait. Dans le monde où il vivait, c'était donnant-donnant. Il s'était à peine entendu dire :

— J'accepte.

*
* *

Après s'être rasé et douché, Igor Zakayev choisit une chemise Versace et un pantalon de lin blanc. Il était bien décidé à profiter de sa dernière journée à Monte-Carlo. Depuis trois jours, il gagnait du temps, mais, la veille au soir, Foster Chalburn lui avait posé un ultimatum. Il *devait* quitter Monte-Carlo en compagnie de son escorte de la CIA le lendemain au plus tard. Sinon…

La mort dans l'âme, le Russe avait averti Elena de son départ, et aussitôt la jeune femme lui avait promis une soirée inoubliable. Elle avait tenu parole.

Il sortit de sa chambre et gagna l'ascenseur, y retrouvant la plus vieille pensionnaire de l'*Hôtel de Paris*, la veuve d'un armateur qui y demeurait depuis cinquante et un ans… Le hall grouillait d'animation. Il s'arrêta quelques instants près de la statue équestre de Louis XV dressée au milieu du hall. Le bronze était patiné à hauteur du genou levé du cheval par les joueurs superstitieux. Les Italiens, eux, avaient poli les parties nobles… Igor Zakayev n'avait pas envie de quitter cette ambiance de luxe un peu décadente. Il balaya le hall du regard et « les » vit.

Quatre hommes répartis dans différents sièges, qui ressemblaient à des touristes, avec leurs chemises bariolées. Les agents de la CIA qui ne le quittaient plus d'une semelle. Lunettes noires, micro dans l'oreille et sacoches de cuir. Igor Zakayev se dit qu'ils ne pouvaient pas opérer ici sans l'accord de la Sûreté monégasque, extrêmement vigilante… Ils se levèrent sans se presser et lui emboîtèrent le pas. À peine fut-il sur le perron qu'un portier se précipita.

— Votre voiture, monsieur Zakayev ?

— S'il vous plaît, fit le Russe en tendant un billet de cinq cents francs.

L'autre dégringola le perron comme s'il avait le diable à ses trousses. Les voitures des meilleurs clients étaient garées en épi, face à l'hôtel et au casino. Rolls, Mercedes, Porsche… Celle d'Igor Zakayev se trouvait à côté d'une Lamborghini « Countach » avec une plaque bleue des Bahamas. Trois minutes plus tard, le jeune Russe se glissait au volant de sa Bentley noire immatriculée à Moscou et prit le chemin de l'hôtel *Old Beach*, où il devait retrouver une des plus belles putes de Monaco, une Russe au corps de sportive qui proposait ses charmes au *Jimmy'z* pour huit cents dollars. Doris Sorge, une Allemande de la Volga, sculpturale comme une statue de l'époque du « réalisme révolutionnaire »… Sa nuit avec Elena n'avait pas rassasié Igor. Dans le rétroviseur, il aperçut la Ford de ses anges gardiens. Il descendit sans se presser les lacets menant au bord de mer, passant devant l'hôtel-casino *Loews*, désormais propriété d'un riche Palestinien. Doris Sorge l'attendait au milieu des tentes rayées de blanc et vert de l'*Old Beach*, en bikini léopard, avec des escarpins en satin noir ornés de pompons roses.

Elle vint se coller à lui et Igor se dit qu'il allait passer encore quelques moments agréables.

Encore une minute, Monsieur le Bourreau…

*

* *

Foster Chalburn regarda distraitement sa montre. 3 h 10 et le *Jimmy'z* était encore bondé, la plupart des danseurs s'agitant sur la piste en plein air. L'Américain cachait mal son exaspération, faisant claquer sans arrêt le couvercle de son Zippo. Depuis dix heures du soir, un hélicoptère charté par la CIA attendait à l'héliport de Fontvieille. Il déposerait Igor Zakayev et sa « suite » à l'aéroport de Nice, d'où un Falcon 900 charté par la *Company* les emmènerait à Zurich.

Il se leva, cherchant à apercevoir son « client » dans la masse des danseurs. Igor Zakayev dansait sur place, étroitement enlacé à la grande blonde qu'il n'avait pas quitté depuis le déjeuner. Ils avaient dîné à la brasserie *Sass*, le grand bar à la mode, avant de filer à la discothèque, où ils venaient d'entamer leur seconde bouteille de Taittinger. La musique s'arrêta. Igor Zakayev resta sur la piste, glué à sa cavalière, l'embrassant à bouche que-veux-tu. Elle ondulait contre lui sans vergogne. L'Américain se leva avec un grognement furieux et fonça sur eux.

— *Mister Zakayev, I think it's time to go. Now!*

Il avait appuyé sur le « now ».

Igor Zakayev tourna vers lui un regard noyé d'alcool, visiblement furieux. Puis, devant l'expression impitoyable de Foster Chalburn, il haussa les épaules, dit quelques mots en russe à la blonde et l'entraîna par la main.

— *Karacho!* [1] OK, fit-il. Mais Doris vient aussi…

Foster Chalburn sursauta.

— Mais, ce n'est pas possible !

— Jusqu'à l'héliport ! corrigea aussitôt Igor. Elle reviendra avec la voiture.

La CIA avait promis de prendre soin de la Bentley. Foster Chalburn se résigna. Au point où il en était ! Il avait hâte d'être plus vieux de quelques heures. Enlacés, Igor et Doris gagnèrent la Bentley garée dans le parking du *Jimmy'z*. Au moment d'y monter, le Russe se retourna vers Chalburn.

— Tiens, conduisez, j'ai trop bu !

Tranquillement, il monta à l'arrière, laissant le volant à l'agent de la CIA transformé en chauffeur. Ravalant sa

1. Bien !

rage, celui-ci démarra aussitôt, la Ford des « baby-sitters » sur ses talons. Jusqu'à Fontvieille, il y avait environ vingt minutes de trajet.

Ensuite, c'en serait fini des caprices… Il jeta un coup d'œil dans le retroviseur et eut une mimique dégoûtée. La blonde avait déjà la tête sur les genoux du Russe et le défaisait fébrilement… Il venait de rejoindre l'avenue de la Princesse-Grace quand elle prit la virilité d'Igor dans sa bouche, et entreprit courageusement de lui arracher une érection. La tête renversée sur le cuir parfumé, Igor Alexandrovitch Zakayev essayait de ne penser qu'à la sensation délicieuse de cette bouche habile sur son sexe.

Foster Chalburn accéléra, remontant l'avenue de la Princesse-Grace déserte à cette heure tardive, la Ford collée à son pare-chocs arrière.

*
* *

Maxim Gogorski mit le contact dès qu'il vit jaillir la Bentley noire de l'allée menant au *Jimmy'z*. Garé en face, phares éteints, personne ne pouvait le remarquer. Il laissa la Bentley et la Ford s'engager dans l'avenue aux doubles voies séparées par un terre-plein herbeux, et ne démarra que quelques secondes plus tard. Il n'y avait aucun embranchement avant le rond-point à l'entrée du tunnel menant au port. Une centaine de mètre plus loin, il alluma ses phares et se rapprocha des deux voitures qu'il suivait.

— *Ti gatov ?* [1] demanda-t-il d'une voix égale à l'homme qui se trouvait à côté de lui.

— *Da*, répondit celui-ci, un homme jeune aux traits taillés à coups de serpe, aux épaules si larges qu'elles dépassaient de son siège…

Les buildings luxueux défilaient dans l'ombre, sur la droite. Ils s'étaient rapprochés des deux autres véhicules. Soudain, apparut sur sa gauche la palissade entourant le

1. Tu es prêt ?

chantier du Business Center en construction, sur le front de mer. Il ne se trouvait qu'à un mètre derrière la Ford.

À côté de lui, son voisin semblait transformé en statue, les yeux baissés sur une boîte rectangulaire posée sur ses genoux. À sa gauche, Maxim Gogorski aperçut dans le terre-plein central une brèche permettant de faire demi-tour. Presque sans ralentir, il braqua et s'y engagea, lançant à son voisin :

— *Seitchas !* [1]

La déflagration souleva la lourde Bentley de près d'un mètre. Elle retomba sur le macadam déjà disloquée, au milieu d'une boule de feu de près de 4 000 degrés qui, en un clin d'œil, enveloppa la Ford dont le conducteur, surpris, vint percuter ce qui restait de la Bentley. La Ford prit feu à son tour. L'onde de choc de l'explosion fit voler en éclats toutes les vitres des immeubles bordant l'avenue de la Princesse-Grace sur une centaine de mètres, tandis que des débris retombaient un peu partout.

Lorsque la première voiture de pompiers arriva quelques minutes plus tard, la Bentley et la Ford n'étaient plus qu'un amas de tôles tordues au milieu d'un nuage de fumée et de flammes montant à plusieurs mètres de hauteur. Aucun des passagers n'avait pu s'extraire du brasier.

1. Maintenant !

CHAPITRE II

— Cinq hommes ! Nous avons perdu cinq hommes. Foster Chalburn était à cinq mois de la retraite. Trois enfants, quatre petits-enfants. Un type formidable. Nos quatre agents de protection étaient plus jeunes, mais tous mariés. Trois orphelins de plus…

Penché au-dessus de la table ronde installée en bordure de la terrasse du restaurant *Louis XV* dominant la place du Casino, Ronald Goodwell égrenait à voix basse sa sinistre comptabilité. La voix brisée par l'émotion, il se tut et alluma une cigarette avec son Zippo en argent massif, au sigle de la CIA. Le directeur de la Division des Opérations [1] de la CIA s'était posé à Nice quelques heures plus tôt, en compagnie de son adjoint, Lance Duvall. Le chef de la station de Paris, Dean McGuire, et celui de la station de Moscou, l'élégant Austin Redd, les avaient rejoints. Austin Redd, avec ses tempes argentées, ses traits de danseur mondain, sa silhouette élancée et son gilet, ressemblait à un play-boy des années cinquante. Malko avait fait sa connaissance lors de sa dernière mission en Russie, trois ans plus tôt [2]. Arrivé la veille de Liezen par avion, Malko s'était installé à *l'Hôtel de Paris* dans la chambre retenue à son nom par la CIA.

1. Chargée des opérations clandestines.
2. Voir SAS n° 123 : *Vengeance tchétchène.*

Il se doutait bien des raisons de la « réquisition » de la CIA transmise par James Whale, le chef de station de la CIA de Vienne. Tous les journaux européens avaient parlé de l'attentat à l'explosif qui avait détruit la Bentley d'un riche citoyen russe, le tuant sur le coup ainsi que la jeune femme qui l'accompagnait et un de ses amis. Sans compter quatre touristes américains qui se trouvaient dans une voiture également détruite dans l'explosion. Malko avait vite « décodé » la vérité, grâce au nom de « l'ami » d'Igor Alexandrovitch Zakayev : il avait déjà croisé Foster Chalburn et n'ignorait pas son appartenance à la CIA.

Il laissa errer son regard sur la grande salle un peu guindée du *Louis XV*. De riches étrangers venus goûter la cuisine du grand chef Ducasse, des couples âgés pour la plupart, sûrement à mille lieues de se douter qu'ils se trouvaient à quelques mètres d'une réunion de distinguées barbouzes.

Ronald Goodwell prit dans une serviette de cuir une liasse de photos qu'il tendit à Malko.

— Quelques détails concrets, annonça-t-il.

Les deux voitures étaient tellement détruites qu'il était impossible de déterminer leurs marques. D'autres photos montraient la façade noircie, criblée d'éclats de métal, d'un building cossu de l'avenue de la Princesse-Grace, le tapis de débris de verre répandus partout, le cratère creusé dans le macadam, des visages affolés de policiers monégasques peu préparés à une telle horreur, dans cette paisible principauté où des caméras installées dans les endroits stratégiques et reliées au bureau de la Sûreté publique surveillaient voitures et piétons. En sus de dizaines de policiers équipés de radio, attentifs à repérer les suspects possibles. À Monaco, le délit de sale gueule n'était pas une vue de l'esprit. La Principauté était un des derniers endroits d'Europe où il fallait fournir une pièce d'identité pour s'inscrire dans un hôtel. La Sûreté monégasque veillait férocement à la tranquillité de ses milliardaires. Malko dissimula les photos tandis que le maître d'hôtel versait un Meursault 1990 pour accompagner la bisque de homard. Il les reprit ensuite, s'attardant sur la photo d'une plaque d'immatriculation tordue : AC739E99, avec à droite les lettres RUS et un drapeau russe.

— Tout ce qui reste de la Bentley d'Igor Zakayev, commenta d'un ton lugubre Ronald Goodwell.99, ce sont les nouvelles plaques de Moscou.

Malko rendit les photos : elles ne lui apprenaient pas grand-chose. Sinon qu'on avait mis le paquet pour se débarrasser d'Igor Alexandrovitch Zakayev. Il attaqua sa bisque de homard et demanda :

— Qui était ce Zakayev ?

— *Go ahead !* dit Ronald Goodwell à Lance Duvall.

L'adjoint de Goodwell posa sa cuillère et commença d'une voix monocorde :

— Nous avons entendu parler de lui pour la première fois en 1993. C'était l'époque où les « New Russians » commençaient à vider la Russie de sa substance par le biais de privatisations truquées. L'argent coulait à flots hors de Russie. Igor Zakayev a fait surface à Washington où il a eu l'imprudence de s'adresser à une « consulting firm » en expliquant qu'il souhaitait investir un milliard sept cents millions de dollars dans des compagnies financières « off-shore », situées dans certains paradis fiscaux des Caraïbes. Il souhaitait aussi, en contrepartie de cet investissement massif, obtenir des passeports « locaux » pour des businessmen russes. Évidemment, la firme d'avocats nous a prévenus et on a cherché à en savoir plus sur Zakayev. À cette époque, j'étais moi-même à Washington, au *desk* Europe de l'Est. On a vite découvert qu'Igor Zakayev faisait partie d'un groupe de brillants diplomés sélectionnés par l'ex-KGB pour servir d'opérateurs dans des transferts d'argent. On les appelait les « miracle boys » à l'époque. Grâce à ses relations, Igor Zakayev, docteur en sciences de mathématiques appliquées de l'Université de Moscou, s'était retrouvé vice-président de la banque Menatep, un établissement moscovite lié à la plupart des gens en vue à Moscou.

— Il n'avait pas de « parrain » particulier ? demanda Malko.

— Il était lié à Boris Eltsine et avait participé au financement de sa campagne présidentielle, compléta suavement Lance Duvall.

Un ange passa : Boris Eltsine était toujours président de la Russie. Connexion sulfureuse.

— Et depuis ?

— Dès ce moment, précisa Lance Duvall, Zakayev a été sous surveillance de la *Company*, sous le nom de code de « The Kid ». En dépit de ses trente-trois ans, il en paraissait dix de moins, un grand garçon superbe, aux magnifiques cheveux noirs, la coqueluche des femmes...

Dont il ne restait aujourd'hui que quelques ossements calcinés. *Sic transit gloria.* Lance Duvall enchaîna aussitôt, tandis que les trois autres Américains se plongeaient dans leur bisque :

— Nous avons surveillé Igor Zakayev pendant cinq ans et appris beaucoup de choses. Il avait créé à Washington une petie compagnie financière, Menatep USA. Grâce aux sources techniques [1], nous avons peu à peu reconstitué son système. Il allait très souvent à Moscou et y rencontrait beaucoup de gens, de Boris Eltsine à Iouri Loujkov, le maire de Moscou, en passant par quantité de financiers plus ou moins véreux. À chacun de ses voyages, correspondaient des rafales de virements en provenance de la Menatep, au bénéfice de différentes sociétés qui possédaient un compte dans une honorable banque de New York, la Bank of New York. Ensuite, cet argent repartait vers d'autres comptes, aux noms des mêmes sociétés, tous situés dans des paradis fiscaux. Igor Zakayev avait une prédilection pour Antigua et les îles Caïmans. En le suivant, nous avons filmé sa rencontre avec un grand voyou russe, Grigori Jabloko, installé à Budapest. Celui-là, nous le connaissions ! On le surveillait depuis des années pour une large palette de crimes : trafic de drogue, d'armes, racket, orga-

1. Les écoutes.

nisation de réseaux de prostitution et, bien entendu, « lavage » d'argent sale. Nous avons alors découvert que c'était lui qui créait les « coquilles », les sociétés « off-shore » où atterrissait l'argent, avant de repartir dans toutes les directions. Par exemple, un jour, nous avons pu suivre un paiement effectué par une société d'Antigua qui a servi à régler pour 32 000 dollars le séjour au ski de Vladimir Stepachine, alors patron du FSB.

— Intéressant ! souligna Malko, venu à bout de sa bisque. Il a été depuis Premier ministre d'Eltsine.

Lance Duvall soupira avec un sourire ironique.

— Oh ! Il n'était pas le seul ! Tout Moscou en croquait. Des milliards de dollars sont ainsi sortis de Russie depuis cinq ans, dont une partie des fonds alloués par le FMI. Nous avons comptabilisé dix milliards de dollars entre octobre 1997 et mars 1999.

L'ange repassa, effaré. Lance Duvall souligna :

— Personne ne peut imaginer le niveau de corruption en Russie. *Tout le monde* vole. Il n'y a plus d'État. Plus de sanctions. À Moscou, on raconte l'histoire suivante : deux Russes se rencontrent. Le premier dit à l'autre : « On a publié la liste des pays les plus corrompus. La Russie est deuxième ! » « Pas première ? » s'étonne le second Russe. « Non, on a payé pour n'être que deuxième... »

Personne ne rit. Profitant du break, Lance Duvall se hâta de terminer sa bisque et, dès que le garçon eut débarrassé, enchaîna :

— Pendant six ans, on a ramé... Seulement, tout se passait hors des États-Unis. Et puis, cette année, nous avons découvert le rôle crucial d'une des vice-présidentes de la Bank of New York, une Russe d'origine, mariée à un ancien membre de la Banque centrale moscovite. C'était elle qui signait tous les ordres de virement partant de la Bank of New York à destination des sociétés « off-shore » contrôlées par Igor Zakayev. C'était il y a un mois.

— Vous l'avez arrêtée ?

— Le FBI l'a interrogée et lui a fait peur. Elle a craqué et nous a appris que le détail de toutes les transactions se trouvait dans le disque dur d'un ordinateur de la société de Zakayev. Celui-ci se trouvait alors ici, à Monte-Carlo. Grâce à ses opérations, il a amassé une fortune considérable. La propriété où il a fêté ses quarante ans a été achetée en partie en cash : cinq millions de dollars en billets, sortis directement d'une banque de l'île de Man… Pour la meubler, il a fait venir un plein container de meubles luxueux d'un grand décorateur parisien, Claude Dalle. Payé aussi en cash.

Nouveau silence : on apportait le plat de résistance. Une langouste grillée pour Malko, des poissons pour les Américains, sauf Austin Redd qui avait commandé une épaule d'agneau.

— On ne trouve pas de bon agneau en Russie, expliqua-t-il.

De loin, leur table devait ressembler à une assemblée de mafiosi. Des hommes parlant bas, concentrés, jetant des brefs coups d'œil à la salle. Et encore, les autres clients ne voyaient pas les « baby-sitters » discrètement répartis dans le hall et à d'autres tables… Une douzaine, arrivés de Washington avec le DDO.

Malko s'efforçait de comprendre le cheminement qui avait abouti à la mort brutale d'Igor Alexandrovitch Zakayev.

— Donc, conclut-il, vous avez perquisitionné les bureaux de Zakayev et récupéré le disque dur.

— Exact ! confirma Lance Duvall. À l'intérieur, nous avons découvert un monceau d'informations ! Nous savons désormais à un dollar près comment ces sommes colossales sont réparties dans ces « coquilles ».

— Et à qui elles appartiennent ? interrogea Malko.

L'Américain eut un sourire amer.

— Ce serait trop beau. Tous les virements sont partis de la banque Menatep, à Moscou, ont transité par la Bank of New York pour atterrir dans ces « coquilles ». Seule Menatep *sait* qui sont les propriétaires de ces fonds. Seulement, de ce côté-là, c'est totalement opaque. La banque est en liquidation et ses livres de comptes ont disparu… Or, à l'autre bout, nous n'avons que des « coquilles » gérées par des hommes de paille qui n'ont aucun lien avec les véritables propriétaires des fonds.

— Autrement dit, conclut Malko, vous avez travaillé pour rien…

— On ne peut pas dire cela, protesta Lance Duvall. Nous pouvons inculper les intermédiaires de la Bank of New York.

Autrement dit, des lampistes… Le silence se prolongea tandis que les quatre Américains s'attaquaient à leur plat de résistance. C'est Ronald Goodwell qui posa sa fourchette le premier, et dit d'une voix sourde :

— Vous avez raison. Nous étions dans une impasse. J'étais certain qu'Igor Zakayev, lui, connaissait l'identité des propriétaires des fonds, *ses* clients. C'est moi qui ai eu l'idée de mettre la pression sur lui afin de faire un *deal* : les informations que nous voulions contre son impunité. On a monté l'opération avec le FBI et Janet Reno, l'*attorney general*, de façon à ce qu'elle ait un cadre légal et débouche sur de réelles poursuites judiciaires. Et j'ai envoyé Foster Chalburn à l'assaut

Il se tut quelques instants et dit d'une voix étranglée :

— Je ne me le pardonnerai *jamais*.

Il était sincère. Malko pouvait voir des larmes dans ses yeux. Les espions étaient des hommes comme les autres. Le silence respectueux se prolongea interminablement, puis l'Américain reprit d'une voix plus assurée :

— Mon « gambit » a marché. Quand il s'est vu coincé, avec la perspective de longues années de prison devant lui, Igor Zakayev a accepté de collaborer. Il nous livrait les *vrais* bénéficiaires de ces sommes colossales contre l'immunité et la protection de la *Company*. Plus l'autorisation de conserver sa propre fortune. Nous pensions avoir tout verrouillé. Depuis le moment où Chalburn l'a contacté, Igor Zakayev était sous la protection de nos « baby-sitters ». Lorsque… c'est arrivé, ils partaient prendre un hélico pour Nice.

Nouveau silence. Le maître d'hôtel posa devant eux les immenses cartes des desserts, mais personne n'y toucha.

— Bien entendu, vous ignorez d'où est venue la fuite ? demanda Malko.

— C'est exact, reconnut Ronald Goodwell.

— Il y a fort à parier, continua Malko, que le ou les coupables soient russes... Étant donné le désordre qui règne en Russie, vous avez peu de chance de les atteindre là-bas.

Nouveau silence pesant. Tous les regards se tournèrent vers Ronald Goodwell.

— C'est vrai, reconnut le directeur de la Division des Opérations. Mais nous avons perdu cinq hommes.

Nerveusement, il faisait tourner entre ses doigts son Zippo en argent massif, le relançant d'une pichenette. Malko ne répondit pas. On lui cachait une partie de la vérité. La CIA ne s'était pas lancée tête baissée dans le démantèlement d'une simple opération financière. Le FBI était là pour cela. Il devait s'agir, en réalité, d'une manip politique demandée par la Maison-Blanche. Les informations détenues par Igor Zakayev étaient de nature à permettre aux Américains de peser sur les prochaines élections en Russie. Celles de la Douma, en novembre, et surtout, l'élection présidentielle de juin 2000, pour la succession de Boris Eltsine, physiquement incapable de se représenter.

Mais cela, même à lui, on ne l'avouerait pas. C'était un secret d'État.

De toute façon, cela ne ressusciterait pas les cinq agents de la CIA déchiquetés dans l'attentat. Et soulevait une question.

— Vous m'avez bien dit, répliqua Malko, qu'Igor Zakayev était sous votre protection depuis que vous l'aviez « tamponné ». Comment a-t-on pu piéger sa voiture à votre insu ?

Donald Goodwell soutint son regard.

— C'est une très bonne question, reconnut-il. Et l'explication de votre présence ici. Dean McGuire va vous briefer sur ce point.

— C'est moi qui ai collationné tous les éléments dont

nous disposons, enchaîna aussitôt le chef de station de Paris, Dean McGuire. Dieu merci, la Sûreté monégasque a pleinement coopéré. Nous savons qu'une charge explosive d'environ deux kilos a été fixée sous le chassis de la Bentley et déclenchée ensuite par télécommande. La voiture de nos « baby-sitters » n'était pas directement visée, mais elle a été prise dans l'explosion.

— Vous avez identifié celui qui a déclenché l'explosion ? interrogea Malko. Et vous savez *comment* elle a été provoquée ?

— Nous avons certains éléments, reconnut prudemment l'Américain. Grâce à la police locale, nous avons pu reconstituer les circonstances de l'attentat. Lorsque la Bentley d'Igor Zakayev a quitté le *Jimmy'z*, vers trois heures du matin, elle a été prise en filature par une Ford Fiesta. Bien entendu, à ce moment, la charge explosive se trouvait *déjà* en place sous la Bentley. Il s'agit d'hexogène, un explosif militaire fabriqué un peu partout dans le monde. Donc, cette Ford Fiesta a suivi la Bentley et *notre* véhicule de protection, sans que ses occupants s'en aperçoivent, le long de l'avenue de la Princesse-Grace. L'explosion a eu lieu en face d'une résidence luxueuse, le Houston Palace.

— Et qu'est-il advenu de cette Ford Fiesta ?

— À cet endroit, il y a un passage ouvert dans le terre-plein central, permettant de faire demi-tour. C'est ce que le véhicule des tueurs a vraisemblablement fait, reprenant l'avenue de la Princesse-Grace en sens inverse. Mais au lieu de continuer jusqu'au territoire français qui commence juste après le *Jimmy'z*, il s'est réfugié dans le parking souterrain du *Larvotto*, un peu plus loin dans l'avenue.

— Comment savez-vous tout cela ? demanda Malko, plutôt surpris.

Dean McGuire eut un sourire triste.

— La police monégasque a découvert dans le parking une Ford Fiesta louée à l'aéroport de Nice. Avec, à la place du passager avant, un homme tué de deux balles dans la tête. Il avait sur lui deux passeports. Un russe au nom de

Vadim Youssoupov, né à Kazan le 11 novembre 1968, et un autre hongrois, au nom de Lazlo Bistosh. La Ford Fiesta avait été louée avec celui-là. Il avait encore à ses pieds l'émetteur codé qui a servi à déclencher l'explosion, fonctionnant sur la fréquence de 42 mégahertz. Et, dans un sac de voyage à l'arrière, avec des vêtements, un pain d'Hexogène de cinq cents grammes encore enveloppé dans son papier huilé, entouré d'une bande indiquant sa provenance et son année de fabrication… 1992.

— On ne peut pas dire que les tueurs aient cherché à brouiller leurs traces, remarqua Malko.

— Pourtant, c'étaient des professionnels, affirma Dean McGuire. La charge explosive avait été fixée par un aimant, l'antenne de réception raccordée à l'antenne extérieure de l'auto-radio pour améliorer la réception du signal. Quant à l'explosif utilisé, l'examen chromatographique a prouvé qu'il s'agissait d'hexogène.

— Le même que celui découvert dans la Ford Fiesta ?

— Impossible de le prouver, on ne peut pas identifier la provenance d'un explosif à partir de quelques molécules, mais le simple bon sens l'induit.

— Et le conducteur de la Fiesta ?

Dean McGuire eut un geste évasif.

— Disparu. Il a très probablement abattu Youssoupov dès leur arrivée dans le parking *Larvotto* et s'est ensuite enfui dans un autre véhicule. En utilisant le ticket d'entrée de la Ford Fiesta, qui n'a pas été retrouvé. Il y a une particularité au parking du *Larvotto* : la première heure est gratuite. Le conducteur de la Fiesta le savait sûrement : il a donc utilisé pour ressortir avec *sa* voiture le ticket de la Fiesta, conservant le ticket d'entrée de sa propre voiture et ne laissant ainsi aucun indice derrière lui…

— Sauf, un cadavre, une télécommande et de l'explosif…

— Qui ne nous mènent à rien, conclut l'Américain. Les autorités russes nous ont appris que Vadim Youssoupov avait appartenu aux « Spetnatz », les Forces spéciales du KGB, mais qu'il avait démissionné en 1991. Quant au conducteur, nous n'avons aucune idée de son identité. La caméra municipale qui se trouve en face du *Jimmy'z* a enregistré le passage d'une voiture quelques minutes après l'attentat, mais on ne distingue ni son numéro, ni le visage du conducteur. Et nous n'avons trouvé aucune trace de Youssoupov, ni à Nice, ni à Monte-Carlo, ni sur aucun vol se posant à Nice.

— Ce n'est pas encourageant, conclut Malko en buvant une gorgée de café assez infâme.

La bisque et le homard étaient parfaits, mais le *Louis XV* n'avait pas encore découvert la recette de l'expresso.

— Ce qu'on appelle en russe une *zakasnoye*, une commande, expliqua Austin Redd. Le conducteur était le chef de mission, mais pas le commanditaire. Il est très possible que lui aussi ait déjà été liquidé. Ceux qui ont commandité cet attentat n'ont eu aucun mal à trouver des hommes de main. Moscou grouille de gens comme ce Youssoupov. Des demi-soldes du KGB, des « Spetnatz », des « groupes Alpha ». Ou de simples voyous pour qui la vie humaine n'a aucune valeur.

Malko renonça à réclamer un autre café. La salle se vidait, ses clients aspirés par le casino ou la plage. Malko abaissa les yeux sur sa Breitling Crosswind. Trois heures dix.

— De toute évidence, la clef de cet attentat se trouve à Moscou, conclut-il. Notre ami Austin Redd semble parfaitement bien placé pour mener cette enquête, avec l'aide de ses homologues russes. Sauf évidemment si vous pensez que le FSB ou les autorités russes ont quelque chose à voir avec cet attentat.

L'assourdissant silence qui lui répondit fut l'éblouissante démonstration que ce n'était pas une hypothèse idiote…

Ronald Goodwell reprit la parole.

— En ce moment, nous n'avons confiance en *personne* à Moscou, dit-il en détachant bien les mots. Surtout pour une affaire de ce type. C'est le premier point. Le second est que nous avons *quand même* une piste. Dean va vous en dire plus.

Comme un prestidigitateur, le chef de station de Paris fit surgir une série de photos qu'il tendit à Malko.

— Igor Zakayev avait une maîtresse, expliqua-t-il. Une Russe établie à Monte-Carlo, Elena Ivanovna Sudalskaïa. Une très belle femme, séparée de son mari, un riche businessman, russe lui aussi.

Malko examina les photos, toutes prises dans différentes soirées. Sur chacune d'elles, un personnage était entouré d'un cercle : une femme très grande, avec de courts cheveux noirs plaqués comme un casque, superbement bien faite. Une arrogante poitrine sur un corps élancé aux jambes interminables. Il y avait même une photo d'elle au *Beach*, moulée dans un maillot une pièce noir qui la rendait encore plus sculpturale. Elle souriait de sa grosse bouche charnue, mais l'expression de ses yeux sombres était insaisissable.

Malko rendit les photos.

— Igor Zakayev avait bon goût.

— Il était très amoureux d'elle, renchérit Lance Duvall. Il avait demandé que nous lui obtenions un visa pour qu'elle le rejoigne aux États-Unis.

— Où est-elle ?

— Partie, le matin de l'attentat.

— Donc, *avant* ?

— Oui.

— Pourquoi la soupçonnez-vous ?

Dean McGuire reprit la parole.

— J'ai reconstitué l'emploi du temps de Zakayev au cours des dernières quarante-huit heures avant sa mort. La nuit précédant l'attentat, il a passé la soirée avec elle. Ils ont dîné et terminé au *Jimmy'z*, avant de rentrer dans son appartement à elle, avenue de la Princesse-Grace. Igor y est resté jusqu'à six heures du matin. Il avait mis sa Bentley dans le garage souterrain de l'immeuble. C'est le seul moment où elle a échappé à notre surveilance. Le reste du temps, elle était garée en face d'ici sur le terre-plein du casino, et personne n'aurait pu s'en approcher sans qu'on s'en aperçoive…

— Où se trouve cette Elena ?

— Elle a pris un vol pour Bruxelles le matin de l'attentat, après être passée ici, à l'*Hôtel de Paris*, déposer un mot à Igor Zakayev. Elle n'est restée à Bruxelles que deux heures : le temps de prendre une correspondance pour Moscou. Nous ignorons quand elle revient, et même *si* elle revient.

— Pourquoi aurait-elle participé à ce meurtre ? s'étonna Malko.

L'Américain eut un geste d'impuissance.

— Je n'en ai pas la moindre idée. Peut-être est-ce une fausse piste. Seulement, c'est notre seule piste. Et nous tenons à la suivre…

Ronald Goodwell ajouta en détachant ses mots :

— Malko, je vous l'ai dit au début de ce déjeuner, nous *voulons* venger nos camarades. C'est une priorité absolue. Le directeur de l'Agence, Mr Tenet, est absolument d'accord. Nous voulons la peau des gens qui ont commandité ce meurtre, de tous ceux qui y ont mis la main. Il y a une récompense de cinq millions de dollars. Pour vous ou quiconque nous mènera aux coupables…

Encore fallait-il vivre assez longtemps pour en profiter. Pour des milliards de dollars, on tuait facilement. L'exemple d'Igor Zakayev était là pour le prouver. Se méprenant sur le silence de Malko, l'Américain insista :

— Je sais que cela risque d'être une mission impossible, extrêmement dangereuse. Mais…

Il laissa sa phrase en suspens. Malko l'acheva :

— … C'est un devoir absolu…

— *Right*, acquiesça Ronald Goodwell, et nous pensons que vous pouvez grandement nous aider. Austin, ici présent, est surchargé de travail à Moscou avec tout ce qui se passe en ce moment. Bien sûr, il mettra à votre disposition tous les contacts et tous les moyens de la station, mais il ne peut pas, directement, procéder à une enquête approfondie. De plus, il a un job *officiel* et nous ignorons sur quoi nous allons tomber.

Malko sourit. Tout était dans le non-dit. Il y avait eu assez de vies américaines sacrifiées dans cette affaire. Certes, Malko était estimé à la CIA, mais ce n'était pas la même chose. Quant à la récompense de cinq millions de dollars, la chose était courante dans ce genre d'affaires. Il regarda les visages creusés par le stress de ses voisins. Leur émotion n'était pas feinte. Aux États-Unis, la vie humaine a une grande valeur, surtout les vies américaines, un peu plus égales que les autres. Il se dit qu'une pirouette serait une façon élégante d'accepter une mission où il allait se heurter à des forces puissantes et féroces.

— Remontrez-moi donc les photos de cette Elena, demanda-t-il.

Dean McGuire les lui tendit et il les étudia quelques minutes dans un silence minéral. La maîtresse de feu Igor Zakayev était vraiment très belle, un magnifique animal avec quelque chose en plus de dangereux, d'insaisissable. Il reposa les photos.

— Je pense que cette Elena vaut la peine qu'on la suive, dit-il d'un ton volontairement léger. Même jusqu'à Moscou !

Il crut que les autres allaient applaudir. Les traits de Ronald Goodwell se détendirent d'un coup. Il se retourna et appela le maître d'hôtel.

— Apportez-nous le meilleur cognac de la maison !

Cinq minutes plus tard, le maître d'hôtel revenait, portant sur un plateau une bouteille au long col : du cognac Otard XO, qu'il versa avec componction dans les cinq verres. Le directeur de la Division des Opérations leva le sien, tourné vers Malko.

— À Foster. Où qu'il soit aujourd'hui. Et à nos camarades tombés avec lui. Je sais que vous ferez de votre mieux pour les venger. Que Dieu soit avec vous. Vous êtes désormais le fer de lance de l'opération « Sword »[1].

1. Glaive.

CHAPITRE III

Malko se dit que, décidément, tout foutait le camp en Russie… Les deux sentinelles en grand uniforme qui veillaient jadis devant le mausolée de Lénine en marbre rouge, au pied des murs du Kremlin, avaient disparu, remplacées par un bidasse au calot de travers qui renseignait les rares touristes, cigarette au bec, les mains dans les poches. Il frissonna : comme toujours, un vent glacial balayait la place Rouge et les *babouchkas* stoïques, plantées un peu partout avec leurs stands de cartes postales et de souvenirs.

Vide, la place semblait immense et la magnifique cathédrale de Basile-le-Bienheureux, tout au fond, ressemblait, avec ses clochetons colorés, à un château de Disneyland.

Il enfonça les mains dans les poches de son manteau de cachemire, regardant vers la place du Manège, là où Boris Eltsine avait fait reconstruire les deux bâtiments jadis rasés par Staline pour permettre l'accès de la place Rouge aux chars, pour le défilé annuel de l'anniversaire de la Révolution d'Octobre. Il n'y avait plus d'Union soviétique, plus de défilés martiaux et face au Kremlin, le célèbre Goum, jadis magasin populaire, n'abritait plus que les grandes marques du monde occidental, inaccessibles à presque tous les Moscovites.

L'homme avec qui il avait rendez-vous était en retard. Il baissa les yeux sur son chronographe Breitling. Exactement de quarante minutes. L'opération « Sword » commençait mal. La veille, en arrivant, il avait appris la mort d'un homme qui l'avait beaucoup aidé lors de son précédent voyage, un clandestin de la CIA établi depuis longtemps à Moscou, Larry Walker. Jovial et bon vivant, amateur de bonne bouffe et de gentilles putes. Infarctus.

Son portable se mit à grelotter dans sa poche. Une voix grave demanda :

— *Gospodine* Linge ?

— *Da.*

— J'ai eu un problème, j'étais en réunion. Je n'ai pas le temps de venir là où vous êtes. Pouvons-nous nous retrouver dans dix minutes au *Café d'Angleterre* ? Vous connaissez ?

— Oui, dit Malko, pas de problème.

Il se dirigea vers la place du Manège et héla une voiture qui passait, en face de l'hôtel *Moskva*. Ils se mirent d'accord pour vingt roubles et Malko prit place dans la vieille Lada 1500, à côté du conducteur. Il y avait très peu de taxis à Moscou, mais tous les heureux possesseurs de voitures faisaient le taxi. Ils remontèrent vers l'ex-place Dzerjinski, rebaptisée Loubianka, laissant à leur gauche le Bolchoï. La statue du fondateur de la Tchéka avait disparu depuis 1991, mais le massif bâtiment administratif de l'ancien KGB dominait toujours la place, comme une étoile morte. Ils passèrent devant, remontant la rue Bolchaïa Loubianka, passant devant l'immeuble de béton gris sale du FSB [1]. Le quartier, regroupant des bâtiments qui abritaient les différents organes de sécurité, était arpenté par des hommes de la Milicija en tenue grise, reconnaissables à leur casquette à bande rouge. Impossible de se garer. Il se fit déposer juste en face du *Café d'Angleterre*. Avec ses vitraux, l'endroit ressemblait à un pub anglais. La salle était vide, à part un couple qui, les mains enlacées, murmurait à voix basse. Malko s'installa face à la porte et

1. Federalnaya Slushba Bezopasnosti : Service de sécurité intérieure, successeur du Second Directorate du KGB.

commanda une vodka pour combattre la bise de la place Rouge.

Il espérait que son rendez-vous serait fructueux. La veille, Austin Redd était venu le chercher à l'aéroport de Cheremetievo-2 toujours aussi déprimant. Seule différence : on entrait désormais en Russie comme dans un moulin. Il suffisait de fournir la preuve d'une réservation d'hôtel et de payer cent cinquante dollars en liquide pour obtenir un visa dans la journée. Le chef de la station de Moscou l'avait ensuite déposé à l'hôtel *Metropol*, à deux pas du Kremlin, un établissement au charme un peu désuet, aux chambres immenses et aux couloirs interminables. Les « dejournaya » [1] avaient disparu, mais il flottait encore dans l'air un vague parfum rétro. En gagnant sa chambre, il avait croisé dans le hall plutôt froid une créature absolument somptueuse. Une Russe d'un mètre quatre-vingt-cinq, en pantalon de cuir noir, avec un haut en léopard, une queue de cheval. Le port altier, le regard fixé sur l'Oural, elle avait traversé le hall comme une apparition.

La porte du *Café d'Angleterre* s'ouvrit, interrompant la rêverie de Malko. Un homme de haute taille aux cheveux très noirs, avec d'épais sourcils et des traits réguliers, de larges épaules moulées dans un pull de grosse laine, l'allure vaguement militaire, se dirigea immédiatement vers lui et s'arrêta devant sa table.

— *Gospodine* Linge ?

— *Da, Polkovnik* [2] Sergueï Zdanovitch ?

— *Da. Vy govorite po russki ?* [3]

— *Da.*

— *Karacho !*

Il semblait nettement soulagé et, sortant un paquet de Java, en alluma une avec un Zippo à l'effigie de Che Guevara.

1. Sorte de surveillantes placées à chaque étage, du temps de l'Union soviétique.
2. Colonel.
3. Vous parlez russe ?

— C'est un cadeau de M. Redd, remarqua-t-il.

Les deux hommes échangèrent un sourire en regardant l'inscription « El Che vive ! » sur le Zippo. La CIA avait l'esprit large. Austin Redd avait « briefé » Malko sur l'officier russe. Ce dernier, attaché au FSB-Moscou, était l'interlocuteur *officiel* de la CIA, donc autorisé à rencontrer les agents de la station. Au fil des mois, il avait développé avec les Américains une relation plus profonde, dépassant largement le cadre ordinaire de sa fonction, et leur apportait souvent des informations très éloignées de la langue de bois officielle.

C'est Austin Redd qui l'avait « apprivoisé » lui-même. Sergueï Zdanovitch était un homme blessé. Ayant commencé sa carrière dans l'aristocratie du KGB — le Premier Directorate, équivalent de la CIA dans la recherche du renseignement extérieur —, il avait eu la malchance de se trouver dans la même section qu'un défecteur, Vladimir Gorgievski ! Évidemment, après la défection de celui-ci, tous les membres de sa section s'étaient retrouvés mutés à des postes sans responsabilité. Comme Sergueï Zdanovitch, chargé au FSB-Moscou des contacts avec ses homologues étrangers, depuis dix ans…

Aussi, à chaque information officieuse, il recevait une prime en liquide, discrètement glissée dans les pages d'un magazine économique prêté par la station. Dans cette Russie corrompue jusqu'à l'os, il n'avait pas vraiment l'impression de trahir.

Malko commanda des zakouskis et une bière pour l'officier russe, sans l'attaquer tout de suite sur le fond. Austin Redd, dès son retour à Moscou, lui avait demandé de retrouver discrètement la trace d'Elena Ivanovna Sudalskaïa

— Comment va Boris Nicolaievitch ? interrogea Malko.

En russe, on désignait toujours les gens par leurs deux prénoms : le leur et celui de leur père. Sergueï Zdanovitch eut un hochement de tête attristé.

— Pas bien. Tous les jours, le convoi officiel quitte Gorki 10, où se trouve sa datcha officielle, vers huit heures trente : quatre voitures de protection avec gyrophare et sirène encadrant deux Mercedes 600 « Stretch » arborant le fanion présidentiel, et une ambulance. Seulement, il n'y a personne à l'intérieur ! Boris Nicolaievitch ne vient plus au Kremlin que deux ou trois fois par semaine, et ne reste jamais plus d'une heure. Le temps que son cameraman personnel — le même depuis onze ans — le filme en compagnie d'un visiteur étranger ou du Premier ministre Vladimir Poutine. C'est Tatiana, sa fille, qui a imaginé ce stratagème, pour qu'on le croie en meilleure santé.

Décidément, l'époque des « Villages Potemkine »[1] n'était pas terminée... Malko laissa Sergueï Zdanovitch entamer ses zakouskis avant de demander :

— Avez-vous retrouvé la trace d'Elena Ivanovna ?

L'officier avala son hareng, le fit passer avec un peu de bière et acquiesça.

— Oui. J'ai pu avoir accès à la fiche de police qu'elle a remplie à son arrivée à Cheremetievo. Elle se trouve bien à Moscou où elle a donné comme adresse Dom na Nabiérejnoi[2].

Ce que les Moscovites avaient surnommé Dom na Nabiérejnoi était un imposant bâtiment gris de douze étages, au 2 de la rue Serafimovica, faisant le coin du quai Bersenevskaya. Face au pont menant au Kremlin. Il comportait une bonne centaine d'appartements auxquels on accédait par trois entrées voûtées donnant sur des cours intérieures. Depuis la Révolution d'Octobre, cet immeuble avait toujours abrité des apparatchiks de haut niveau, et des plaques de marbre ou de bronze scellées sur toute la longueur de sa façade rappelaient leur passage. Omettant de signaler que, durant les purges staliniennes, presque tous les matins, les Volga noires du NKVD venaient chercher certains des locataires pour un voyage sans retour au Goulag...

Privatisée depuis la fin de l'Union soviétique, comme la plupart des immeubles moscovites, la « Maison du Quai » abritait désormais de riches businessmen ou des étrangers

1. Villages qui n'existaient qu'en décor, imaginés par l'impératrice Catherine II pour impressionner les visiteurs.
2. La Maison du Quai.

ayant acquis à prix d'or une vue imprenable sur la Moskva et le Kremlin.

— Elena Ivanovna possède un appartement dans la « Maison du Quai » ? demanda Malko.

L'officier du FSB haussa ses épais sourcils.

— Apparemment non, car elle ne figure pas sur la liste des propriétaires ou des locataires. Mais elle peut habiter chez quelqu'un...

— Vous n'avez aucune idée de qui ?

Sergueï Zdanovitch secoua la tête.

— Aucune. Il faudrait aller se renseigner auprès des concierges et je n'ai pas encore eu le temps. Je pourrai le faire dans la semaine, en faisant attention...

— Pourquoi « attention » ? s'étonna Malko. Vous appartenez à un service officiel...

Le colonel du FSB eut un sourire plein de retenue.

— Quelques-uns des « bandits » les plus riches de Moscou habitent là. Ils sont très susceptibles et réagissent vite. Notamment Omar Tatichev, le Tchétchène propriétaire de l'hôtel *Radisson*. Celui qu'on accuse d'avoir assassiner son associé américain à la suite d'un différend commercial.

— Il n'a pas été inquiété ?

Le colonel eut un geste d'impuissance.

— Non. Il n'y a pas de preuves et Tatichev est un intime de Loujkov, le maire de Moscou, à qui il donne beaucoup d'argent. C'est son « *kricha* »[1]. Ici, tout le monde en a un, sinon on ne reste pas longtemps vivant...

Rassurant. Après une pause-zakouskis, le Russe enchaîna :

— J'ai découvert dans nos archives une fiche sur cette Elena Ivanovna Sudalskaïa, bien qu'elle ne vive plus en Russie depuis longtemps. Elle a commencé par être Miss Moscou, a été remarquée par un « New Russian » qui l'a emmenée à l'étranger et, ensuite, l'a épousée, en lui donnant beaucoup d'argent. C'était un des patrons de la Lukoïl[2]. Il a gagné des milliards. À l'époque, c'était facile,

1. Littéralement : « toit ». Protection.
2. Principale compagnie pétrolière de Russie.

si on était dans le pétrole, avec des amis bien placés. Il achetait des trains entiers de pétrole qu'il payait en roubles et les revendait, aussitôt la frontière passée, en dollars. Chaque semaine, il faisait rentrer trente ou cinquante millions de dollars…

— Où est-il ?

L'officier eut un geste désabusé.

— Il a émigré à Chypre.

— Et maintenant, avec qui est-elle ?

— Sa fiche ne le dit pas. C'est M. Redd qui m'a appris qu'elle était avec Igor Zakayev. Dans sa fiche, on mentionne aussi qu'elle aurait été la maîtresse d'un des hommes les plus puissants de Russie, en 1996, Simion Gourevitch.

Malko répéta, surpris :

— Simion Gourevitch ? Le « Raspoutine » du Kremlin ?

— Exactement, confirma le colonel du FSB. Mais il a eu beaucoup de maîtresses.

Cette révélation ouvrait à Malko des horizons. Simion Gourevitch avait la réputation d'être un des hommes les plus puissants de Russie, grâce à ses liens avec Tatiana, la fille d'Eltsine. Officiellement, il n'était que docteur en sciences de l'Université de Moscou. Mais depuis 1989, il s'était lancé dans le business, s'enrichissant très vite. La rumeur l'accusait de tous les crimes de la terre, de liens sulfureux avec les Tchétchènes, de blanchiment d'argent, et surtout de diriger la Russie en sous-main, par l'intermédiaire du clan Eltsine. Bien qu'il n'ait aucun rôle officiel au Kremlin, tout le monde le craignait. Début 1999, le procureur général de Russie, Iouri Skouratov avait lancé contre lui un mandat d'arrêt pour différents crimes, alors qu'Evgueni Primakov était Premier ministre. Toute la Russie s'attendait à ce qu'il soit arrêté. Eh bien, le procureur avait été démis de ses fonctions par Boris Eltsine qui avait, dans la foulée, renvoyé Evgueni Primakov, pour nommer à sa place un homme plus docile, Stepachine…

— Elena ne serait pas chez lui ? interrogea Malko.

— Simion Gourevitch habite une datcha à Gorki 2, répliqua le colonel du FSB. Je sais qu'il dispose de plusieurs appartements à Moscou, mais je ne sais pas où. Je vais essayer de me renseigner. Mais ne vous emballez pas. Gourevitch a connu des dizaines de filles comme Elena.

Il tordit le cou pour lire l'heure sur la Crosswind de Malko.

— Je vais être obligé de vous quitter.

Le FSB-Moscou se trouvait un peu plus haut sur la droite, dans Bolchaïa Loubianka. Un triste immeuble gris aux ouvertures carrées.

— Quand nous revoyons-nous ?

Sergueï Zdanovitch eut un geste évasif.

— Dans quelques jours. Je vous appelle sur votre portable dès que j'ai du nouveau.

Malko le laissa sortir le premier. Il était un peu découragé. La « Maison du Quai » comportait au moins une centaine d'appartements. Comment y retrouver la maîtresse d'Igor Zakayev ? C'était à la station de Moscou de l'aider. Il sortit et traversa Bolchaïa Loubianka. Une quinzaine de voitures étaient garées devant le supermarché Sept Continents. Il avisa un des conducteurs et négocia le trajet pour le Koltso[1] pour trente roubles. Austin Redd allait être obligé de se remuer.

*

* *

La façade ocre de l'ambassade américaine située sur le Koltso, souillée de graffitis injurieux pendant la guerre du Kosovo, avait été repeinte, et la queue habituelle des demandeurs de visa s'allongeait devant la porte du consulat. Malko emprunta la « North Gate » et se fit conduire chez Austin Redd. Le chef de station de la CIA s'était installé dans le second bâtiment, situé derrière l'ancien donnant sur le Koltso, une suite de bureaux insonorisés et modernes, gardés par des Marines au crâne rasé.

— Sergueï a été efficace ? demanda-t-il, à peine Malko fut-il entré dans son bureau.

1. Boulevard circulaire autour du centre de Moscou.

— Bien disposé, en tout cas, relativisa Malko. Et il a retrouvé la trace de la belle Elena. Qui n'est pas une inconnue au FSB.

Au nom de Simion Gourevitch, l'Américain sursauta comme si une guêpe l'avait piqué.

— Cette crapule de Gourevitch !

— Ce qu'on dit de lui est vrai ?

Austin Redd tira sur son gilet avec une mine de bon ton.

— En dessous de la vérité, à mon avis. C'est lui le véritable cerveau du Kremlin, depuis qu'Eltsine est diminué par la maladie.

— Mais comment a-t-il pu prendre un tel ascendant sur la famille Eltsine ?

Austin Redd lui adressa un sourire désarmant.

— Mais tout simplement en leur apprenant à voler ! N'oubliez pas qu'Eltsine était un simple apparatchik dans l'Oural. Lorsqu'il est arrivé à Moscou, il ne savait même pas ce qu'était une carte de crédit. Il disposait de pouvoirs énormes, mais ne savait pas comment les détourner à son profit. Simion Gourevitch a initié la « Semia[1] » aux subtilités des détournements d'argent. Il est mouillé dans toutes les grands scandales financiers : Menatep, Mabetex, Aeroflot. Il est sans pitié pour ceux qui se mettent en travers de sa route. L'année dernière, on l'a accusé d'avoir fait assassiner un journaliste russe du *Moskovski Komsomolets* qui avait écrit sur lui un article au vitriol. Ce dernier a reçu un colis piégé qui a explosé dans la rédaction, le tuant sur le coup.

Édifiant.

— Il aurait pu être responsable de l'attentat de Monaco ?

Le chef de station de la CIA soupira.

— Je mourrais d'envie de vous dire « oui », mais je n'y crois pas. Simion Gourevitch est *très* malin. Faire assassiner un journaliste de vingt-huit ans à Moscou ne tire pas à conséquence. Être responsable de la mort de cinq agents de chez nous, c'est différent. Il n'a pas envie que nous nous déchaînions contre lui. S'il avait été au courant de nos tractations

1. Famille.

avec Igor Zakayev, peut-être, à la rigueur. Gourevitch sait bien que si la famille Eltsine coule, il coule aussi. Et plus profond. Pour l'instant, concentrez-vous sur Elena. D'autant qu'il y a une raison supplémentaire de s'intéresser à elle...

— Laquelle ?

— J'ai reçu ce matin un message de la station de Berne. Nos gens se sont renseignés au Crédit Suisse, là où Igor Zakayev possédait un coffre où reposent les informations qu'il avait promis de nous communiquer. Il devait être *très* amoureux d'Elena Sudalskaïa... Il a déposé à la banque sa signature pour avoir accès au coffre. Comme il est mort, elle est désormais la seule personne à pouvoir récupérer ces documents. Aussi, ajouta-t-il avec un petit rire sec, vous avez intérêt à la séduire.

Malko en resta bouche bée. L'opération « Sword » changeait de nature. Ce n'était pas seulement la noble vengeance, la Charge de la Brigade Légère. Il y avait un intérêt bien terre à terre à retrouver la maîtresse de feu Igor Zakayev...

Ronald Goodwell connaissait-il ce détail lorsqu'il l'avait supplié de venger les cinq morts de Monte-Carlo ? Malko décida de lui laisser le bénéfice du doute.

— Je suis prêt à séduire Elena, dit-il, mais il faudrait d'abord la localiser. Je crains que *via* le FSB, cela prenne du temps. Si seulement Larry Walker était encore là...

Austin Redd hocha la tête avec tristesse.

— Que Dieu ait son âme ! Il est mort heureux en se faisant sucer au *Night-flight.*

Malko faillit dire « amen ». Soudain, le chef de station se frappa le front.

— Je suis stupide ! Je sais qui va vous aider.

— Qui ?

— Gotcha Soukhoumi. Un Géorgien, très copain avec Larry. Un « bandit » bien sûr, mais un bandit sympathique et avec quelques traces d'honnêteté. Je l'ai connu quand il a aidé Chevarnadzé[1] à mater la rebellion abkhaze. À

1. Président de la Géorgie.

l'époque, nous leur avons donné un peu de « quincaillerie » et il en a été extrêmement reconnaissant… Il vit à Moscou, et, tenez-vous bien, il habite la « Maison du Quai »…

— Il doit connaître Elena, alors…

— Peut-être pas, mais il peut la trouver. Je vais lui dire que j'ai un copain qui l'a aperçue à Monte-Carlo et qui veut la retrouver pour la sauter…

Malko tiqua.

— Il sait ce que vous faites ?

— *Of course…*

— Ce n'est pas un peu gros ?

Austin Redd eut un sourire.

— Bien sûr qu'il ne va pas me croire ! Mais s'il y avait un problème, Gotcha pourra toujours prétendre que c'était une histoire de femme. Je l'appelle tout de suite…

Il avait déjà bondi sur son portable. Malko, quelques instants plus tard, entendit un rugissement joyeux sortir de l'appareil. C'était Gotcha Soukhoumi… La conversation fut brève.

— Nous avons rendez-vous à neuf heures au *Café Pouchkine*, conclut l'Américain. Je vous abandonnerai après vous avoir présenté. Avec Gotcha, cela risque de se terminer tard. J'espère que vous tenez bien la vodka.

*
* *

Le *Café Pouchkine* était bourré, comme tous les soirs. Les clients patientaient devant le long bar en face de l'entrée. Situé place Pouchkine, en face du McDonald's, c'était le plus récent restaurant de Moscou, dans un cadre très sophistiqué. Au premier, un décor de bibliothèque avec de vrais livres, de la musique classique, des bougies sur les tables et un service guindé. Le rez-de-chaussée était une brasserie sympa mais plutôt élégante. Et au sous-sol, où on accédait par un ascenseur de cuivre enluminé, un faux moujik à la barbe fleurie régnait sur la garde-robe… L'ensemble semblait sorti du XVIIIe siècle, mais la réalité était plus prosaïque. Le *Café Pouchkine*, créé de toutes pièces, n'avait que quelques semaines !

À neuf heures dix, la porte s'ouvrit sur un gaillard trapu aux épaules larges et aux yeux malins, le cheveu rare et plat, sanglé dans une chemise Mao ouverte et un jean. Il se jeta dans les bras d'Austin Redd, l'étreignant comme si c'était son frère. Puis il fit de même avec Malko... Ce dernier n'eut pas le temps d'expliquer son problème. Un second personnage venait de surgir. Gotcha Soukhoumi le présenta.

— Sacha Borodovino...

Malko allait demander ce que faisait Sacha, un beau garçon aux yeux un peu globuleux et au nez busqué, lorsque derrière lui apparut une cohorte de filles belles à couper le souffle ! Toutes sur le même modèle, blondes, très grandes, des visages parfaits et des jambes interminables, sauf une brune dont les cheveux descendaient jusqu'aux reins, dissimulant en partie une croupe de rêve. Elle tranchait sur le lot. Toutes étaient vêtues de pulls, de jupes minis ou de pantalons et arboraient l'habituel air dédaigneux des jeunes Moscovites. Gotcha Soukhoumi expliqua :

— Sacha dirige la plus grande agence de mannequins de Moscou. Ce soir, il sort ses plus beaux modèles...

Présentations. On leur trouva une grande table ronde au fond et la vodka commença à couler à flots. Austin Redd, un peu figé avec sa cravate et son gilet, faisait tache... La première bouteille de Stolichnaya « Cristal » fut liquidée en un clin d'œil, et Malko commanda un magnum de Taittinger sous les applaudissements des créatures, enfin dégelées. Austin Redd chuchotait à l'oreille du Géorgien. Ce dernier adressa un clin d'œil à Malko et lui dit sur le ton de la confidence :

— On va te trouver ta merveille ! Je connais tous les concierges de Dom na Nabiérejnoi. Mais, ce soir, on va d'abord s'amuser...

Austin Redd s'éclipsa. Malko ne savait plus où donner du regard. Il apprit que la brune à sa gauche s'appelait Sonia et était née à Bakou, en Azerbaïdjan. Avec ses yeux verts légèrement bridés, sa poitrine abondante qui déformait son chemisier et sa moue de salope, elle était irrésistible. Elle avait vingt ans… À sa droite, Raissa, blonde comme les blés, venait de Smolensk. Sa mini ne cachait pas grand-chose de ses cuisses, ses mains étaient chargées de bagues et elle avait déjà le regard dur. Toutes ne parlaient entre elles que de fringues et de business.

Gotcha Soukhoumi lança à Malko :

— Je ne suis pas sûr que tu aies encore envie de retrouver ton Elena, quand tu auras goûté à ces petites merveilles.

Les filles rirent, lorgnant Malko du coin de l'œil. Un étranger parlant russe, cela les étonnait toujours. Il lui semblait que la cuisse de Sonia s'appuyait légèrement à la sienne. Il croisa son regard et ce qu'il y lut lui mit le ventre en feu.

— On commande ! lança Gotcha. Et ensuite, on va chez moi, fêter notre nouvel ami.

Le magnum de Taittinger Comtes de Champagne Blanc de Blancs 1994 avait duré dix minutes…

*

* *

— À la Russie !

Les quatre verres se levèrent en même temps.

— *Za vaché zdorovié !*

Sonia se tourna vers Malko et proposa :

— Buvons à l'Autriche !

La troisième bouteille de vodka y laissa sa peau, rejoignant celle de cognac Otard XO et les deux autres déjà sur la table. Malko avait perdu le compte des toasts depuis l'arrivée chez Gotcha Soukhoumi. Sonia passa son bras autour du sien et ils burent ensemble d'un trait. Puis la jeune femme se leva d'un bond et l'entraîna vers la balustrade de bois cernant le balcon.

— Viens voir la vue !

Elle le tutoyait à la russe. Ils s'éloignèrent de la table installée sur une immense terrasse en L au douzième étage de la « Maison du Quai ». La vue était à couper le souffle : la Moskva, le Kremlin, la nouvelle basilique du Christ-Roi et tout le centre de Moscou. Les étoiles rouges des tours du Kremlin ressemblaient à une décoration géante d'arbre de Noël. Pour venir, ils s'étaient entassés à huit dans la Mercedes 600 SV12 de Gotcha Soukhoumi, en un joyeux magma. L'appartement du Géorgien était meublé avec une grande sobriété. Un grand lit à même le sol, des cartons de vodka entassés dans l'entrée et l'inévitable billard. Au début, tout le monde avait participé aux toasts. Puis, Sacha s'était éclipsé dans une chambre avec une des blondes. Ensuite, deux autres filles s'étaient mises à jouer au billard, laissant Gotcha et Malko en compagnie de Sonia et Raissa.

Appuyée à la balustrade, tournant le dos au paysage, Sonia fixait Malko, le regard flou, son visage à quelques centimètres du sien.

— Tu as de beaux yeux, dit-elle. On dirait de l'or.

— Toi aussi, répliqua Malko.

Ils étaient presque collés l'un à l'autre. La vodka faisait beaucoup pour le rapprochement des peuples et les femmes russes n'avaient jamais été farouches. Soudain, Malko sentit les lèvres de Sonia se poser doucement sur les siennes et une langue s'infiltrer entre ses dents. La jeune femme l'embrassait avec douceur, son corps soudé au sien. Il lui rendit son baiser, de plus en plus fort, sentit son bassin s'animer, mais soudain, elle s'écarta et lança :

— J'ai envie de danser !

— Ah bon, approuva Malko, un peu surpris.

— Si nous baisons maintenant, tu ne m'emmèneras pas danser, expliqua-t-elle avec simplicité. Viens. *Davai !*

Gotcha Soukhoumi fourrageait avec application entre les cuisses de Raissa quand ils rejoignirent la table.

— On va au *Monte-Carlo* ? suggéra Sonia.

Malko jeta un coup d'œil à sa Breitling : déjà une heure et demie. Gotcha regarda tristement les bouteilles presque vides et se leva tandis que Raissa rabattait sa mini sur ses cuisses gainées de noir.

— *Posukotz!*[1]

— *Davai!*

Il se releva. Impossible de réveiller Sacha qui, nu comme un ver, s'était endormi sur sa partenaire. Les deux joueuses de billard posèrent leurs queues et suivirent. On réveilla d'une bourrade le chauffeur de la Mercedes et vogue la galère ! Malko se retourna, regardant les fenêtres obscures de la « Maison du Quai ». La belle Elena devait se trouver à quelques mètres de lui. Rageant.

Le *Monte-Carlo* était tout près, juste en face de l'hôtel *Balchuk Kempinski*. Une nuée de « gorilles » qui semblaient descendre de King Kong en protégeaient l'entrée. Gotcha Soukhoumi fendit leur barrage avec l'assurance de l'habitué. À l'intérieur de la discothèque, la musique était assourdissante. Trois filles se déhanchaient sur un podium. C'était bourré de créatures superbes, de couples flirtant dans des boxes, d'hommes à la mine patibulaire. Sonia, avec un rugissement, abandonna Malko et se lança sur la piste, imitée par ses copines. Il se retrouva seul avec Gotcha, dans un box, face à une bouteille de vodka toute neuve.

Ici, les gens ne semblaient pas ressentir la crise. Beaucoup de filles seules dansaient comme des dératées. Malko remarqua un box vide à côté d'eux, alors que la discothèque était bondée, les gens débordant sur la piste.

— C'est pour qui, ce box ? demanda-t-il.

Le Géorgien interrogea un garçon, et lança à Malko :

— Un grand « bandit », Simion Gourevitch. Il a téléphoné qu'il viendrait peut-être...

Malko regarda la banquette vide. Intéressé. Il allait connaître le Diable... Il n'attendit pas longtemps.

Il y eut un mouvement de foule et Malko aperçut quatre « gorilles » athlétiques vêtus de noir, dans la meilleure tradition des gangsters américains. L'un d'eux tenait à la main, sans ostentation, mais très naturellement, un court pistolet-mitrailleur Borko. Au milieu d'eux, Malko vit d'abord un crâne chauve, puis un petit bonhomme au teint

1. Le dernier toast !

blafard avec un gros nez, sans cravate, vêtu d'un costume sombre, et seul. Au moment de s'asseoir, il aperçut Gotcha Soukhoumi et les deux hommes s'embrassèrent. Gotcha présenta Malko, que Gourevitch salua distraitement. Il semblait tendu, fatigué, et Gotcha revint s'asseoir auprès de Malko.

— Il m'a dit qu'il avait une hépatite virale, dit-il à voix basse. Mais ce n'est pas vrai... Il a peur.

— De quoi ?

Le Géorgien haussa les épaules.

— Les seuls dont il ait peur, ce sont les Tchétchènes ! Ils ont failli le tuer il y a trois ans. Depuis, il sent tout le temps leur souffle dans son cou. Il a encore dû leur faire une saloperie.

— Pourquoi lui en voulaient-ils ?

— Il les avait volés. Dans une affaire de transfert bancaire. Ils n'ont pas aimé. Il connaît beaucoup de Tchétchènes, comme Chamil Bassaiev... Il fait encore des affaires avec eux. Dans le pétrole, les armes. Moi, je l'ai connu quand il débutait. Il apprenait aux apparatchiks à voler.

Il s'interrompit et vida son verre de vodka. Malko tourna ses regards vers la piste et aperçut Sonia en train de lui faire des grands signes. La musique avait viré sirupeuse et elle dansait avec une de ses copines, enlacée comme avec un homme. Il se leva et Gotcha avec un sourire lui tendit aussitôt un verre de vodka. Il avait raison. Dès qu'il fut arrivé près d'elle, Sonia se détacha de sa copine, vida le verre d'un coup et se colla à Malko des épaules aux genoux, le regard noyé d'alcool. Sa bouche retrouva celle de Malko et il eut l'impression que du plomb en fusion coulait dans ses veines. Les seins durcis de la jeune femme s'écrasaient contre l'alpaga de sa veste et son bassin se frottait doucement contre lui. Une lueur excitée flottait dans ses magnifiques yeux verts.

Une salope, bien allumée...

La musique changea encore, et Sonia recommença à se trémousser à un mètre de lui. Mimant la baise, ses yeux dans les siens. Elle était déchaînée. La musique grisait Malko autant que l'alcool. Confus d'abandonner Gotcha, il regarda en direction de leur box. Le Géorgien discutait avec une blonde, mais autre chose attira son regard. Une brune de haute taille, moulée dans une longue robe rouge très décolletée, se faufilait le long de la piste, escortée par deux « gorilles » au crâne rasé et au visage brutal. Le projecteur tomba sur elle et Malko s'arrêta de danser.

Ou il avait une hallucination ou celle qui venait d'entrer était Elena Sudalskaïa, la maîtresse de feu Igor Zakeyev.

CHAPITRE IV

Ne croyant pas à sa chance, Malko suivit la jeune femme des yeux, avec l'impression de regarder les photos qu'on lui avait montrées à Monte-Carlo. Le casque de cheveux noirs plaqués, le profil énergique, la grosse bouche rouge. La surprise de Malko s'accrut encore en voyant la jeune femme gagner le box où se trouvait Simion Gourevitch. Celui-ci se leva et l'étreignit, bien qu'il lui arrive à l'épaule. La voix de Sonia, hurlant dans l'oreille de Malko pour couvrir le vacarme de la musique, l'arracha à sa contemplation.

— Tu la connais ?

— Non, prétendit Malko. Et toi ?

— Je l'ai vue ici de temps en temps. Souvent seule. Elle t'intéresse ?

— Elle a de l'allure.

Sonia se serra contre lui, le pubis en avant, et dit à son oreille :

— Salaud ! Tu as envie de la baiser. Remarque, moi aussi elle me plaît. Mais ce soir, elle est en main, avec ce porc de Simion.

Il y avait un regret sincère dans sa voix… Encore une bisexuelle. Visiblement, Elena lui plaisait autant qu'à Malko. Elle se remit à danser, incrustée contre lui, bien décidée à chasser Elena de son esprit. Sournoisement, Malko guida leurs pas vers le bord de la piste de danse. Il put ainsi dévisager la brune à son aise. Elle avait les yeux un peu enfoncés, un petit nez droit, une épaisse bouche rouge et cet extraordinaire casque noir et brillant. Aucun doute, il s'agissait bien d'Elena Sudalskaïa. Simion Gourevitch avait posé une main sur sa cuisse d'un geste possessif. Une rafale de musique techno permit à Malko de regagner le box. Aussitôt, il se pencha vers Gotcha Soukhoumi.

— La fille brune qui est avec Simion Gourevitch est celle que je recherche…

Le Géorgien jeta un coup d'œil au box voisin et fit la grimace.

— C'est ennuyeux, parce qu'il est très susceptible. Donc, c'est chez lui qu'elle habite : il a un appartement juste au-dessus du mien, mais on l'y voit rarement. Il préfère sa datcha de Gorki 2.

Sans doute pour changer de la vodka, Gotcha se fit apporter une bouteille d'Otard XO et remplit tous les verres. Sonia, serrée contre Malko, la tête sur son épaule, se rappela à son souvenir, lui massant doucement la cuisse et même un peu plus haut, à l'abri de la nappe. Le cognac avait apparemment un effet aphrodisiaque sur elle. Malko, lui, ne pensait qu'à la brune du box voisin. Perplexe. Était-ce une coïncidence qu'elle soit avec Simion Gourevitch, ou quelque chose de plus ? Gotcha lui coula un regard étonné et lui dit à l'oreille :

— Sonia ne te plaît pas ? Elle est pour toi, ce soir…

— Comment ça ? demanda Malko, suffoqué.

Le Géorgien cligna de l'œil.

— C'est arrangé avec Sacha. De toute façon, tu lui plais. Elle rentre avec toi au *Metropol.*

À ce moment, Elena se leva, dansant sur place, ondulant des hanches. Elle fila sur la piste comme une fusée rouge. Dix secondes plus tard, Sonia sauta sur ses pieds et fonça à son tour sur la piste. Elle se mit à danser en face d'Elena. Les deux femmes continuèrent leur numéro, se rapprochant de plus en plus et même, quand le rythme changea, s'enlaçant carrément !

Malko n'en revenait pas : Sonia draguait Elena comme un homme. La musique s'arrêta et on annonça un défilé de fourrures. Elena repassa dans son box prendre son sac et se dirigea vers les toilettes. Aussitôt, Sonia l'imita.

Les deux femmes réapparurent en même temps et Sonia se coula à nouveau contre Malko, en apparence plus amoureuse que jamais. Sur la piste, une douzaine de jeunes filles, toutes plus belles les unes que les autres, virevoltaient, couvertes de fourrures dont chacune valait vingt ans de salaire d'un Russe moyen. Puis, un groupe de filles les remplaça, chantant à gorge déployée. L'air était familier à Malko, mais pas les paroles.

— Qu'est-ce qu'elles chantent ? demanda-t-il à Gotcha.

Le Géorgien éclata de rire.

— La parodie d'une vieille chanson révolutionnaire : « Tcherkassiev a franchi l'Oural ». Elles se moquent de Poutine et d'Eltsine. Elles ont remplacé Tcherkassiev par Bassaiev [1].

À côté d'eux, Simion Gourevitch faisait la gueule. Il se leva, escorté d'Elena, et se dirigea vers la sortie. Malko en profita.

— Il est tard... dit-il à Gotcha.

— *Vsio normalno !* [2], fit le Géorgien. Mon chauffeur t'attend. Il reviendra me chercher. Amuse-toi bien.

Sonia s'était levée aussi. Elle et Malko arrivèrent dehors juste derrière Elena et Simion Gourevitch. Un véritable convoi attendait devant le *Monte-Carlo*. Une grosse Volga noire avec deux gyrophares, une Cadillac Séville aux vitres fumées et une BMW bourrée de gardes du corps. D'autres surveillaient le périmètre. Simion Gourevitch et Elena s'engouffrèrent dans la Cadillac et le convoi démarra aussitôt.

La Mercedes 600 SV12 aux glaces blindées de Gotcha Soukhoumi surgit à son tour. À peine installée dans la limousine, Sonia posa sa main entre les cuisses de Malko

1. Chamil Bassaiev, chef de la rebellion tchétchène.
2. Pas de problème.

d'un geste possessif. Il vit à peine passer le court trajet… Arrivé devant le *Metropol*, le chauffeur de Gotcha descendit et alla dire quelques mots au vigile dont le travail consistait justement à interdire aux clients de rentrer avec des créatures. Aussitôt, il détourna le regard lorsque Malko passa devant lui, Sonia accrochée à son bras. Gotcha Soukhoumi avait le bras long.

Au quatrième, Sonia se mit à danser dans le long couloir, virevoltant comme une ballerine, faisant flotter ses longs cheveux. À peine dans la chambre, elle s'arrêta net et, ses magnifiques yeux verts fixés sur Malko, elle défit posément son haut, révélant une poitrine lourde, pleine, d'une fermeté de marbre. Puis ce fut le tour de sa mini. Il ne lui restait que son string noir. Malko s'approcha et elle écrasa ses seins contre lui pour un nouveau baiser interminable.

— Tu as de la vodka ici ? demanda-t-elle.

Il en trouva dans le mini-bar et elle la but d'une traite. Puis, comme si elle avait eu besoin de cela pour se décider, elle fit glisser d'un geste naturel son string le long de ses cuisses, dans un geste d'une grande sensualité, découvrant une toison presque entièrement rasée. Ensuite, elle prit Malko par la main et l'entraîna jusqu'au lit où elle s'allongea sur le dos, jambes ouvertes, yeux fermés.

Malko commença à la caresser. D'abord les seins qui semblèrent durcir encore, puis il glissa jusqu'à son ventre. Lorsqu'il ouvrit son sexe avec douceur, Sonia poussa un bref soupir. Puis, comme il la massait doucement, sa respiration se fit plus rapide. D'un geste brusque, elle prit le poignet de Malko, l'enfonçant en elle. Il la sentit s'ouvrir, puis couler comme du miel. Elle poussait de petits gémissements, son bassin se soulevait et retombait. Soudain, il sentit aux contractions de son ventre qu'elle jouissait.

Elle crocha sa nuque, écrasant sa bouche contre la sienne, le mordit, puis le fixa de ses immenses prunelles vertes pleines de trouble.

— On voit bien que tu n'es pas russe ! murmura-t-elle. Ils ne te caressent pas, ils te mettent tout de suite leur machin dans le ventre. Moi, ça ne m'excite pas. J'aime bien qu'on me caresse et qu'on me lèche... C'est pour ça que je le fais avec une copine.

— Tu l'as proposé à la grande brune ? demanda Malko en souriant.

— Non, fit-elle sèchement. Je ne la connais pas.

Comme pour se faire pardonner, elle bascula et, sans préavis, engloutit lentement Malko. Très vite, cette caresse presque sage se transforma en un duel d'un érotisme sauvage. Malko avait saisi ses longs cheveux, les torsadant en une natte improvisée, la guidant ainsi à sa guise. Et cela paraissait exciter Sonia qui frottait contre lui ses seins dardés, se tordait comme une chatte, sans jamais l'ôter de sa bouche.

Puis, haletante, elle se redressa, ses prunelles vertes brûlant d'une lueur à mettre le feu à une cathédrale.

— Baise-moi ! J'ai oublié mes préservatifs. Tu en as ?

— Non, avoua Malko.

Elle secoua la tête.

— *Nitchevo !* Tu n'as pas le sida ?

— Je ne pense pas, affirma Malko avec un sourire. Et toi ?

— Moi, je baise toujours avec un préservatif. Mais Sacha m'a dit qu'avec toi, il n'y avait pas de risques...

Déjà, elle était sur le dos, jambes ouvertes. Il s'enfonça dans son sexe étroit mais onctueux. Sonia avait noué ses bras sur sa nuque, basculé son bassin pour qu'il la pénètre mieux.

— Baise-moi longtemps, murmura-t-elle. Je ne jouis pas facilement.

Malko s'appliqua de son mieux, se contrôlant tant bien que mal. Ses efforts furent récompensés. La respiration de Sonia s'accéléra, ses jambes se dressèrent pour se croiser dans le dos de Malko et elle eut un gémissement qui ressemblait à un sanglot.

Malko n'avait pas joui. Il se retira et retourna doucement la jeune femme sur le ventre. Sonia se laissa faire, comme une poupée. Il contempla un moment sa croupe magnifiquement cambrée, pleine. En ce moment, il était bien loin de la CIA, profitant de ce cadeau du ciel : une fille superbe de vingt ans, qu'il ne connaissait pas quelques heures plus tôt. Comme pour exciter encore plus son désir, elle s'agenouilla et, dans un geste d'une impudeur absolue, ouvrit ses fesses à deux mains. C'était plus que n'en demandait Malko. Encouragé par cette offrande muette, il se posa sur l'ouverture de ses reins. Sonia se raidit mais ne protesta pas. Alors, il pesa de tout son poids, forçant lentement l'anneau qui résista, puis céda brusquement. Malko s'enfonça, trop vite à son gré, entre les fesses cambrées, aussi loin qu'il le put. Sonia haletait. Il demeura immobile, profitant intensément de ce moment magique, sentant contre son ventre la courbe ferme de la croupe qu'il violait. Ensuite, il se déchaîna comme un soudard, perforant cette croupe admirable comme s'il voulait l'ouvrir en deux. Jusqu'à ce qu'il explose au fond des reins de Sonia avec un hurlement sauvage.

*

* *

Assommée de vodka et de plaisir, Sonia dormait allongée sur le ventre. Malko alla prendre une douche et revint dans la chambre. Sonia dormait toujours. Se souvenant de son escapade aux toilettes, il ouvrit son sac. Il y trouva un peu d'argent, des papiers et un bristol blanc où étaient griffonnés un numéro de téléphone et un prénom : Elena. Sonia lui avait menti. Il nota le numéro et remit le bristol en place, avant de s'allonger, Sonia grogna et vint se blottir contre lui, comme une petite fille avec son nounours.

Sa soirée était à marquer d'une pierre blanche : il avait retrouvé Elena Sudalskaïa et avait même son numéro de téléphone. Et, éventuellement, un « contact » qu'il pourrait manipuler : Sonia.

*

* *

Sonia avait disparu comme si elle n'avait jamais existé. Un soleil radieux brillait sur Moscou. Il était dix heures. Malko regarda le numéro de téléphone d'Elena, noté sur le bloc de l'hôtel. Il réalisa qu'il n'avait même pas celui de Sonia. Impossible de retrouver sa fugitive maîtresse, sauf par Gotcha. Ce qui le décida à utiliser son information.

Il attendit onze heures et composa le numéro.

— *Ya vam slichou* [1], répondit aussitôt une voix si grave qu'il pensa qu'il s'agissait d'un homme.

— Je voudrais parler à Elena, demanda-t-il.

— C'est moi.

Malko eut un choc. La superbe Elena avait la voix d'un travelo...

— Vous ne me connaissez pas, avoua-t-il. Je vous ai aperçue hier soir, au *Monte-Carlo*, et je vous ai trouvée splendide.

— *Spasiba*, dit Elena, mais comment avez-vous ce numéro ?

Malko se jeta à l'eau.

— Vous l'avez donné à la jeune femme qui se trouvait avec moi...

Il y eut un silence prolongé, puis Elena remarqua d'une voix égale :

— Ah, je vois. Vous étiez dans le box voisin du nôtre.

— Tout à fait.

— Que voulez-vous de moi ?

La question était posée d'un ton si neutre que Malko mit quelques secondes à trouver la réponse.

— Je vous ai trouvée très belle, je voudrais vous inviter à déjeuner ou à dîner.

— Merci, répliqua Elena, mais je ne reste pas à Moscou, une autre fois peut-être. *Dosvidania.*

Elle avait déjà raccroché.

Malko regarda l'appareil, perplexe. À ce stade, elle ne pouvait pas savoir *qui* il était. Leur rencontre avait été purement fortuite. Simplement, il ne l'intéressait pas. Il fallait

1. Je vous écoute.

provoquer une seconde rencontre. Pour cela, la seule intermédiaire possible était Sonia. Mais cela n'allait pas être facile... Maintenant qu'il avait vu Elena en compagnie de Simion Gourevitch, elle devenait encore plus intéressante. Bien qu'il doute qu'un proche de Boris Eltsine s'amuse à assassiner des agents de la CIA. Mais même si la belle Elena n'était pas mêlée à l'attentat de Monte-Carlo, elle était la seule personne à pouvoir récupérer les documents pour lesquels la CIA avait déjà payé le prix du sang...

Donc, il fallait joindre à nouveau Sonia. Et pour cela, seul Gotcha pouvait l'aider. Il appela le bureau du Géorgien qui le prit aussitôt.

— Merci pour la soirée, dit Malko. Laissez-moi vous inviter à déjeuner.

— Avec plaisir, accepta Gotcha avec son enthousiasme habituel, mais je n'ai pas beaucoup de temps. Vous connaissez le café *Donna Klara*, ulitza Bronnaia ? Dans le quartier de l'Étang des Patriarches.

— Je trouverai, dit Malko.

— Alors, à une heure.

Il ne lui restait plus qu'à louer une voiture : ce serait plus souple que le système de taxis moscovite.

*
* *

Lorsque Malko gara sa Golf de location devant le café *Donna Klara*, il remarqua immédiatement une Chrysler Voyager aux glaces fumées stationnée en face du café. En passant devant, il aperçut à l'intérieur des uniformes. Une unité spéciale du DPS[1]. Que faisaient-ils dans ce quartier tranquille et cossu ? Le *Donna Klara* ressemblait à tous les cafés du monde. On y grignotait dans une ambiance agréable.

Gotcha Soukhoumi l'accueillit avec sa chaleur habituelle mais, dès qu'ils eurent commandé, le Géorgien sembla plus soucieux.

1. Dozusno Patrollnaya Slushba : police routière, a remplacé le GAI.

— J'ai reçu un coup de fil de Simion Gourevitch tout à l'heure, annonça-t-il. À ton sujet...

— À mon sujet ? s'étonna Malko. Mais tu nous as tout juste présentés.

— Tu as téléphoné à Elena Ivanovna ce matin...

— C'est vrai, reconnut Malko, elle avait donné son téléphone à Sonia, hier soir. Je l'ai récupéré. Je t'avais dit que cette femme me plaisait...

Le Géorgien demeura silencieux quelques secondes puis dit d'une voix égale :

— *Nie pizdi !*[1] Tu es l'ami de mon ami Austin Redd, mais ne me prends pas pour un con. Il y a des milliers de putes plus jeunes et plus belles que cette Elena à Moscou. Si tu la cherches, ce n'est pas seulement pour la baiser. Et Simion Abramovitch a compris cela aussi. Sinon, il ne m'aurait pas téléphoné... Il se fout que tu dragues cette fille, même s'il la baise... Il y a autre chose.

Ce n'était même pas une question. Malko ne se déroba pas.

— Oui, Gotcha, il y a autre chose, avoua-t-il.

— *Serious business ?*

— *Serious business*, confirma Malko.

L'autre réfléchissait vite

— C'est lié à l'histoire de Monte-Carlo. La bombe ?

— *Da.*

Long silence. Gotcha n'avait pas touché à sa salade. Il alluma pensivement une cigarette avec un briquet Zippo portant ses initiales en relief et la réplique de sa Mercedes 600 V12 gravée. Il remarqua ensuite :

— Tu as vu la voiture du DPS dehors ?

— Oui.

— Je pense que c'est pour toi...

— Pour moi ? Mais pourquoi ?

Le Géorgien eut un sourire entendu.

— Le DPS obéit au MVD, le MVD au Kremlin et le Kremlin à Simion Abramovitch. J'ai l'impression qu'en

1. Ne déconne pas.

approchant cette Elena, tu as touché quelque chose de sensible. En ce moment, à Moscou, personne ne sait qui fait quoi. Mais Simion Abramovitch a le bras très long. Il a eu la peau de deux Premiers ministres, dont Evgueni Primakov. Et Primakov n'est pas sans défense. Alors, toi... Je ne sais pas pourquoi tu le gênes et je ne veux pas le savoir. Si j'étais toi, je partirais quelques jours à Tbilissi, dans ma maison. Il y a du soleil, tu peux cmmener Sonia et te reposer.

Malko non plus n'avait plus faim. Il avait l'impression de rêver. À peine à Moscou, il se heurtait au pouvoir parallèle. Une impression désagréable. Si Simion Gourevitch avait appelé Gotcha, c'est qu'Elena lui avait parlé. Donc, elle non plus ne croyait pas à une banale histoire de drague.

Gotcha Soukhoumi baissa les yeux sur son énorme chronographe Breitling en or gris et appela la serveuse.

— Deux cognacs, *pajolsk.*

Elle revint avec une bouteille de Otard XO et deux verres. Dès que le sien fut rempli, Gotcha le leva.

— À l'amitié entre les peuples ! (C'était la vieille formule. Bidon.) Laisse tomber ton affaire. Moscou est une ville dangereuse. Simion Abramovitch était très énervé au téléphone. Le DPS, ce n'est pas grave, mais s'il lâche sur toi ses copains tchétchènes, personne ne pourra te protéger. Je ne pensais pas que tu allais t'attaquer au Kremlin tout seul.

Malko eut envie de lui dire qu'avant la veille au soir, l'idée ne lui avait pas traversé le cerveau. Visiblement, Gotcha ne voulait plus l'aider. Il dit avec un sourire innocent :

— Ton idée de Tbilissi est peut-être bonne, mais je n'ai pas le numéro de Sonia...

— *Vsio normalno !* Je te le fais téléphoner à l'hôtel.

Il tint à régler l'addition et ils se séparèrent sur le trottoir. Malko regarda s'éloigner la Mercedes 600 SV12 et monta dans sa modeste Golf. Il prit la direction du Koltso et, trois rues plus loin, fut certain que Gotcha Soukhoumi n'était pas parano : la Chrysler Voyager bourrée de policiers le suivait.

CHAPITRE V

Malko s'engagea sur le Koltso, le cerveau en ébullition. Comment le seul fait d'avoir téléphoné à Elena Sudalskaïa lui avait-il valu d'être surveillé par la police moscovite ? Ces hommes étaient armés et pouvaient l'abattre. Il appela Austin Redd de son portable, sur sa ligne directe. L'Américain écouta et l'avertit aussitôt :

— Cette filature signifie que vous avez mis la main sur quelque chose. À mon avis, ils ne vont rien faire contre vous. C'est juste un message. On vous conseille de ne pas vous intéresser à cette femme. Donc, il faut continuer. Relevez le numéro de la Chrysler Voyager. J'appelle notre ami Sergueï et je vous rappelle. Essayez de les semer.

Après avoir coupé la communication, Malko accéléra et tourna dans une rue transversale. Le Voyager s'accrochait. Enfin, après quelques manœuvres tordues, il parvint à le semer. Soulagé, il s'apprêtait à filer vers l'ambassade américaine lorsque le hurlement d'une sirène, derrière lui, le fit sursauter. Une voiture de police bleu et blanc, gyrophare allumé, le talonnait. Elle lui fit une queue de poisson, le forçant à s'arrêter. Deux miliciens en uniforme en descendirent et lui demandèrent ses papiers. Surpris qu'il parle russe, ils lui expliquèrent ensuite que des collègues leur avaient signalé un véhicule conduisant dangereusement. Il était passible d'une amende de trois cents dollars et de la confiscation du véhicule… Tout cela sentait la manip et il ne s'énerva pas. Une demi-heure plus tard, il repartait après avoir donné cinquante dollars aux miliciens. Le harcèlement commençait.

Son portable sonna. C'était Austin Redd.

— Vous allez au *Marriott*, sur Tverskaïa, fit-il. Vous avez rendez-vous dans une demi-heure.

*

* *

Le bar de l'hôtel *Marriott* était vide, à l'exception d'une pute plutôt élégante sirotant tristement un Coca-Cola. Sergueï Zdanovitch arriva quelques instants après Malko, l'air fatigué.

Après avoir commandé un Defender sur de la glace, il écouta attentivement Malko, nota le numéro de la Chrysler Voyager et dit :

— Je vais me renseigner. Je ne crois pas en effet que ce soit une coïncidence. Vous voyez une raison ?

— J'ai retrouvé Elena Sudalskaïa, lui apprit Malko.

Le colonel du FSB écouta le récit de Malko en tirant des bouffées de sa cigarette et en jouant distraitement avec le Zippo Che Guevara offert par Austin Redd. Il tiqua en entendant le nom de Simion Gourevitch.

— Cet homme ne fait rien gratuitement, remarqua-t-il. Il a appelé votre ami et maintenant il y a cet incident. Il faut qu'il se sente personnellement menacé pour réagir aussi vite. Or, ici, il est tout-puissant, sous la protection de Tatiana Eltsine. Il ne peut donc craindre quelque chose que des Américains…

— Donc, il serait…

— Je n'ai pas dit cela, protesta aussitôt l'officier du FSB. Peut-être protège-t-il cette Elena pour des raisons que nous ignorons. Je vais essayer d'en savoir plus. Retrouvons-nous au bar du *Metropol* vers huit heures. Et d'ici là, ne faites pas d'imprudence.

Il termina d'un trait son Defender et se leva. La pute, à

l'autre bout du bar désert, sirotait toujours son Coca. Fini la vodka et le thé. Toutes les traditions russes se perdaient.

Malko vit immédiatement la Chrysler Voyager garée à côté de sa voiture. Quand il démarra, elle en fit autant.

*

* *

D'habitude le bar du *Metropol* regorgeait de jolies filles amenées par les businessmen, mais ce soir, c'était le désert. Situé à gauche des ascenseurs, après le *lobby*, il était bien pratique pour passer des fauteuils confortables à une chambre, en déjouant la vigilance des cerbères veillant à l'entrée de l'hôtel. Malko réfléchissait en jouant avec le message de Gotcha lui donnant le numéro de Sonia, lorsque Sergueï Zdanovitch fit son apparition. Cette fois, sans attendre, Malko lui commanda un double Defender.

— Vous avez appris quelque chose ? demanda-t-il ensuite.

— Oui, dit le colonel du FSB. Ce véhicule appartient au GUBOP, le service de lutte contre le crime organisé, qui dépend du MVD.

— Et pourquoi le GUBOP s'intéresse-t-il à moi ?

Sergueï Zdanovitch eut un sourire mesuré.

— C'est une bonne question à laquelle je n'ai pu obtenir de réponse *directe*. On m'a dit qu'il s'agissait d'un *osobskié papki* [1], donc secret.

— Mais qui a pu ordonner cette surveillance ?

— Le général Kozlov, patron du GUBOP, est très lié à Simion Gourevitch… Cela me paraît une hypothèse plausible. C'est tout ce que je peux vous dire.

Malko le sentait plus que réticent, aussi insista-t-il, précisant à voix basse :

— Sergueï, il y a une récompense de cinq millions de dollars pour quiconque permettra de retrouver les auteurs de l'attentat de Monte-Carlo. C'est une somme énorme…

1. Dossier spécial.

Le colonel du FSB le fixa avec un sourire éteint, tout en faisant claquer le couvercle de son Zippo.

— C'est vrai, reconnut-il, mais quand on est dans un cimetière, on ne peut plus profiter de son argent. Je ne suis qu'un *polkovnik « besprosvetni »*[1], mais j'ai une famille. Ici, à Moscou, on meurt facilement, si on se met en travers des puissants. On recrute des tueurs si aisément... Alors je dois être prudent. Ne me demandez pas des choses impossibles.

Devant la déception visible de Malko, il se pencha, prit un paquet volumineux dans sa vieille serviette de cuir noir et le tendit à Malko. Celui-ci le soupesa. C'était très lourd.

— C'est un pistolet automatique Makarov 9 mm, dit à voix basse Sergueï Zdanovitch. Avec trois chargeurs. C'est ce que je peux faire de plus *utile* pour vous.

Malko posa le paquet sur la table, impressionné. Sergueï Zdanovitch n'était pas un enfant de chœur. Pour qu'il soit aussi prudent, c'est que le danger était réel.

— À qui obéit le FSB ? demanda-t-il.

Sergueï Zdanovitch haussa ses gros sourcils noirs.

— Au Premier ministre, Vladimir Poutine. Qui, lui-même, prend ses ordres au Kremlin. Mais beaucoup de gens sont pour Primakov, ou pour l'ancien patron, Stepachine. On ne peut se fier à personne. Bien sûr, *officiellement*, nous ne ferons rien d'illégal. Mais en secret, chacun obéit à son clan. Moi, je me méfie de tous. En tout cas, faites attention : Simion Gourevitch est très puissant. Et très dangereux.

Il était en train de se lever quand Malko lui demanda :

— Il a des bureaux à Moscou ?

— Oui, bien sûr, la société Kamaz, dans Novokournetzkaïa Ulitza, à côté de la gare de Kazan. Tout un hôtel particulier avec des fenêtres en verre à l'épreuve des balles, à côté d'une église. Vous ne pouvez pas le rater.

— Merci, dit Malko.

Déjà debout, le colonel du FSB remarqua :

1. Littéralement : colonel sans lumière. C'est-à-dire sans avenir.

— Je ne vois pas ce que vous pourriez faire là-bas.

— Je vais essayer de lui rendre la monnaie de sa pièce, fit Malko, volontairement énigmatique.

*

* *

Un ciel bleu immaculé donnait à Moscou un arrière-goût d'été. La circulation s'écoulait lentement, surveillée par des hordes de miliciens en tenue grise, prêts à sanctionner la moindre infraction, bakchich oblige. Malko suivait Ulanski Prospekt, patchwork de vieux immeubles baroques aux couleurs pastel délavées, alternant avec les hideux bâtiments gris de l'ère soviétique. La veille au soir, après avoir quitté Sergueï Zdanovitch, il avait appelé Sonia. En vain. Même pas de répondeur.

Il avait recommencé avant de quitter l'hôtel, sans plus de succès. Et il n'avait pas son adresse.

Quand il s'engagea dans Novokournetzkaïa Ulitza, il n'eut aucun mal à repérer les bureaux de Simion Gourevitch : un hôtel particulier tout en longueur dont les fenêtres avaient des reflets verts, signalant leur blindage. Une demi-douzaine de vigiles arpentaient le trottoir entre les deux entrées. Une Cadillac Seville bleu nuit aux glaces elles aussi blindées stationnait devant. Celle qu'il avait vue deux soirs plus tôt à l'entrée du *Monte-Carlo*.

Il s'arrêta en face du bâtiment et sortit de sa voiture, examinant les lieux. Immédiatement, un des vigiles traversa et fonça sur lui. Sous son pull, on voyait la forme d'un holster. Un visage dur, les yeux froids, les cheveux ras. Il s'adressa à Malko d'un ton calme, mais sans réplique.

— *Gospodine*, il ne faut pas stationner ici. Il y a de la place plus loin.

— Ah bon, pourquoi ? demanda Malko.

— C'est interdit, c'est tout.

— Je ne reste pas longtemps, fit Malko.

Il s'éloigna vers une petite église jouxtant l'hôtel particulier et y pénétra. Lorsqu'il en ressortit, une voiture du

DPS était arrêtée derrière sa Golf... Deux policiers l'encadrèrent aussitôt et lui demandèrent ses papiers. Après les avoir minutieusement examinés et ne trouvant rien à y redire, ils lui ordonnèrent d'ouvrir son coffre.

— Pourquoi faites-vous cela ? demanda Malko, il n'y a pas d'interdiction de stationner ici.

Un des policiers bougonna :

— Nous assurons la protection d'une personnalité qui demeure en face. Maintenant, filez, ou nous allons rue Petrovka... [1]

Malko remonta dans sa Golf, satisfait. Il avait atteint son but. Dans très peu de temps, Simion Gourevitch saurait qu'il était venu le relancer dans sa tanière. Cela semblait un peu naïf mais c'était aussi la seule façon de faire bouger les choses. En quarante-huit heures, il avait certes retrouvé Elena Sudalskaïa, mais perdu ses deux alliés. Et la police moscovite le surveillait comme un criminel. Quant à Elena, c'est comme si elle s'était trouvée sur une autre planète...

*

* *

Malko se retourna pour la dixième fois sans repérer aucun véhicule suspect. Cette fois, il n'était plus suivi. Pour la troisième fois, il achevait le même parcours : place du Manège, la montée jusqu'à la place Dzerjinski, ensuite Loubianka Pereulok, en contournant le Kremlin et la place Rouge, puis le quai Kremliovskaïa et, de nouveau, le Manège.

Les motos étant absentes des rues de Moscou, on ne pouvait le surveiller de cette façon. Rassuré, il refit un tour, franchit la Moskva et se dirigea vers la « Maison du Quai ». C'est tout ce qui lui restait : planquer pour tenter de renouer le contact avec Elena Sudalskaïa. Au pire, cela pouvait déclencher une réaction intéressante...

1. Siège de la Milicija.

Il s'arrêta en face du petit parking adossé au boulevard Serafimovica, se prolongeant par le pont du même nom. De cette façon, il surveillait les trois entrées voûtées de l'immeuble. Il n'avait plus qu'à s'armer de patience.

*

* *

Il était cinq heures de l'après-midi et Malko avait si faim qu'il aurait pu manger son volant, lorsqu'il vit une Mercedes bleue, conduite par un chauffeur, s'arrêter devant la voûte centrale de la « Maison du Quai ». Le chauffeur déplia un journal, attendant vraisemblablement son patron.

Dix minutes plus tard, une silhouette émergea de la voûte. Une femme de grande taille, enveloppée dans un manteau beige descendant jusqu'aux chevilles. Le pouls de Malko monta brutalement. Le casque de cheveux noirs ne pouvait appartenir qu'à Elena Sudalskaïa. Elle s'immobilisa sur le trottoir avant d'entrer dans la Mercedes, examinant la petite place. Malko eut l'impression que son regard s'arrêtait sur sa voiture. Elle monta alors dans la Mercedes bleue qui fit demi-tour et passa devant la Golf. Cette fois, Malko fut certain qu'elle l'avait vu : leurs regards s'étaient croisés ! Il attendit un peu et fila derrière la Mercedes, passant sous le pont Kammeny pour le reprendre de l'autre côté et franchir la Moskva. La Mercedes bleue longea le Kremlin, traversa la place du Manège, empruntant ensuite Teatralni Prospekt pour tourner à gauche dans Neglinnaya. Il y avait beaucoup de circulation et Malko n'avait aucun mal à suivre. La Mercedes bleue tourna dans une rue étroite qui montait et s'arrêta.

Arrêté au coin de Neglinnaya, Malko vit Elena monter le perron d'un immeuble et y disparaître. Il attendit quelques instants et alla voir à pied. Une enseigne annonçait : Sandrenovskié Bani. C'était un « banya », un des innombrables hammams de la capitale russe. Les Russes adoraient et y traitaient beaucoup d'affaires. Quant aux femmes, elles venaient s'y détendre et donner leurs coups de téléphone à leurs amants. Dans chaque « banya », il y avait des salons privés où on pouvait se restaurer, dormir ou jouer aux cartes. Elena ne faisait que sacrifier à la mode. Il était en train de redescendre vers Neglinnaya lorsqu'un taxi s'arrêta devant l'établissement. Malko se retourna à temps pour voir une grande brune aux cheveux tombant jusqu'aux reins en sortir. Sonia, sa maîtresse d'un soir.

Elle s'engouffra à son tour dans le « banya », tandis qu'il regagnait sa voiture, perplexe. Ce ne pouvait être une coïncidence.

Que signifiait ce rendez-vous ?

*
* *

— Un peu de compote, *goluboucbka*[1] ?

Sonia acquiesça, intimidée d'être avec une femme aussi riche qu'Elena, habitant Dom na Nabiérejnoi et liée à Simion Gourevitch,... Les deux femmes se trouvaient dans un salon fermé avec deux banquettes séparées par une table basse chargée de victuailles, de soft-drinks et d'un carafon de vodka. Elles s'étaient entièrement déshabillées, la taille ceinte d'un pagne. Sonia louchait sur la poitrine d'Elena, presque aussi belle que la sienne, avec de longues pointes noires comme des crayons. Même au « banya », Elena était impeccablement maquillée, sous son étrange casque de cheveux noir corbeau.

— Tu fais du sport ? demanda timidement Sonia.

— Parfois. Viens, on va au sauna.

Les deux femmes traversèrent la salle commune pour gagner celle où se trouvaient les douches, le sauna et la piscine. Au passage, Elena ramassa une brassée de feuilles de bouleau pour se fouetter.

Dans le petit sauna à la chaleur étouffante, elles abandonnèrent leur pagne. Sonia tiqua sur la toison noire bien taillée de sa nouvelle amie. Elles s'assirent sur les marches

1. Ma pigeonne.

de bois et commencèrent à transpirer en compagnie de trois grosses femmes arborant de curieux chapeaux de feutre pour protéger leurs cheveux. Au bout de cinq minutes, Elena se leva, prit les branches de bouleau et les tendit à Sonia.

— Fouette-moi, cela fait circuler le sang !

Sonia n'avait jamais fait ça. Très gênée, elle se mit à étriller mollement le dos, les fesses et les jambes de sa compagne. Celle-ci tournait sur elle-même en riant, lui offrant ses seins et son ventre.

— Plus fort ! Plus fort, je ne sens rien !

Comme Sonia n'osait pas, elle lui prit la brassée de feuilles des mains et se mit à la fouetter elle-même. Sonia retint un cri de douleur. Les jambes écartées, l'air dur, Elena la frappait de toutes ses forces, cinglant douloureusement ses seins qui se dressèrent, puis son ventre et même entre ses cuisses. Elle sursauta quand son clitoris reçut un coup direct, se retournant aussitôt. Elena frappa alors ses fesses et son dos.

Déchaînée.

Quand elle s'arrêta, Sonia avait mal partout. Elle se précipita hors du sauna sous une douche tiède. Elena vint la rejoindre et leurs deux corps se touchèrent, ce qui ne sembla pas gêner Elena. Puis, séchées, ayant rajusté leur pagne, elles regagnèrent le salon.

Elena leur servit de la vodka qu'elles burent d'un trait. Le rideau tiré, elles étaient complètement à l'abri des regards. D'ailleurs, c'était l'heure réservée aux femmes...

Elles grignotèrent un peu de hareng, de saumon et d'esturgeon. Soudain, Elena sembla remarquer les marques rouges sur le torse de sa nouvelle amie et se pencha tendrement vers elle.

— Je t'ai fait mal, *douchetchka* [1], pardonne-moi.

Sa tête s'abaissa et Sonia sentit une bouche chaude se poser sur la pointe de son sein gauche. Une langue dure comme celle d'un lézard avança à sa rencontre. La sensa-

1. Ma petite colombe.

tion inattendue fut si forte que ses seins durcirent instantanément. Déjà la bouche d'Elena s'attaquait à son autre sein, avec un résultat identique... Ses doigts remplacèrent sa bouche sur le sein qu'elle venait de quitter. Une caresse très douce et très habile. Elena faisait rouler la pointe entre ses phalanges, ajoutant de petits coups de langue. Sonia ne put s'empêcher de gémir. Elle avait toujours été très sensible des seins...

— Mais tu aimes, *douchetchka !* susurra Elena. C'est bien...

Sa main droite fila sous le pagne, écartant les cuisses de Sonia. Celle-ci sentit les longs doigts d'Elena s'emparer d'elle. D'abord tournant autour de son clitoris, puis s'enfonçant doucement dans son ventre, entrant et sortant avec une douceur diabolique. Elle croisa le regard d'Elena qui la fixait comme pour surprendre son plaisir. Elle n'eut pas longtemps à attendre. D'une brusque détente, Sonia venait de jouir. Elena plongea plus profondément ses doigts en elle et sa bouche écrasa la sienne, tandis qu'elle faisait glisser le pagne. Avec naturel, elle se déplaça vers le bout de la banquette, écarta les jambes de Sonia et colla sa bouche sur son sexe. Lorsque Sonia sentit la bouche d'Elena l'effleurer, elle poussa un cri et referma brutalement les cuisses, secouée d'un tremblement. Machinalement, ses doigts se posèrent sur le casque de cheveux noirs et cela augmenta encore son plaisir. La langue s'activait furieusement sur elle, déclenchant de longues vagues de plaisir.

Elle eut un second orgasme. Elena se releva, le regard humide, la bouche gonflée, les seins dressés, et demanda de sa voix rauque :

— Il t'a aussi bien fait jouir, l'autre soir, ton ami ?

— Oui, non, je ne sais pas, bredouilla Sonia, gênée.

— Il est beau, j'aimerais bien l'essayer, dit Elena rêveusement. Tu veux bien ?

— Bien sûr, fit Sonia.

Elena se remit debout, son entrejambe à hauteur de la bouche de Sonia. Celle-ci comprit le message et enfouit aussitôt son visage entre les cuisses d'Elena. Celle-ci, pour lui faciliter la tâche, posa un pied sur la table basse, s'ouvrant largement. En même temps, elle empoigna les seins de Sonia et les tordit doucement, mais fermement. Celle-ci entendit comme dans un rêve :

— Dis-lui qu'il peut me téléphoner. On le verra toutes les deux. Dans un endroit tranquille.

Elle se tut, se mit à haleter.

— Oui, oui, comme ça…

Surmontant sa timidité, Sonia venait d'enfoncer deux doigts dans le sexe d'Elena. Elle était follement excitée et la perspective de voir sa nouvelle copine se faire baiser par son amant l'excitait encore davantage.

CHAPITRE VI

Austin Redd surgit de la *conference room* tiré à quatre épingles, mais le visage soucieux. Malko l'attendait depuis une demi-heure. L'Américain posa un lourd dossier sur son bureau et alluma une cigarette, faisant claquer nerveusement le capot de son Zippo aux armes de la CIA qui le suivait depuis son entrée à la *Company*, vingt ans plus tôt.

— Toujours rien ?

— Pas grand-chose, avoua Malko. À part cette rencontre Sonia-Elena.

Le chef de station eut un geste agacé.

— Lisez ça.

Il lui tendit un long télégramme en provenance de Langley, demandant où en était l'enquête.

— Il n'y a plus que cela qui compte, soupira l'Américain. Je leur parle de la santé de Boris Eltsine, mais ils s'en moquent. Pourtant, c'est important. Ils veulent la peau des salauds qui ont repassé nos hommes.

— La surveillance dont j'étais l'objet a cessé, dit Malko, mais je n'ai plus rien à me mettre sous la dent… Votre ami Gotcha m'a laissé tomber et le colonel Zdanovitch n'est pas chaud pour collaborer.

— Ce n'est pas tout à fait exact. Il m'a appelé et souhaite vous rencontrer. Aujourd'hui, à trois heures, sur un restaurant-péniche, sur le quai Frunzenskaïa. Vous n'avez vraiment rien d'autre ?

Malko ouvrit la bouche et la referma. Sonia l'avait appelé à neuf heures et il avait rendez-vous avec elle pour déjeuner, mais cela ne concernait pas directement son enquête. Elle avait simplement envie de se faire baiser... Il se demandait si elle lui parlerait de sa rencontre avec Elena.

— Rien, dit-il. Si ça continue, je vais repartir...

Austin Redd secoua la tête.

— Ce n'est pas possible qu'un chef de mission de votre qualité ne trouve rien. Cette Elena n'est quand même pas inaccessible...

— Si vous donnez l'ordre de la kidnapper pour la faire parler, je le ferai...

— Ne dites pas de bêtises, grommela l'Américain. Sergueï a peut-être quelque chose d'intéressant.

*
* *

L'Équipage ressemblait à un bar anglais, avec ses boiseries et ses meubles d'acajou. Ouvert vingt-quatre heures sur vingt-quatre, il accueillait la jeunesse dorée du quartier de l'Étang des Patriarches et des femmes en vue qui venaient y abriter des rendez-vous semi-clandestins. Sonia attendait à une table, enveloppée dans un grand manteau qui s'ouvrait sur une mini découvrant ses cuisses. Elle embrassa Malko assez froidement, ce qui l'étonna. Et quand ils eurent commandé, elle annonça :

— J'ai un message pour toi.

— De la part de qui ?

— De la grande brune que tu regardais au *Monte-Carlo*. Elle s'appelle Elena.

— Tu l'as revue ?

— Elle m'a téléphoné, expliqua Sonia après une légère hésitation.

— Comment avait-elle ton téléphone ?

— Au *Monte-Carlo*, je lui avais donné, dans les toilettes, répondit Sonia, gênée, fuyant le regard de Malko.

— Que veut-elle ?

— Que tu lui téléphones. Elle a envie de te rencontrer et son ami quitte Moscou, donc elle est tranquille.

Malko plongea dans sa salade, perplexe. Pourquoi Elena, qui l'avait fui, désirait-elle maintenant le rencontrer ? Peut-être ignorait-elle ce que Simion Gourevitch avait fait. Après tout, le DSP pouvait avoir suivi Malko à cause de son appartenance à la CIA.

— Bien, je vais le faire avec plaisir. Tu as son numéro ?

Sonia fouilla dans son sac et en sortit un bout de papier. Malko le prit et planta son regard dans le sien.

— Sonia, pourquoi me caches-tu que tu as rencontré Elena ? dit-il d'une voix douce. Je vous ai vues au Sandrenovskié Bani.

Le regard de la jeune femme dérapa, elle se mordit les lèvres et s'empourpra d'un coup. D'abord, elle demeura muette, puis balbutia :

— Oh, ça n'a pas d'importance.

Malko, s'il se posait des questions sur cette rencontre, fut instantanément fixé : le rendez-vous du hammam était une rencontre amoureuse. Après tout, au *Monte-Carlo*, Sonia lui avait avoué ne pas détester les femmes... S'il n'y avait pas eu l'attitude de Simion Gourevitch à son égard, les étranges incidents qui émaillaient son séjour et le passé d'Elena, tout aurait été clair et banal. De toute façon, il avait enfin la possibilité d'approcher Elena et il ne fallait pas bouder son plaisir.

— Cela n'est pas très gentil de voir cette Elena toute seule, remarqua-t-il, nous pourrions dîner tous les trois...

— On verra, bredouilla Sonia. Appelle-la d'abord. Maintenant, je dois partir, j'ai rendez-vous à l'agence avec Sacha.

Elle s'enfuit avant même qu'il ait proposé de la déposer. Finalement, elle ne lui avait téléphoné que pour transmettre l'invitation d'Elena. Il réalisa soudain que l'ex-maîtresse d'Igor Zakayev ne savait peut-être pas où le joindre à Moscou. Ce qui expliquait qu'elle passe par Sonia.

Il baissa les yeux sur sa Breitling Crosswind : il avait

juste le temps d'aller à son rendez-vous avec le colonel Zdanovitch.

*
* *

Le Russe avait posé devant lui une bouteille de Defender « Cinq ans d'âge », son péché mignon, et un verre plein de liquide ambré.

— Vous n'avez pas été suivi ? demanda-t-il aussitôt.

— Je ne pense pas. Pourquoi ?

— Je préfère qu'on ne sache pas que je vous aide, avoua le colonel du FSB. D'ailleurs, je ne vous ai donné rendez-vous que pour une raison sérieuse. J'ai de mauvaises nouvelles.

Le pouls de Malko grimpa légèrement.

— Lesquelles ?

— Des rumeurs. Rapportées par des indics, des types qui traînent du côté de l'Arbat. Hier soir, au *Café Oriental*, un voyou un peu imbibé s'est vanté d'avoir reçu un « contrat » pour liquider un étranger habitant au *Metropol.*

— Je ne suis pas le seul client du *Metropol*... objecta Malko.

— Exact, mais vous êtes le seul qui se trouve à la chambre 5501... Il avait un papier avec le numéro de la chambre, votre signalement et même le numéro de votre voiture de location...

— Vous l'avez identifié ?

— Non ! L'info est venue du GUBOP. Le *Café Oriental* est un repaire de truands. C'est là que les grands « bandits » viennent enrôler des hommes de main pour les *zakasnoye*. On peut y acheter des armes, des explosifs, de la drogue, des femmes... n'importe quoi. Et y recruter des tueurs... Ce type a parlé de vingt mille dollars, mais il bluffait probablement.

— Pourquoi ?

— On ne dépasse jamais douze mille dollars à Moscou, même pour un contrat difficile sur quelqu'un ayant une protection rapprochée, expliqua placidement l'officier du FSB. C'est le prix qu'a payé Omar, le propriétaire du *Radisson*, pour faire abattre son associé américain, l'année dernière. Et depuis, les prix ont plutôt baissé...

— Si on coinçait ce type, remarqua Malko, on pourrait remonter à son commanditaire.

— Bien sûr. Seulement, comme je viens de vous le dire, je n'ai pas eu cette information *directement*, mais par l'indiscrétion d'un ami. Jamais le GUBOP ne nous donnera le nom de ses informateurs. J'espère qu'ils vont s'en occuper.

— J'espère aussi, soupira Malko. Vous y croyez ?

— Tout est possible. Cela est cohérent avec les premières mesures d'intimidation dont vous avez été l'objet. Donc, soyez sur vos gardes.

— Vous ne pouvez rien faire ?

— Je vais essayer d'en savoir plus, officieusement. Il faut que j'aille voir mon copain au GUBOP.

— Austin Redd ne peut pas demander l'aide officielle de votre service ?

— Si, bien sûr. Mais nous ignorons qui est le commanditaire. Peut-être est-il en mesure de court-circuiter nos services. Dans ce cas, le remède serait pire que le mal. Vous avez toujours le Makarov que je vous ai donné ?

— Oui.

— Alors, ne le quittez pas, mettez une balle dans le canon et n'hésitez pas à vous défendre, le cas échéant.

— Cet homme, c'est un Tchétchène ?

— Non, un Ouzbek. Mais cela ne veut rien dire. Cela pourrait être un Russe. Un voyou ordinaire qui ne veut pas retourner en prison, à la recherche d'un *kricha*...

*
* *

La sonnerie résonnait depuis un bon moment dans le vide quand on décrocha enfin. La voix qui fit « allô » était si basse et rauque que Malko, pendant une fraction de seconde, crut s'être trompé de numéro, puis la mémoire lui revint.

— Elena ?
— *Da.*
— C'est Malko, l'ami de Sonia.
— Malko ! (Sa voix se teinta de chaleur, devenant moins rauque.) Je suis si contente que vous m'appeliez.
— Je l'avais déjà fait, remarqua Malko, mais…
Elena le coupa.
— Je sais, mais je n'étais pas seule. Mon ami est très jaloux. Celui qui se trouvait au *Monte-Carlo* avec moi. Il est parti de Moscou et les choses sont plus simples, maintenant.
Son ton ne laissait aucun doute sur ses intentions : elle parlait comme une femme qui a envie d'une aventure.
— Voulez-vous que nous dînions ensemble ? proposa Malko.
Elena eut un rire rauque, très excitant.
— Je ne préfère pas. Moscou est une toute petite ville et je suis très connue. Mon ami a des amis partout. Je souhaite vous voir plus discrètement.
— Chez vous ?
Nouveau rire.
— Vous n'y pensez pas ! Il y a du personnel, ici. Non, nous pouvons nous retrouver en fin de journée, vers huit heures, dans un petit « banya » privé. Je demande à Sonia de venir aussi, si vous voulez bien ?
— Pourquoi pas ? dit Malko, un peu étonné.
Elena était très libérée… Elle lui proposait carrément une mini-orgie à trois. Devant son silence, elle insista :
— Cela vous pose un problème ?
— Pas du tout, assura Malko. Je me réjouis de vous voir toutes les deux. Donnez-moi l'adresse.
Il nota et raccrocha. Théoriquement, il n'était aux yeux d'Elena qu'un homme qui la draguait après l'avoir vue au *Monte-Carlo*. Mais apparemment, pour Simion Gourevitch, il représentait un danger. À moins que ce dernier soit vraiment *très* jaloux et veuille décourager tout soupirant ? Il songea au *zakasnoye* mis sur sa tête, mais cela n'était encore qu'une vague information.

*
* *

Malko regarda la grande arche qui s'ouvrait au numéro 9 de la rue Dimitrovka, une artère tranquille, en plein centre de Moscou. Tout était noir, pas un chat. Il s'engagea sous la voûte. Comme souvent à Moscou, celle-ci desservait des cours intérieures et plusieurs immeubles. Il aperçut un panneau « Belayakula » avec l'effigie d'un requin bleu. Il suivit la flèche, pénétra dans une autre cour encore plus sinistre que la première. De nouveau, une enseigne bleue avec le requin brillait sur une porte métallique. Il sonna. Quelques instants plus tard, le battant s'entrouvrit sur un crâne rasé aux yeux méfiants.

— *Chto vi khatite*[1] ?

— J'ai rendez-vous, dit Malko.

L'autre s'effaça. Un escalier descendait au sous-sol. Il déboucha dans un petit local qui sentait le chou et la vapeur froide. À droite, un bar tenu par un barman barbu, à gauche, un billard, quelques gravures au mur et de la musique douce, moderne. Sans un mot, l'homme qui lui avait ouvert le mena à une porte au fond. Malko la franchit et découvrit une seconde pièce, nettement plus grande, aux murs de carrelage marron. D'abord, il ne vit qu'un énorme aquarium plein de poissons tropicaux. Puis, en avançant, l'entrée d'un petit sauna sur la droite, et, en face, une piscine, plutôt un gros jacuzzi, dont l'aquarium formait la façade et auquel on accédait par une échelle, le bord s'élevant à un bon mètre du sol. À gauche, il y avait une banquette en L et au fond une salle de massage.

Il faisait chaud mais pas étouffant. L'homme s'était retiré après avoir fermé la porte. Malko repéra aussi, après le sauna, un escalier menant à une autre pièce et il allait l'explorer lorsqu'une silhouette apparut sur le seuil. Elena. Parfaitement à l'aise bien qu'uniquement vêtue d'un

1. Qu'est-ce que vous voulez ?

pagne, la poitrine nue, ses épaisses lèvres rouges ouvertes sur un sourire carnassier.

— *Dobrevece!*[1] fit-elle de sa voix rauque. Je suis un peu en avance. Vous devriez prendre une douche et vous mettre à l'aise. Il y a tout ce qu'il faut dans la pièce à côté.

Les préliminaires étaient réduits à leur plus simple expression. Un peu étonné, Malko avança vers elle. Ils se croisèrent et elle s'arrêta, ses yeux dans les siens, ses seins dardés frôlant sa veste.

— Je suis contente que vous soyez venu ! fit-elle. Sonia ne devrait pas tarder.

Comme pour racheter cette dernière phrase, elle posa rapidement ses lèvres sur les siennes et s'esquiva. Pieds nus, elle devait mesurer près d'un mètre quatre-vingts. Malko se déshabilla, prit sa douche et noua autour de sa taille une serviette éponge. Difficile dans cette tenue de garder le Makarov, mais il ne pensait pas en avoir besoin.

Elena l'attendait en fumant une Sabranie, un Zippo incrusté de pierres précieuses posé à côté du paquet, une bouteille de vodka devant elle, dont elle tendit un verre à Malko, levant le sien.

— *Za vaché zdorovié!*[2]

Après avoir bu, elle reposa son verre, se pencha et l'embrassa franchement, avec sa langue, écrasant ses seins contre son torse nu. Pas de doute, elle était venue pour baiser.

— Je ne sais pas ce que fait Sonia, dit-elle d'une voix agacée. Je lui avais bien dit huit heures.

Malko eut envie de lui dire qu'elle lui suffisait parfaitement. Elle le dévisageait de la tête aux pieds. Son regard s'arrêta à hauteur du pagne avec un demi-sourire équivoque. Puis, comme si elle ne pouvait plus attendre, elle posa la main sur la bosse qui déformait la serviette. Sans doute rassurée, elle se laissa aller sur la banquette. Son por-

1. Bonsoir.
2. À la vôtre !

table sonna. Elle répondit. Malko comprit qu'il s'agissait de Sonia qui s'excusait.

Elena coupa la communication et lança :

— Tant pis pour elle ! Venez, allons dans le sauna.

Malko la suivit dans le petit sauna. La température ne devait pas dépasser soixante degrés. Tranquillement, Elena défit son pagne, face à lui, dévoilant son ventre plat, sa toison noire bien taillée, ses longues cuisses.

— Je vous plais ? demanda-t-elle avec un rien d'ironie.

— Beaucoup, avoua Malko en s'allongeant sur une des banquettes de bois, sans se débarrasser de sa serviette.

Pendant quelques instants, le silence régna, seulement troublé par la musique de fond. Visiblement, cet endroit recevait une clientèle d'habitués. Comme si elle avait deviné ses pensées, Elena dit d'un ton léger :

— Ce sont les « bandits » qui viennent ici. Il y a toujours des putes qui font le sauna avec eux. Moi, ils me connaissent. J'ai retenu pour la soirée. Personne ne viendra nous ennuyer.

Malko frôlait l'euphorie. Non seulement il avait de fortes chances de devenir l'amant d'Elena dans un délai rapproché, mais, par voie de conséquence, il allait enfin progresser, pouvoir poser les questions qui lui brûlaient les lèvres. Il avait fermé les yeux, s'imprégnant de la chaleur humide. Soudain, il sentit un souffle sur son visage, une langue agile qui joua avec la sienne, puis descendit, agaçant sa poitrine. Une main légère massa son sexe déjà en érection puis défit la serviette. Il sentit les doigts se refermer autour de lui. Il rouvrit les yeux. Elena le fixait, une expression rieuse dans ses yeux noirs, sa bouche rouge à quelques centimètres de ses lèvres.

— Tu bandes bien, dit-elle de sa curieuse voix rauque. J'aime qu'un homme soit très dur lorsqu'il me prend.

Elle le caressa quelques instants puis, d'un coup, l'enfonça dans sa bouche, jusqu'à la racine. Son haleine brûlante déclencha presque la jouissance de Malko. Elena retira vivement sa bouche.

— Tu es bien impatient ! sourit-elle. Tu as envie de moi ?

— Oui.

— Je te suce bien ?

— Oui.

— Mon dernier amant disait que personne ne le faisait comme moi ! C'est parce que j'y éprouve du plaisir. Quel dommage que Sonia ne soit pas là. Elle se serait occupée de moi.

Tout en parlant, elle continuait à le caresser, le faisant durcir encore. Tant et si bien que Malko écarta sa main et se redressa. Aussitôt, Elena, comme une lionne alanguie, s'allongea sur les planches, un genou relevé. Malko vint sur elle, plaçant son sexe à l'entrée du sien, écartant de force ses jambes. Une lueur d'excitation passa dans les prunelles sombres d'Elena.

— Tu veux me violer ?

— Oui, dit Malko.

À ce moment, il ne pensait ni à la CIA ni à rien. Ce sauna était un petit univers clos, rassurant.

— Alors, juste un peu ! soupira Elena en se cambrant. Après, on ira dans la piscine…

Il s'enfonça en elle d'une seule poussée et il vit ses yeux se révulser. Elle était chaude et ouverte. Il n'eut le temps que de faire quelques mouvements : déjà, Elena le repoussait avec une force insoupçonnée.

— Viens !

Ils gagnèrent la piscine. Sans aucune pudeur, Elena escalada l'échelle devant Malko, lui offrant le spectacle de son intimité, puis se laissa glisser dans l'eau. Malko la rejoignit. L'eau était délicieusement tiède. Il prit la jeune femme par la taille et elle s'adossa à la paroi, le ventre en avant.

Il caressa ses seins puis son ventre. Elena se laissait faire, debout, les jambes légèrement ouvertes, appréciant visiblement le sexe raide dressé contre son ventre. Quand Malko fléchit les genoux pour l'embrocher, elle se retint à son dos. Ils ne pouvaient pas bouger beaucoup, mais la pénétration était exquise. Puis, Elena lui échappa et se retourna, les mains appuyées à la céramique, offrant sa croupe. Malko ne se fit pas prier.

Pendant un long moment, on n'entendit que leur respiration et quelques clapotis. Elena, cambrée, les mains posées à plat sur la paroi carrelée, se laissait faire. Jusqu'à ce que Malko se vide dans son ventre. Elle se retourna, jeta un coup d'œil à la Breitling Callistino au cadran rose qu'elle n'avait pas ôtée, l'embrassa et dit :

— Attends-moi, je vais prendre une douche. J'espère que Sonia va arriver.

Elle regrimpa l'échelle et descendit dans la pièce, disparaissant dans la salle de douche. Malko entendit s'ouvrir dans son dos la porte donnant sur le bar. Il se retourna et son pouls grimpa d'un coup à 250.

Un jeune type aux cheveux noirs frisés, aux traits brutaux, venait de pénétrer dans la pièce. Il tenait une Kalachnikov comme un professionnel, bien à l'horizontale, braquée sur la piscine. Comme Malko esquissait un mouvement pour sortir du bassin, il lui lança :

— *Nié dvigatiés !* [1]

Malko obéit. Nu comme un ver, son pistolet dans l'autre pièce, il était sans défense. Il tourna la tête vers l'entrée de la douche et son cœur fit un nouveau bond dans sa poitrine. Elena venait de réapparaître. Entièrement habillée, en pull, pantalon de cuir noir et bottillons assortis. Elle s'arrêta un instant, après avoir contourné la piscine, et adressa un petit signe de la main à Malko.

— *Dosvidania.*

Elle ouvrit la porte et, avant de la refermer, lança à l'homme à la Kalach :

— *Davai !*

Malko vit le doigt se crisper sur la détente du fusil d'assaut et, instinctivement, plongea dans l'eau tiède. Les détonations lui parvinrent, assourdies. Il vit l'aquarium exploser, déversant dans la pièce un flot d'eau et de poissons, éclaboussant le tireur jusqu'aux genoux. En quelques

1. Ne bouge pas !

secondes, la piscine se vida. Appuyé au mur de céramique, Malko était à la merci totale du tueur, sans rien désormais pour le protéger. Le temps de sauter hors du bassin, il serait transformé en passoire.

La mâchoire du brun aux cheveux frisés se crispa et il pointa le canon en direction de son ventre. Un tueur professionnel qui ne prenait pas de risque.

CHAPITRE VII

Debout au milieu de la piscine, Malko fixait l'arme braquée sur lui. Tétanisé, tel un poisson hors de l'eau, le cerveau en capilotade, partagé entre la fureur et la peur viscérale de la mort, si proche. Au moment où il bandait ses muscles pour tenter d'escalader l'échelle, sans la moindre chance d'ailleurs, une fusillade éclata de l'autre côté de la porte.

Le brun à la Kalach se retourna et Malko en profita pour plonger à plat ventre au fond de la piscine, protégé ainsi par les débris de l'aquarium. Il aperçut confusément le battant qui s'ouvrait violemment. Plusieurs coups de feu claquèrent, ponctués d'un cri sourd, puis le silence retomba, déchiré seulement par des interjections. Malko risqua un œil. Le colonel Sergueï Zdanovitch se tenait au-dessus du tueur écroulé sur le sol. Sanglé dans une veste de cuir noir, il tenait un court pistolet-mitrailleur. D'autres hommes surgirent, tous armés, et Malko réalisa qu'il était sauvé.

— Sortez de là, tout va bien, lui cria le colonel du FSB.

Malko sortit du bassin et se rhabilla à la vitesse de l'éclair. Puis il regagna la pièce principale du sauna. L'homme venu le tuer gisait sur le côté, le crâne éclaté, dans une mare de sang. Dans l'autre pièce, c'était un véritable carnage : le barman effondré sur son comptoir avait un gros trou rouge à la place de l'œil droit et un second corps gisait au pied du bar, un homme très jeune, blond, la poitrine trouée d'impacts. Lui aussi serrait encore une Kalach. Au pied du bar, un petit pistolet gisait sur le sol. Deux autres hommes descendirent l'escalier et annoncèrent :

— On n'a pas pu le rattraper…

Sergueï Zdanovitch attrapa une bouteille de cognac Otard XO dans le bar, remplit un verre et le poussa vers Malko.

— Tenez. Vous en avez besoin.

Malko s'aperçut que sa main tremblait légèrement. Il vida le cognac d'un trait et demanda :

— Comment êtes-vous là ?

L'officier eut un sourire timide.

— Lorsque nous nous sommes quittés cet après-midi, j'étais derrière vous. Une voiture, une vieille Lada, a démarré pour vous suivre… Je l'ai suivie aussi. Là, j'ai compris que l'information de mon copain du GUBOP était bonne. Alors je me suis organisé. Je les ai suivis et j'ai demandé à mon adjoint, Alexei, de vous prendre en charge. Il m'a prévenu quand il vous a vu sortir de votre hôtel pour vous rendre dans ce « banyasex ». Nous le connaissons : c'est fréquenté par les petits « bandits » qui viennent se détendre avec des putes et monter des coups. Je me suis tout de suite méfié. D'ailleurs, ceux que je suivais sont arrivés au « banyasex » un peu plus tard. Deux sont descendus, deux sont restés dans la Lada. Avec Alexei, nous avons décidé de suivre ceux qui descendaient, mais nous avons été retardés par le vigile de l'entrée. Nous étions encore dans l'escalier lorsque nous avons entendu des coups de feu à l'intérieur.

— C'était la première rafale qu'il a tirée sur moi, confirma Malko. Elena venait de s'esquiver. Vous ne l'avez pas vue ?

— Si, bien sûr, dit Sergueï Zdanovitch. Elle nous a croisés dans l'escalier. Je l'ai prise pour une pute effrayée par ce qui se passait et, dans la pénombre, je ne l'ai pas reconnue. Elle a donc pu filer tranquillement. Dès que nous sommes arrivés en bas, un des types, qui faisait le guet devant le bar, nous a crié de foutre le camp, nous prenant pour des clients. Il a tiré un pistolet et Alexei l'a abattu, tandis que je fonçais vers la porte du sauna. À ce moment, le barman, à son tour, a pris un pistolet pour me tirer dans le dos, Alexei l'a abattu, lui aussi, au moment où j'ouvrais la porte. L'homme à la Kalach qui s'apprêtait à tirer de nouveau sur vous n'a pas eu le temps de se retourner avant que je tire sur lui…

Il s'en était fallu de quelques secondes.

— Et leurs deux complices restés dans la Lada ?

— Le conducteur est mort, abattu tandis qu'il tentait de fuir. L'autre a pu s'enfuir à pied.

L'odeur fade du sang, mêlée à celle de la cordite, alourdissait encore l'atmosphère du sous-sol. Malko laissa son regard errer sur les trois cadavres. Il était tombé dans une belle embuscade ! En tout cas, ses soupçons s'étaient transformés en certitudes : la pulpeuse Elena l'avait bien attiré dans un piège. Qu'elle n'avait sûrement pas monté toute seule. Malko expliqua ce qui s'était passé à Sergueï Zdanovitch. Ce dernier secoua la tête.

— Il n'y a pas grand-chose à faire. Il faut que vous portiez plainte et la Milicija pourra convoquer Elena Sudalskaïa. Mais elle trouvera des moyens pour ne pas se présenter…

Malko prit son portable et composa le numéro d'Elena qui devait le croire mort. Pas de réponse : elle n'était pas rentrée.

— Allons chez elle, je voudrais l'intercepter avant qu'elle ne disparaisse, suggéra Malko.

— D'accord, acquiesça Sergueï Zdanovitch après une petite hésitation. Je vais laisser un de mes hommes ici pour accueillir la Milicija.

Il donna des ordres et ils remontèrent à l'air libre. Dans l'ombre, Malko aperçut une Lada en mauvais état, un homme effondré au volant. Ils montèrent dans une vieille Volga haute sur pattes, en aussi mauvais état.

— On pourrait remonter aux commanditaires ? demanda Malko.

— Peu de chances. On n'a pas identifié le dernier tueur. Si ça se trouve, seul le chef était au courant. Le barman a tiré parce qu'il nous a pris pour une bande rivale. La police ne vient jamais ici.

Ils étaient en train de contourner le Kremlin. Dans le centre, même le soir, la circulation était infernale, à cause des sens uniques. Ils mirent une bonne demi-heure pour arriver de l'autre côté de la Moskva, devant la « Maison du Quai ». Malko refit le numéro : toujours pas de réponse.

— Elle est sortie par cette voûte ! montra Malko.

— Je vais questionner le concierge, proposa le colonel du FSB.

Il revint quelques instants plus tard.

— Il prétend ne pas la connaître... Il n'a même pas voulu me dire le numéro de l'appartement de Simion Gourevitch.

— C'est sûrement lui qui a voulu me faire tuer, conclut Malko. Il doit être derrière le massacre de Monte-Carlo.

Sergueï Zdanovitch hocha la tête.

— Cela n'a rien d'étonnant. Vous êtes certainement un danger pour lui. Et il lui est facile de trouver des tueurs.

— C'étaient des Tchétchènes ?

— Non, des Russes et un Ouzbek, mais cela ne veut rien dire. Qu'est-ce qu'on fait ?

— Attendons un peu, proposa Malko. Je voudrais bien la coincer...

*

* *

Les aiguilles lumineuses du chronographe Breitling de Malko indiquaient dix heures et demie. La Volga était pleine de fumée et l'odeur du cuir encore plus forte. Le portable de Sergueï Zdanovitch sonna.

— Mes hommes ont retrouvé le propriétaire de la voiture, annonça-t-il. Il tient un petit garage dans le sud de la ville, qui maquille des voitures volées.

— Et celui qui s'est échappé ?

— Aucune trace. On n'a pas son nom.

— *Himmel !*

Une Mercedes de couleur sombre venait de s'engouffrer sous la voûte. Malko était à peu près certain qu'il s'agissait de celle d'Elena. Il sauta hors de la Volga et se précipita, traversant le terre-plein en courant. Il arriva juste à temps pour voir Elena sortir de la Mercedes. Elle se retourna et se figea en le voyant.

Pendant quelques secondes, elle demeura strictement immobile. Aucune expression dans ses prunelles sombres. Fou de rage, Malko lui lança :

— Tu es partie un peu vite, Elena…

Elle ne répondit pas et lança à mi-voix un ordre au chauffeur. Celui-ci jaillit de la voiture et s'interposa entre Malko et elle. Une brute aux cheveux ras, large comme un buffet. Tranquillement, Elena pénétra dans l'immeuble, sans même se retourner. Malko arracha le Makarov de sa ceinture et le braqua sur le chauffeur.

— Laissez-moi passer !

L'autre, les bras croisés, une moue méprisante aux lèvres, ne répondit même pas. Prêt à se faire abattre. Malko entendit la grille de l'ascenseur claquer. Il revint sur ses pas, ruminant sa fureur, impuissant. Sergueï Zdanovitch ne parut pas étonné de la réaction d'Elena.

— Ces gens sont sûrs de l'impunité ! Vous réalisez que Gourevitch a eu la peau de deux Premiers ministres, dont Evgueni Primakov, et d'un procureur de Russie ! Il a Boris Nicolaievitch derrière lui. Il est tout-puissant. Vous devriez quitter Moscou, le plus vite possible. Il vont recommencer… Et réussir… Je vous conduis à l'hôtel ? Où est votre voiture ?

— Rue Dimitrovka, fit Malko.

— Alors, on va la chercher.

Austin Redd allait être content ! À peine de retour au *Metropol*, après avoir chaleureusement remercié Sergueï Zdanovitch, Malko composa le numéro d'Elena. Occupé. Il insista une demi-heure, puis abandonna.

*
* *

Austin Redd était blême. Depuis une heure, lui et Malko faisaient le tour du problème. L'Américain conclut d'une voix tendue :

— Je vais envoyer un rapport à Langley. Nous pouvons supposer que cette crapule de Gourevitch est derrière l'attentat de Monte-Carlo. Or, nous sommes impuissants ! Vous n'avez aucun témoin à opposer à Elena. Rien ne relie cette tentative de meurtre à ses commanditaires. C'est Moscou : en dix ans, jamais le responsable d'un *zakasnoye* n'a été arrêté. C'est pire que Chicago pendant la prohibition. Il va falloir reprendre à zéro, mais je ne sais pas comment.

— Il est désormais probable qu'Elena Sudalskaïa est, *elle aussi*, impliquée jusqu'au cou dans cette affaire. Il y a donc peu de chances pour qu'elle collabore pour récupérer les documents cachés à Zurich.

— Extrêmement peu de chances, reconnut le chef de station.

Malko repensa soudain à ce que lui avait dit Elena dans le sauna. Elle attendait Sonia. Ou c'était un mensonge, ou alors, Sonia devait être éliminée en même temps que Malko. La raison était simple : elle pouvait témoigner qu'Elena avait demandé à Malko de l'appeler. Après ce qui s'était passé, c'était un indice embarrassant… Il prit son portable et appela Sonia. Pas de réponse : elle devait sortir très tôt de chez elle. La seule façon de la joindre était d'aller la voir. Hélas, il ne possédait que son numéro, pas son adresse. Une seule personne pouvait le dépanner : Sacha, le patron de l'agence de mannequins. Mais cela passait par Gotcha Soukhoumi.

Il l'appela. La voix du Géorgien était un peu distante. Elle se réchauffa lorsque Malko lui parla de Sonia. Apparemment, il n'était pas au courant de l'incident du « banya-sex ».

— *Karacho*, conclut-il. J'appelle Sacha et je te rappelle.

Dix minutes plus tard, Malko avait le nom et l'adresse de Sonia : Sonia Chemakine, ulitza Obruceva 26, bâtiment 4, appartement 31. Il consulta aussitôt avec Austin Redd le grand plan de Moscou épinglé au mur.

— C'est au diable ! remarqua l'Américain. Presque au MK[1], tout au bout de Leninski Prospekt. Il y en a pour une heure.

— Tant pis, fit Malko, j'y vais et je lui laisserai un message, pour qu'elle m'appelle. Vous disiez que je n'avais aucun témoin. En voilà peut-être un...

Il récupéra sa voiture dans le parking de l'ambassade et se lança vers le sud du Koltso.

Il faisait toujours aussi beau. Plus il s'éloignait du centre de Moscou, plus les vieux immeubles baroques aux teintes pastel laissaient place à des « barres » immenses de HLM. D'interminables clapiers gris d'où émergeait parfois une minuscule église, vestige d'un village rasé... Vingt ans plus tôt, c'était la campagne. Leninski Prospect s'allongeait sur des kilomètres, jusqu'au MK. Maintenant, Moscou comptait plus de dix millions d'habitants, sans compter les « non-inscrits ». Pour la plupart, des Caucasiens illégaux. Une main-d'œuvre facile pour les voyous. Il stoppa à un feu rouge et sursauta, sa main glissant vers le Makarov coincé entre les deux sièges.

Ce n'était qu'un jeune homme essayant de lui vendre une pastèque ! À chaque coin de rue, des sortes de cages en offraient des centaines importées du Sud, et les Moscovites en raffolaient.

Encore une demi-heure de route. Enfin, il tourna dans Obruceva, s'engageant entre les tristes clapiers, passant devant une école. Au n° 26, le bâtiment 4 se trouvait au fond, adossé à une mini-colline herbeuse. On était presque à la campagne... Il pénétra dans une entrée sale à l'odeur nauséabonde et chercha l'ascenseur. Il n'y en avait pas. L'appartement 31 se trouvait au quatrième.

1. Moskovskaya Koltsevaya Automobilnaya Doroga : périphérique ceinturant Moscou, à une vingtaine de kilomètres de la place Rouge.

Il sonna longuement et allait repartir quand la porte voisine s'ouvrit sur une *babouchka*, la tête couverte d'un foulard, qui lança à Malko d'un ton rogomme :

— Qui vous cherchez ?

— Sonia Dimitrovna Chemakine.

Elle le toisa, encore plus méfiante.

— Vous n'êtes pas russe…

— Non, avoua Malko avec un sourire, mais je parle russe, comme vous le constatez.

La vieille grommela.

— Puisque vous la chercher, allez donc voir derrière le bâtiment 5. Elle doit encore y être.

Intrigué, Malko redescendit et gagna l'endroit indiqué. Il vit tout de suite le ruban jaune entourant un espace herbeux, derrière le bâtiment. Un petit groupe de badauds était attroupé autour, sous la garde bonhomme d'un milicien. Il s'approcha et vit une forme humaine allongée sur le sol, dissimulée par une bâche. Il s'adressa au milicien :

— C'est Sonia Dimitrovna Chemakine ?

L'autre repoussa en arrière sa casquette à parement rouge et grommela :

— Je ne sais pas, je viens d'arriver. Il faudrait aller au bureau de la Milicija de Vernadskogo Prospekt.

En partant, il se fit alpaguer par une grosse femme avec une brouette, qui lui prit le bras.

— Vous la connaissiez ? C'était une brave petite, même si elle sortait beaucoup. Elle était venue à Moscou pour trouver du travail… Moi, j'habite juste à côté.

— Que lui est-il arrivé ?

La vieille se signa.

— La pauvre colombe a été massacrée, probablement cette nuit, quand elle rentrait. Ils l'ont battue à mort avec des morceaux de tuyau, des barres de fer. Elle a crié, mais personne n'est venu. On a trouvé le corps ce matin. C'est sûrement ces salauds de « Tcherno-zopié »[1]. Ils vous égorgeraient pour dix petits roubles.

1. Culs-noirs (Tchétchènes).

À ce moment, une jeune fille sanglée dans un long manteau de lainage, le visage blafard, les cheveux réunis en queue de cheval, s'approcha, trois roses à la main. Elle franchit le cordon et s'approcha du corps. Malko lui emboîta le pas. Elle souleva la bâche et Malko aperçut un visage massacré, méconnaissable. On s'était acharné à coups de pierre sur la malheureuse Sonia Chemakine. Il fit demi-tour et se heurta à un *praportchik*[1] de la Milicija.

— Vous vouliez des renseignements ? Vous connaissiez la victime ?

— Un peu, dit Malko. Qu'est-il arrivé ?

Le policier haussa les épaules.

— Rien que de très banal. Elle devait sans doute de l'argent à des voyous. Ils sont venus la « punir ». Cela arrive tous les jours. Ce sont des brutes, des Caucasiens, sûrement. Avant, on n'aurait jamais vu cela...

Malko lui glissa un billet de dix roubles pour laisser une bonne impression et s'éloigna, l'estomac noué. Sonia n'était pas morte par hasard. C'était le seul témoin de son rendez-vous avec Elena... En dépit des apparences, il y avait un lien entre l'attentat de Monte-Carlo et ce meurtre sordide dans un quartier perdu de Moscou.

Il reprit sa voiture. La circulation était encore pire dans l'autre sens. Son séjour commençait mal : déjà quatre morts. Au *Metropol*, il trouva un message sur sa messagerie vocale : « J'ai du nouveau. Retrouvez-moi au même endroit que la dernière fois, à six heures. »

*

* *

Sergueï Zdanovitch semblait morose en dépit de la bouteille de Defender « Success » posée sur la table devant lui.

— Je me suis fait taper sur les doigts, annonça-t-il d'emblée. À cause de mon intervention d'hier soir.

— Par qui ?

1. Adjudant.

— Le patron du GUBOP a téléphoné à *mon* patron, Nicolaï Patruchev. On m'a menacé de me muter à Nijni Novgorod si je continuais à m'occuper de ce qui ne me regardait pas. Heureusement qu'il y avait un Russe parmi vos assaillants.

— Pourquoi ?

— C'est le GUBOP qui s'occupe de la surveillance des minorités ethniques. Pas nous. (Il eut un geste fataliste.) *Nitchevo.* Je ne regrette pas de vous avoir sauvé la vie, mais vous devriez laisser tomber. Celui à qui vous vous attaquez est trop fort. Ceux qui travaillent pour lui ont un « *kricha* » à toute épreuve.

— C'est-à-dire ?

— Un tueur peut entrer ici à visage découvert, vous abattre et repartir. Sans craindre la justice. S'il est arrêté, il sera relâché aussitôt, sur ordre supérieur.

— Pourtant, argumenta Malko, je ne suis guère dangereux. Je ne sais rien de précis, je n'ai que des soupçons.

Le colonel du FSB eut un sourire résigné.

— Vous vous approchez trop du feu. Si ces gens n'ont pas hésité à commettre un attentat hors de Russie, et à tuer des Américains, c'est qu'il s'agit d'un problème *vital* pour eux. Donc, si vous représentez un tout petit risque, vous êtes en danger. Et aussi, il ne faut pas donner de mauvaises idées aux gens. On doit garder le couvercle sur la marmite. Regardez ce qui est arrivé à Iouri Skouratov, le procureur général de Russie. Non seulement on lui a retiré le dossier qui embarrassait le Kremlin, on l'a suspendu, mais en plus, on a donné à la télévision un film où on le voyait avec deux putes ! Pour qu'il n'ait plus jamais envie de se frotter à la « Famille »... Vous, on ne peut pas vous faire chanter. Alors, on vous tue.

C'était effrayant. Le Makarov passé dans la ceinture de Malko paraissait bien léger.

— Partez, conclut Sergueï Zdanovitch. Les Américains, vos amis, vous ont joué un mauvais tour. Ils savaient que cela se passerait ainsi. Il y a trop d'argent et de pouvoir en jeu. C'est du contrôle de la Russie qu'il s'agit. Si la CIA mettait la main sur les dossiers d'Igor Alexandrovitch Zakayev, elle tiendrait quelques-uns des hommes les plus puissants du pays.

Il regarda sa montre et se leva, tendant la main à Malko sans le regarder.

— Vous perdez votre temps. Partez pendant qu'il est encore temps. Simion Gourevitch ne vous ratera pas. On lui attribue déjà une douzaine de « contrats », toujours réussis.

CHAPITRE VIII

Maxim Gogorski n'avait pas le moral. Tout en touillant avec une vieille fourchette les saucisses en train de griller sur le barbecue, torse nu sous le soleil, il se disait que les gens étaient bien ingrats. Depuis son retour de Monte-Carlo, trois semaines plus tôt, son patron, Simion Gourevitch, lui faisait la gueule. Il avait reçu l'ordre de ne pas se montrer à Moscou et, du coup, s'était mis au vert dans la petite datcha qu'il possédait dans les bois, entre Joukovska et Gorki 10, là où résidaient les dirigeants russes. Une modeste isba isolée au milieu des pins, dont les planches avaient été importées de Sibérie, pour leur qualité. On y accédait par un chemin de terre, à partir de la grande route. Gogorski, depuis son retour, n'en sortait dans son 4 × 4 Neva que pour se ravitailler au supermarché de Joukovska, en dépit de ses prix élevés. Cette cure d'isolement ne le dérangeait pas outre mesure, c'était un solitaire, un célibataire endurci. Avec ses cheveux plats et rares, ses méplats osseux, ses yeux bleus froids très enfoncés et son visage inexpressif aux traits réguliers, il n'encourageait pas vraiment le contact.

Né à Alma-Alta, au Kazakhstan, en pleine steppe, en 1942, il avait d'abord rejoint les commandos spéciaux du GRU[1], les « Spetnatz » formés au Turkestan. Il y avait appris deux choses : obéir et tuer. La mort était son métier

1. Service de renseignement militaire.

depuis longtemps. Totalement dépourvu de sensibilité, il préparait une « liquidation » comme un architecte dessine un immeuble. Avec application. Récupéré ensuite par le Premier Directorate du GRU, il avait été envoyé comme attaché militaire adjoint à Lisbonne. Ce qui l'avait familiarisé avec le monde occidental. Revenu en Russie avant le putsch anti-Eltsine de 1991, il avait démissionné, écœuré par la fin de l'Union soviétique.

Simion Gourevitch l'avait récupéré plus tard, alors qu'il végétait avec une maigre retraite, pour l'engager comme « instructeur » du groupe tchétchène de Chamil Bassaiev. C'était l'époque où le financier était très proche des Tchétchènes, à cause de ses intérêts dans le pipe-line traversant leur pays. Depuis, Gogorski était devenu « première gâchette » chez Simion Gourevitch, assurant sa protestion et l'élimination des malfaisants qui menaçaient sa tranquillité. Grâce à ses relations dans les milieux militaires, il n'avait aucun mal à recruter des « collaborateurs »...

Il s'estimait injustement traité à la suite de sa *zakasnoyé* de Monte-Carlo. Il s'agissait seulement d'éliminer Igor Zakayev. C'est involontairement qu'il avait causé la mort de cinq agents de la CIA. Il les avait pris pour des Russes... Bien sûr, il connaissait trop ces milieux pour ne pas savoir que les Américains chercheraient à l'identifier et à le tuer. Aussi, cette retraite provisoire était-elle bienvenue. Mais pas les reproches de Simion Gourevitch. Il rongeait son frein, tandis que son patron accumulait les erreurs en utilisant de pâles voyous pour éliminer un agent de la CIA particulièrement coriace, débarqué à Moscou à la recherche justement d'Elena Sudalskaïa, la seule personne qui puisse impliquer *directement* Simion Gourevitch dans l'attentat.

Maxim Gogorski avait fait passer un message, sollicitant une entrevue. Il avait un plan à proposer : enlever cet agent de la CIA et l'amener dans le coffre d'une voiture jusqu'à la rivière qui coulait à deux kilomètres de sa propriété. Bien lesté, il ne remonterait pas de sitôt et les brochets se régaleraient. Pourvu que son patron accepte.

C'était une bonne occasion de redorer son blason.

Il retourna ses saucisses sur le grill et commença à les transférer dans un vieux plat cabossé. Avec une bonne bière, c'était un excellent déjeuner.

*

* *

Malko regardait sans y croire l'invitation qu'il venait de trouver à son nom au *Metropol*. On le conviait au vernissage d'une exposition du peintre Ilya Repin, dans les salons de l'hôtel *Nacional*, sous le patronage de Simion Gourevitch… Quelques mots étaient griffonnés sur l'invitation : « Je compte sur vous. Simion Abramovitch Gourevitch. »

— *He is pulling our leg !*[1] explosa Austin Redd.

L'enquête était au point mort. Le meurtre de Sonia Chemakine avait fermé la dernière piste. Depuis quarante-huit heures, Malko tournait en rond. Pour la dixième fois, il regarda l'étrange invitation.

— Je crois que je vais y aller. Gourevitch ne va quand même pas me faire abattre en plein *Nacional*…

— Pourquoi vous a-t-il envoyé ça ? interrogea le chef de station en tirant sur les pointes de son gilet.

— Je n'en ai pas la moindre idée, avoua Malko. Mais ne pas y aller serait une faute. C'est forcément un « message ». À nous de l'interpréter. Gourevitch a sûrement une idée tortueuse derrière la tête, il faut la déjouer.

*

* *

Malko abandonna son carton à un des cerbères gardant l'entrée du *Nacional* et pénétra dans les salons où se pressait déjà une cohue bruyante. Ambiance habituelle des cocktails. On avait neutralisé pour l'occasion une partie des salles de jeux, au sous-sol. Plusieurs buffets offraient des zakouskis et des alcools. Il prit une vodka et plongea dans

1. Il se fout de notre gueule !

la foule. Le Makarov pesait à sa ceinture, rassurant. Fait exceptionnel à Moscou, il n'y avait pas de portique magnétique à l'entrée.

Beaucoup de jolies femmes, au regard trop assuré. Malko en repéra plusieurs, toutes magnifiques, établissant ce que les Américains appellent « eye-contact ». Celles-là n'étaient pas venues pour la peinture. Après avoir parcouru toutes les salles, il constata que Simion Gourevitch n'était pas là. Il engagea la conversation avec une splendide rousse aux yeux verts moulée dans un tailleur très cintré, en train de se faire servir une coupe de Taittinger, mais ne put continuer. Des flashs crépitèrent, des projecteurs de télé crachaient une lumière crue, à l'entrée de la salle. Il aperçut d'abord la masse habituelle des « gorilles », le visage fermé, qui écartaient les gens sans douceur, puis le sommet d'un crâne chauve.

Simion Gourevitch. Accompagné de la sculpturale Elena, dans une robe d'Hervé Léger moulante comme un gant, d'un beau rose fuchsia, qui coûtait sûrement deux cents ans de salaire d'un Russe moyen.

Ils commencèrent à faire le tour des tableaux exposés. Malko parvint à se frayer un passage jusqu'à eux. Le milliardaire jetait des coups d'œil furtifs autour de lui, plus vers les femmes que vers les œuvres exposées. Malko fit le compte de sa garde rapprochée : six hommes, tous bâtis comme des mammouths, et sûrement armés... Il hésitait sur la conduite à tenir lorsqu'à la suite d'un mouvement de foule, il se trouva à moins de deux mètres d'Elena. Leurs regards se croisèrent et aussitôt elle dit quelque chose à l'oreille de Simion Gourevitch. Les « gorilles » de tête se précipitèrent pour écarter brutalement Malko, mais soudain, un sourire illumina le visage blafard du financier. Repoussant ses gardes du corps, il se précipita sur Malko et l'étreignit à la russe !

— Je suis content que vous soyez venu ! s'exclama-t-il. Venez !

Il entraîna Malko, visiblement pas fâché d'abréger sa visite. Elena était restée en retrait, avec deux des

« gorilles ». Ils franchirent la porte et, en un clin d'œil, s'engouffrèrent dans la Cadillac Séville blindée stationnée en face du *Nacional* À peine assis, Simion Gourevitch se tourna vers Malko et dit en russe :

— Je vous dois des excuses, je crois qu'il y a eu un terrible malentendu entre nous. Il ne faut pas en vouloir à Elena Ivanovna. Je vais tout vous expliquer.

La Cadillac démarra. Ils roulaient à toute vitesse sur la voie centrale réservée jadis aux apparatchiks de haut rang, un gyrophare amovible sur le toit de la limousine. Une seconde voiture, une petite Mercedes, suivait avec le gros des gardes du corps. Brutalement, Malko se demanda s'il n'était pas en train de se faire kidnapper…

Quand ils stoppèrent, il reconnut l'hôtel particulier du milliardaire. Celui-ci lui fit signe de le suivre et ils y pénétrèrent. Simion Gourevitch entraîna Malko à travers plusieurs salons, dont l'un contenait un piano, puis un bar où deux « gorilles » regardaient la télévision. Ils atteignirent une pièce aux murs couverts de tableaux. Malko vit aussitôt qu'elle ne comportait aucune ouverture, à part la porte blindée qui se referma sur eux comme celle d'un coffre-fort.

— Ici, nous sommes tranquilles, soupira Simion Gourevitch en ôtant sa veste.

Il portait un polo noir qui accentuait encore son teint blême.

— J'ai parfois des associés difficiles. On a essayé de me tuer, dit-il. Dans cette pièce, je suis à l'abri de tout.

— Pourquoi vouliez-vous me voir ? demanda Malko, sur ses gardes.

— Pour dissiper un malentendu, fit Gourevitch. Vous admirez mes tableaux ?

Les murs étaient tapissés des portraits de tous les dirigeants de l'Union soviétique, depuis Lénine ! Des œuvres d'inégale valeur dont un portrait, extraordinairement bon, de Staline.

— Vous avez le culte du communisme ? demanda Malko.

Simion Gourevitch éclata de rire.

— Non, bien sûr. Mais cela fait partie de notre histoire, n'est-ce pas ? Et ils n'étaient pas tous mauvais. Ils servaient seulement un mauvais système. Moi-même, j'étais membre du Parti.

— Ce portrait de Staline est étonnant, remarqua Malko. On dirait qu'il va sortir de la toile.

Le financier eut un rire sec.

— En effet ! Mais il n'a pas porté bonheur à son auteur, un peintre juif, un de mes cousins. Vous avez remarqué : sa signature se trouve sur la poche droite de la veste de Staline. Ce dernier n'a pas aimé cela : c'était la grande période antisémite en Russie. Le peintre a été félicité — une lettre manuscrite de Staline —, puis arrêté, envoyé au Goulag et fusillé... Staline craignait que ce tableau ne le lie aux juifs.

Un ange passa, portant l'étoile jaune. En enfer, Hitler était en bonne compagnie.

Les petits yeux noirs de Simion Gourevitch étaient fixés sur la ceinture de Malko, d'où émergeait la crosse du Makarov.

— Vous voyez, j'ai confiance en vous, vous êtes armé et vous n'avez même pas été fouillé...

— Merci, dit Malko froidement. J'ai d'excellentes raisons d'être armé.

Impassible, souriant, le financier le contemplait, très sûr de lui, ses petits yeux noirs sans cesse en mouvement. Comme un rat, se dit Malko, qui mourait d'envie de prendre son pistolet et d'en vider le chargeur sur l'homme qui se trouvait en face de lui. Surtout en revoyant le visage massacré de Sonia Chemakine, la jolie cover-girl qui avait eu le tort de croiser son chemin. Il se contint.

— Monsieur Gourevitch, dit-il calmement, le 7 août dernier, à Monte-Carlo, une bombe télécommandée a pulvérisé la Bentley d'un financier russe, Igor Alexandrovitch Zakayev. Tuant en même temps un officier de la CIA qui se trouvait dans la voiture, ainsi qu'une jeune prostituée, et quatre agents de la CIA, chargés de sa protection, dans une seconde voiture. La Central Intelligence Agency a des raisons sérieuses de croire que vous êtes le commanditaire de cet attentat. C'est la raison pour laquelle je me trouve à Moscou.

— Pour enquêter ?

— Ou, corrigea Malko, pour punir le ou les coupables. Je me doute bien que ce n'est pas vous personnellement qui avez posé une bombe sous la Bentley... Mais tous ceux qui ont été mêlés à cet attentat ne pourront jamais dormir en paix. On les poursuivra jusqu'au bout du monde. La CIA a le bras très long, *gospodine* Gourevitch.

— Je n'en doute pas, acquiesça le financier. Mais qu'est-ce qui vous fait croire que je pourrais être derrière cet attentat ?

Malko se dit qu'il était temps de jouer cartes sur table.

— L'enquête a démontré que cette voiture n'avait pu être piégée qu'à un seul endroit : dans le garage privé d'Elena Sudalskaïa. Sa piste m'a mené à Moscou. Et à vous.

— Comment, à moi ?

— Elena Sudalskaïa demeure bien dans un appartement vous appartenant, dans la « Maison du Quai » ? J'ai d'abord tenté d'entrer en contact avec elle. En vain.

— Elle ignorait qui vous étiez. C'est moi qui lui avais dit de ne répondre à personne. Mais continuez...

— Depuis que je suis à Moscou, j'ai été suivi à plusieurs reprises par des policiers. On m'a fait savoir qu'un contrat avait été mis sur ma tête. Et enfin, lorsque Elena Sudalskaïa m'a donné rendez-vous, c'était un guet-apens ! Quatre tueurs sont survenus et, sans l'intervention d'un ami, ils m'auraient abattu. De plus, une jeune femme qui devait venir aussi à ce rendez-vous a été sauvagement assassinée hier matin. Comme par hasard, elle était le seul témoin de mon contact avec Elena Sudalskaïa. Vous ne trouvez pas que cela fait beaucoup ?

Simion Gourevitch hocha la tête, jouant avec son stylo.

— Je comprends votre réaction, monsieur Linge. Je sais qui vous êtes et je vous respecte. Aussi, je vais répondre à vos questions. Je ne suis pour rien dans l'attentat qui a coûté la vie à Igor Zakayev. Je travaillais d'ailleurs avec lui sur certains projets.

— Et la tentative de meurtre sur moi, vous n'y êtes pour rien non plus ? ironisa Malko.

Le milliardaire soutint son regard.

— Si, fit-il calmement, c'est moi qui ai tout organisé. Je suis néanmoins heureux qu'elle ait raté. Je vous avais pris pour un autre…

Malko crut avoir mal entendu.

— Pardon ?

— Je m'explique. Il y a cinq ans, j'ai moi-même été victime d'un attentat. Une voiture piégée, comme à Monte-Carlo. Comme vous le savez, Elena était la maîtresse d'Igor Zakayev, mais nous avions conservé de bons rapports, car elle a été aussi ma maîtresse. Après le drame de Monte-Carlo, elle m'a appelé, affolée. Persuadée que c'étaient les mêmes qui avaient déjà failli me tuer il y a cinq ans…

— Qui ça, les mêmes ?

— Les Tchétchènes. Igor Zakayev était en contact d'affaires avec eux.

Malko ne put s'empêcher de sourire.

— Ai-je l'air d'un Tchétchène ?

Simion Gourevitch ne se troubla pas.

— Il y a des Tchétchènes blonds comme vous. Et puis, il y a trois ans, vous avez été en contact *très* étroit avec des Tchétchènes, à Moscou : l'équipe de Chamil Bassaiev en personne.

— Comment le savez-vous ?

Ce fut au tour du milliardaire de sourire.

— *Gospodine* Linge, j'entretiens d'excellents rapports avec le FSB et les autorités de ce pays… Je sais beaucoup de choses sur vous. Donc, lorsque vous avez surgi à Moscou, j'ai pensé que vous veniez terminer le travail commencé à Monte-Carlo…

— C'est-à-dire ? demanda Malko, suffoqué par tant d'aplomb.

— Liquider Elena Ivanovna.

Un ange passa. Malko, d'un geste involontaire, frôla la

crosse de son Makarov. Aussitôt, Simion Gourevitch se pencha en avant et prit sur son bureau une petite clochette comme celle qu'on utilise parfois à table pour appeler le personnel. Il la tint en équilibre au bout de ses doigts.

— *Gospodine* Linge, fit-il sèchement, faites en sorte que cette clochette ne sonne pas votre glas… Il suffit que je l'agite pour que les gens de ma sécurité entrent dans cette pièce et vous abattent. Même si je suis *déjà* mort.

— Je n'ai aucunement l'intention de vous tuer. En tout cas, pas maintenant…

— *Spasiba, spasiba bolchoi* [1], fit le milliardaire avec un rire un peu grinçant.

Avec précautions, il reposa la clochette sur la table. Malko enchaîna aussitôt :

— Donc, d'après vous, ce sont les Tchétchènes qui ont liquidé Igor Zakayev et les cinq agents de la CIA. Pour quelle raison ?

Simion Gourevitch passa nerveusement la main dans ses cheveux clairsemés.

— Zakayev était en affaires avec eux. Il a dû ne pas être correct. Et, pour les Américains, ce n'était sûrement pas voulu.

Malko se dit que c'était bien la première chose exacte qu'il disait. Il commençait à comprendre la raison de l'invitation du financier ; se sachant plus que soupçonné, celui-ci avait décidé de contre-attaquer selon une méthode pas idiote : nier tout ce qui était possible, et assumer le reste. Bien entendu, le moins grave. Sachant que Malko ne possédait aucune preuve matérielle contre lui.

— Qu'attendez-vous de moi, *gospodine* Gourevitch ? demanda Malko. Que je vous croie sur parole ?

— Mais bien sûr ! fit-il d'un ton convaincu. Je n'ai rien contre les Américains, qui sont nos amis. Je suis un businessman libéral. Je voudrais que ce pays soit normal, comme l'Amérique.

Malko eut envie de lui dire qu'il ne le serait qu'une fois

1. Merci, merci beaucoup.

débarrassé des gens comme lui, mais ce n'était pas le moment. Il se contenta de remarquer :

— Si vous n'êtes pas responsable de cet attentat, quelqu'un d'autre l'est, et je veux le retrouver.

— Moi aussi ! affirma le financier. Je vous ai dit mes soupçons. J'aimais bien Igor, c'était un garçon brillant, avec un bel avenir. *Karacho*, désormais il faut que nous collaborions, que nous mettions en commun nos moyens. Je connais beaucoup de monde à Moscou. Nous pourrions tenir une réunion dans quelques jours. J'ai des informations. Il paraît qu'un groupe terroriste de « bandits » tchétchènes est sur le point d'arriver à Moscou. Ce sont peut-être ceux qui ont tué Igor.

Il se leva soudainement et tendit la main à Malko.

— Excusez-moi, j'ai une hépatite virale et je dois me coucher tôt.

Il le raccompagna à la porte, le confiant aux gardes qui l'escortèrent jusqu'à la rue. La portière de la Cadillac garée au bord du trottoir était ouverte. Malko s'installa sur les coussins, à l'arrière. Un « gorille » monta à côté du chauffeur. Les portières se verrouillèrent avec un claquement sec et Malko sursauta. Personne ne savait où il se trouvait...

Pour ne pas avoir l'air idiot, Malko ne broncha pas. Après tout, il était armé et sur ses gardes. À travers les glaces fumées, il suivait sa progression dans Moscou. Très vite, il se rendit compte qu'ils s'éloignaient du centre. Sortant son Makarov, il le posa sur le plancher de la Séville et se pencha en avant.

— Où allons-nous ?

— M. Gourevitch a donné des instructions spéciales à votre sujet, *gospodine*, dit poliment le chauffeur.

CHAPITRE IX

La voiture roulait à toute vitesse sur un quai désert. À gauche, la Moskva, à droite des rangées d'immeubles de bureaux. Malko sentit son pouls monter en flèche. Simion Gourevitch l'avait tout simplement fait tomber dans un piège. Personne ne l'avait vu monter dans cette voiture. Il pouvait disparaître de la circulation sans laisser de traces. Sans hésiter, il arma le Makarov. Les deux hommes à l'avant ne semblèrent pas entendre le claquement de la culasse. Penché vers le chauffeur, il lança d'une voix calme, mais ferme :

— Arrêtez-vous tout de suite !

Le chauffeur ne ralentit pas, mais le « gorille » tourna vers Malko des yeux d'un bleu délavé et répliqua d'une voix égale :

— *Gospodine*, ce n'est pas possible. Nous avons comme instruction de *gospodine* Gourevitch de vous conduire à un certain endroit et de vous attendre. Vous n'avez rien à craindre.

Brutalement, Malko réalisa le ridicule de sa situation. Il était armé, en position de force puisque assis dans le dos des deux hommes. Son portable fonctionnait. Il décida de prendre une assurance sur la vie et composa le numéro d'Austin Redd chez lui. Dès qu'il l'eut en ligne, il annonça à l'Américain :

— Je voulais vous dire que je me trouve dans la voiture de Simion Gourevitch et...

— Il est avec vous ?

— Non, je l'ai vu à son bureau. Son chauffeur m'emmène à une destination qu'il ne veut pas me révéler. Je voulais vous en faire part, au cas où il m'arriverait quelque chose.

— Où êtes-vous ?

— Koutouzowski Prospekt, répliqua Malko après avoir jeté un coup d'œil à l'extérieur.

— Bien, conclut le chef de station de la CIA. Laissez votre portable ouvert. Je vous appellerai toutes les demi-heures.

Malko se réinstalla sur la banquette arrière, intrigué, croyant de moins en moins à un guet-apens. C'était sûrement plus tortueux. Ils franchirent le MK, le grand périphérique encerclant Moscou, et s'engagèrent dans une route étroite sinuant au milieu de bois de sapins. Les phares éclairèrent un panneau indiquant : Joukovska 18 km. Ils se trouvaient sur la route menant aux datchas officielles de Joukovska et de Gorki 9 et 10, là où Boris Eltsine avait la sienne. La seule route de Russie où il n'y ait *aucun* feu rouge, sur vingt-cinq kilomètres, afin de ne pas ralentir les convois officiels.

Une demi-heure plus tard, le portable sonna et il rassura Austin Redd, lui expliquant où il se trouvait.

— Vous allez sûrement dans sa datcha, il en a une dans le coin, conclut l'Américain.

Effectivement, un kilomètre plus loin, la Cadillac quitta la route pour s'enfoncer dans les bois et stopper devant un portail blanc. Malko aperçut dans le faisceau des phares une étrange construction toute blanche, croisement contre nature d'un château fort de Disneyland et d'une maison mexicaine. La voiture pénétra dans une cour et le « gorille » sauta à terre pour ouvrir la portière à Malko. Il lui désigna une porte cloutée en bois clair.

— Vous sonnez, *gospodine*. Nous vous attendons dans la voiture.

Malko monta le perron et sonna. La porte s'ouvrit aussitôt. Sur Elena. Elle avait troqué sa robe Hervé Léger pour un pull rouge décolleté en V qui faisait exploser ses seins magnifiques et une longue jupe noire, fendue très haut sur le côté. Elle adressa un sourire timide à Malko et dit de son étrange voix rauque :

— Merci d'être venu jusqu'ici. Je voulais absolument vous voir, maintenant que vous avez mis les choses au point avec Simion. Je suis désolée de ce qui s'est passé… J'ai vraiment cru que vous étiez venu à Moscou pour me tuer, comme ce pauvre Igor. Alors, j'ai paniqué. Venez.

Malko la suivit dans un hall au sol de marbre blanc, aux murs décorés de tableaux modernes, jusqu'à un petit salon à l'éclairage tamisé. Tous les meubles étaient modernes. Une superbe table basse soutenue par une panthère, et un grand bar en laque noire. Elena prit place sur un profond canapé recouvert de tissu Versace rouge. Sur un guéridon voisin, un catalogue de l'architecte d'intérieur Claude Dalle laissé en évidence indiquait l'origine de la décoration. Elena désigna à Malko une bouteille de Taittinger Comtes de Champagne Blanc de Blancs 1994 dans un seau de cristal.

— Vous l'ouvrez, s'il vous plaît ? Il faut fêter notre réconciliation.

En dépit de cet accueil « glamour », Malko demeurait sur ses gardes. Le déroulement de cette soirée semblait un peu trop huilé pour être honnête. Il fit sauter le bouchon du Taittinger et versa quelques bulles dans deux verres, avant de s'asseoir à l'autre bout du canapé. Son regard fixé au loin, Elena leva son verre.

— À nos retrouvailles.

Face à lui, les jambes croisées haut, les pointes de ses seins dardant sous son pull, la bouche gonflée, elle était aussi provocante qu'une femme peut l'être.

— Qu'est-ce qui aurait pu vous faire croire que vous étiez en danger ? demanda-t-il. Vous étiez absente de Monte-Carlo lors de cet attentat…

— Mais j'aurais dû me trouver dans la Bentley avec Igor, si je n'avais pas eu ce voyage, protesta-t-elle. Aussi, quand vous m'avez appelée à Moscou, j'ai pris peur. Et j'ai demandé à Simion de me protéger. Bien sûr, il l'a fait, à sa manière. Brutalement. À Moscou, nous vivons dans un monde à part.

— Et Sonia ? interrogea Malko. Qui l'a tuée ?

Elena hocha la tête avec tristesse.

— Peut-être avait-elle des problèmes avec des gens à qui elle devait de l'argent.

Malko n'insista pas. Cette rencontre était surréaliste.

— Pourquoi être passée par Sonia pour me fixer rendez-vous ? insista-t-il. Elle savait où me joindre, donc elle pouvait vous donner mon téléphone. Est-ce que ce n'est pas pour ne pas apparaître que vous avez procédé de cette façon ? Parce que vous me fixiez rendez-vous pour me tuer…

Elena passa nerveusement la main sur son casque de cheveux noirs et dit d'une voix mal assurée :

— Non, pas du tout. Quand je l'ai rencontrée au *Monte-Carlo*, elle m'a draguée. À Moscou, c'est courant. Moi aussi, je ne déteste pas, de temps en temps, une expérience féminine. Comme Simion m'avait dit de vous donner rendez-vous, j'ai fait d'une pierre deux coups.

Elle sourit.

— J'ai joint l'agréable à l'utile.

— Vous aviez donc un rendez-vous amoureux avec Sonia, au « banya » ?

— Oui.

Elle tendit sa coupe pour que Malko la remplisse à nouveau, et il reprit :

— Quand nous nous sommes retrouvés au « banyasex », vous m'avez dit attendre Sonia. Si elle était venue, elle aurait subi le même sort que moi…

Elena sursauta, se pencha en avant, encore plus sexy, et dit d'une voix pressante :

— Pas du tout ! J'avais vraiment envie qu'on fasse l'amour ensemble… avec elle aussi, je veux dire.

Malko secoua la tête, découragé par tant de cynisme.

— Elena, dit-il patiemment, quand ce tueur est arrivé, vous lui avez donné l'ordre de me tuer, avant de filer.

La Russe se raidit.

— Non ! Vous avez mal compris. Je pensais que ces hommes venaient juste vous faire peur. Vous flanquer une raclée. Et ils devaient arriver plus tard.

— Une raclée à la Kalach…

— Bien sûr, ils étaient armés pour que vous ne résistiez pas.

Elle avait réponse à tout. Devant l'incrédulité de Malko, elle rampa vers lui sur le canapé, jusqu'à ce que leurs visages se touchent presque.

— Il faut me croire, insista-t-elle. J'avais vraiment envie de vous. Comme maintenant.

Ses seins s'écrasèrent contre sa veste, sa grosse bouche s'entrouvrit et se colla à la sienne. La position était inconfortable, mais Elena n'en avait cure, faisant sentir son désir par tous les pores de sa peau. Malko demeura de marbre. Cela lui rappelait trop le « banyasex », juste avant que le tueur ne surgisse. Sentant sa réticence, Elena décolla sa bouche.

— Tu n'as pas envie de moi ? demanda-t-elle de sa voix rauque.

Malko eut un sourire un peu crispé.

— Cela me rappelle de mauvais souvenirs. Tu paraissais tout aussi amoureuse, là-bas…

— *Bolchemoi !*[1] C'est vrai ! s'exclama-t-elle.

Se levant brusquement, elle fonça jusqu'à la porte et donna ostensiblement un tour de clef. Puis, elle revint vers Malko et le fit se lever. Elle ouvrit sa veste et posa ses longs doigts sur la crosse du Makarov, demandant de sa voix rauque teintée d'ironie :

— Maintenant, tu as encore peur ?

Elle prit le pistolet par la crosse, l'arracha et le jeta sur le canapé. Puis, elle saisit la main droite de Malko et la

1. Bon Dieu !

promena sur elle, commençant par la poitrine et terminant en haut de ses cuisses.

— Tu vois que je n'ai pas d'arme ! souffla-t-elle.

C'est elle qui mena la main de Malko jusqu'à la haute fente de sa jupe, la glissant dessous jusqu'à ce qu'il sente le nylon d'une culotte. Sa bouche contre la sienne, elle murmura :

— Je veux que tu m'enlèves ça et que tu me baises.

Il saisit l'élastique de la culotte et tira vers le bas, tandis qu'Elena l'aidait en se tortillant. Ensuite, d'un coup de pied décidé, elle envoya le triangle de nylon noir à l'autre bout de la pièce, et se colla aussitôt à Malko pour une étreinte intense. Tout ce cinéma avait fini pour l'exciter. Mettant mentalement de côté ses réserves, il se dit que le vieux proverbe latin *Carpe Diem*[1] était toujours d'actualité. Il ne fallait jamais refuser les bonnes choses de la vie.

L'esprit libre, le contact d'Elena lui déclencha une érection instantanée. Elle poussa un grognement rauque d'approbation, le défit à toute vitesse et tomba à genoux devant lui, l'engloutissant dans sa bouche. Très vite, elle se redressa, le prit par la main et l'emmena jusqu'au grand canapé.

— Baise-moi comme ça, sans me déshabiller ! dit-elle d'une voix hachée. Comme une salope de *bezoupretchnaia*[2] qui reçoit son amant à la maison.

Quand elle se coucha sur le dos, les jambes ouvertes, la longue jupe noire remonta jusqu'à ses hanches. Ses seins jaillissaient du pull trop décolleté, ses prunelles sombres brillaient d'une lueur intense. Malko plongea d'une seule poussée au fond de son ventre et se mit à la labourer furieusement. Ce fut une étreinte brève et sauvage. Elena grondait « *Davai ! Davai !* », les cuisses grandes ouvertes, les mains plaquées dans le dos de Malko pour mieux le pousser en elle. Quand il se répandit, foudroyé par un orgasme violent, elle le retint encore.

1. Vis comme si chaque jour était le dernier.
2. Bourgeoise, dans le sens « sainte-nitouche »

Puis, elle se redressa, sa jupe retomba jusqu'à ses chevilles, elle adressa à Malko un sourire complice en demandant :

— Donne-moi encore un peu de ce délicieux champagne français.

Malko prit dans le seau de cristal la bouteille de Taittinger et obéit. Assise très droite sur le canapé, pas un cheveu ne dépassant de son casque de cheveux noirs, Elena incarnait la bourgeoise respectable. Seul détail incongru : la petite culotte noire par terre, dans un coin.

Redescendu sur terre, Malko s'était remis à penser. En dépit du plaisir causé par cette étreinte impromptue, il avait un goût de cendres dans la bouche. Parce qu'il était certain de la culpabilité du milliardaire et d'Elena.

— À quoi penses-tu ? demanda celle-ci.

— À toi, dit Malko.

— Tu as envie de me revoir ?

— Sûrement.

Ils se levèrent ensemble. Il récupéra son pistolet et elle déverrouilla la porte, en lui jetant un regard brûlant.

— Demain, je serai à Moscou, tu sais où me trouver...

De nouveau, elle l'embrassa avec passion. La Cadillac attendait, phares éteints. Malko y monta sans se retourner. Il était au moins convaincu d'une chose, désormais : Simion Gourevitch était l'homme responsable de l'attentat de Monte-Carlo. Maintenant, il fallait le prouver et le châtier. Chose plus facile à dire qu'à faire.

*

* *

Austin Redd tirait sur sa cigarette, pensif.

— Je ne m'attendais pas à un tel numéro de la part de Simion Gourevitch, dit-il. C'est la preuve qu'il a peur et cherche à désamorcer la menace. Même s'il sait que nous n'avons aucune preuve concrète contre lui. Pour déclencher « Sword », nous avons besoin de preuves solides. Sinon, le *finding* du Président n'est pas utilisable. Or, je ne vois pas où nous pouvons les trouver. Une chose m'intrigue dans ce qu'il vous a dit : son insistance à faire porter le chapeau aux Tchétchènes. Je ne vois pas pourquoi il essaie de les impliquer dans cette affaire.

— Moi non plus, avoua Malko.

Le chef de station lui jeta un regard oblique.

— Si je me souviens bien, vous aviez de bons contacts avec eux. Pourquoi n'allez-vous pas regarder de ce côté-là ? Ils ne seraient peut-être pas heureux de savoir qu'il leur fait porter le chapeau.

— Bonne idée ! approuva Malko, je vais essayer. Mais ceux que je connaissais ont été décimés.

— Quelqu'un peut vous aider, suggéra l'Américain. Un certain Ismailov. Un officier russe. Il a quitté l'armée et s'est fait une spécialité d'échanger des otages russes contre des Tchétchènes détenus en Russie. Il connaît tous les « bandits » tchétchènes. On a un peu travaillé avec lui. Il est *greedy* [1], mais il a des relations.

— Et si je ne trouve rien sur Gourevitch ?

Austin Redd le toisa.

— Vous restez à Moscou jusqu'à ce que vous ayez trouvé. Je veux la peau de ce type et de tous ceux qui ont participé à l'attentat de Monte-Carlo.

*
* *

Malko reposa son téléphone, découragé. Les quatre numéros « tchétchènes » qu'il avait remontaient à 1996, et ils étaient déconnectés, ou avaient changé d'abonné. Il avait poussé la conscience professionnelle jusqu'à appeler l'appartement qu'avait occupé Louisa, la Tchétchène [2]. Désormais, une famille russe l'habitait. Rue Pouchkinskaya, le centre culturel tchétchène était fermé, lui aussi. Il était même allé à l'hôtel *Majarski*, au début de Minsk

1. Cupide.
2. Voir SAS n° 123, *Vengeance tchétchène.*

Chosse, sans rencontrer personne d'intéressant. Même pas quelqu'un à qui laisser un message...

Quarante-huit heures s'étaient écoulées depuis sa soirée avec Elena, sans rien apporter. Il répondit à son portable qui sonnait et reconnut immédiatement la voix grave du colonel Zdanovitch.

— J'ai quelque chose d'intéressant pour vous, annonça l'officier du FSB. Le bar du *Marriott* dans une heure ?

— *Karacho.*

Il en était à se raccrocher à n'importe quoi. Les Américains avaient sous-estimé la puissance du clan Gourevitch. Malko alla prendre sa voiture garée devant le *Metropol* et se mit en route vers Tverskaïa. Lorsqu'il pénétra dans le *Marriott*, Sergueï Zdanovitch était déjà là. Sur la table, à côté de l'inévitable bouteille de Defender, il y avait un paquet rectangulaire.

— Vous avez un magnétoscope ? demanda-t-il d'emblée.

— À l'ambassade, il y en a sûrement, dit Malko. Pourquoi ?

— Vous devriez visionner cette cassette.

— Bien, allons là-bas.

— D'accord, mais je vous attendrai dans la voiture.

Malko regarda la cassette.

— Vous savez ce qu'elle contient ?

Le colonel du FSB hocha la tête affirmativement.

— Oui, mais je préfère que vous le découvriez vous-même.

*

* *

Sergueï Zdanovitch était resté dans la voiture de Malko, garée rue Voroskovo, le long de l'ambassade. Austin Redd avait immédiatement emmené Malko dans une petite salle de projection.

L'Américain enclencha la cassette. Malko sentit ses cheveux se dresser sur sa tête devant les premières images.

Elena à genoux devant lui, de profil, était en train de lui administrer une magnifique fellation. L'image était parfaitement nette.

— *Holy shit!* s'exclama le chef de station, choqué.

Malko dut assister à l'intégralité de ses ébats avec Elena. Filmés par trois caméras. Très beau montage, rien n'y manquait, même pas le son... Lorsque la bande s'arrêta, un silence gêné régnait dans le petit bureau.

— Vous ne m'aviez pas donné tous les détails de votre entrevue, remarqua Austin Redd d'un ton pincé.

Confus et furieux, Malko répliqua :

— Je ne pensais vraiment pas être filmé...

Il maudissait encore plus Elena et le diabolique Simion Gourevitch. Fou furieux, il lança à Austin Redd :

— Ils ne l'emporteront pas au paradis.

Sergueï Zdanovitch l'attendait dans la voiture en fumant. Il jeta à Malko un coup d'œil ironique.

— Alors, vous n'avez pas été déçu...

— D'où sortez-vous cette cassette ?

Le colonel du FSB sourit.

— C'est un copain du « bureau des affaires réservées » qui m'en a fait une copie. Parce qu'il y avait un commentaire : « Comment les agents de la CIA occupent leurs loisirs à Moscou... » Comme il sait que j'ai des contacts officiels avec les Américains, il m'en a réservé un exemplaire.

— Et lui, d'où la tenait-il ?

— Il n'a pas voulu me le dire. Parfois, ce genre de choses arrivent anonymement au Service. Ou ce sont des « correspondants » qui les apportent. Il y a toujours une manip derrière. Cela sert à compromettre les gens haut placés et à les faire chanter. Comment vous êtes-vous retrouvé dans cette situation ?

Malko le lui raconta et le colonel du FSB hocha la tête d'un air entendu.

— Ce n'est pas la première fois que Simion Gourevitch a recours à ce procédé. Il invite quelqu'un qu'il veut compromettre avec des putes et le filme. Dans une pièce de sa résidence spécialement équipée, connue dans tout Moscou.

Le procureur de Russie, Iouri Skouratov, s'y est fait prendre. Un de ses amis banquier qui était aussi celui de Gourevitch a organisé une soirée avec deux putes, à partir d'un club de rencontres. Ensuite, elles l'ont emmené là, sans lui dire, bien sûr, à qui appartenait la maison. Lorsque les investigations de Skouratov ont commencé à gêner Gourevitch, celui-ci s'est arrangé pour que la cassette parvienne à une chaîne de télévision amie... Ça a été la fin de Iouri Skouratov. Aujourd'hui, il est suspendu de ses fonctions et déconsidéré.

— Mais pourquoi s'attaquer à moi ? Je ne sais rien de précis sur lui. Il le sait.

Sergueï Zdanovitch eut un sourire indulgent.

— Vous représentez pour lui un danger potentiel. Comme il vous a raté avec la manière forte, il cherche à vous neutraliser éventuellement. Ou au moins, à diminuer la valeur de votre témoignage, en montrant que vous êtes compromis avec cette Elena, elle-même liée aux « bandits ». Même si vous n'êtes pas russe, la Première chaîne, celle de Gourevitch, sera ravie de diffuser cette cassette.

Malko en avait des sueurs froides.

— Vous avez appris quelque chose sur Elena Sudalskaïa ?

— Oui. Elle a changé de nom, c'est la raison pour laquelle on n'a d'abord rien trouvé. Elle a vraiment été Miss Moscou, ensuite elle a commencé comme pute, mais comme elle était très belle et intelligente, elle a conquis une place dans le business. D'abord, en devenant une des maîtresses de Simion Gourevitch, puis d'un autre mafieux qui vit à Budapest, Grigori Jabloko.

— Que faisait-elle avec Igor Zakayev ?

Sergueï Zdanovitch hésita.

— À la lumière de ce qui s'est passé, je me demande si elle n'était pas en « service commandé » pour surveiller Igor Zakayev. Celui-ci était au centre de beaucoup d'opérations de blanchiment d'argent.

— Commandé par qui ?

— Simion Gourevitch.

— Et Igor Zakayev ne s'en doutait pas ?

— Probablement non. Elena Sudalskaïa s'est forgé un personnage de riche divorcée. Igor était très jeune. Il a dû tomber amoureux d'elle et ne pas chercher plus loin.

— Donc, ce serait bien Gourevitch qui aurait commandité l'attentat. Prévenu par Elena.

— C'est vraisemblable, reconnut le colonel du FSB. D'ailleurs, elle est venue se réfugier à Moscou après l'histoire de Monte-Carlo, chez lui… Mais peut-être qu'il danse sur une musique qu'il n'a pas écrite…

— Que voulez-vous dire ?

— Simion Gourevitch est très intelligent mais lâche. Or, pour se lancer dans un attentat comme celui dont vous recherchez les auteurs, il faut être tout-puissant. Ou se croire tout-puissant.

— Je ne comprends pas, reconnut Malko.

Le colonel du FSB se pencha à son oreille.

— Le tsar Boris Nicolaievitch n'a peur de rien ni de personne, lui.

CHAPITRE X

Malko médita quelques instants la phrase sibylline et explosive de Sergueï Zdanovitch.

— Vous voulez dire que Boris Eltsine aurait donné l'ordre de liquider Igor Zakayev ?

— Non, corrigea l'officier du FSB, mais dans son entourage, il y a des gens qui sont prêts à tout pour se protéger. Ce sont *eux* les principaux utilisateurs du système Zakayev. Donc, ils peuvent avoir lancé cette opération, sous le parapluie du Kremlin. Le Premier ministre étant aux ordres de Eltsine, aucune administration n'osera se dresser sur leur route.

— Mais ces gens savent bien que les Américains voudront se venger…

Le colonel du FSB eut un sourire ironique.

— Ils n'ont aucune connaissance du monde extérieur. Ils croient qu'on peut museler n'importe qui avec des menaces ou de l'argent. Ils se sentent au-dessus des lois. Et, en Russie, ils le sont…

Un ange passa.

— Donc, conclut Malko, il n'y a aucune chance de coincer Simion Gourevitch ?

— Je n'en vois pas, avoua l'officier du FSB. Il est protégé par le système. Il faudrait réunir des preuves accablantes contre lui et je ne vois pas comment…

À sa grande fureur, Malko dut reconnaître que l'analyse

de Sergueï Zdanovitch était lucide. Depuis son arrivée à Moscou, il n'avait subi qu'une succession de revers. Y compris le dernier, peut-être pas le plus grave, mais le plus humiliant... Et les Tchétchènes qui auraient peut-être pu l'aider se révélaient hors de portée.

*
* *

Malko avait mal dormi, ressassant son échec. Il en avait déjà subi un à Belgrade[1] et n'avait pas envie de recommencer. La sonnerie du téléphone le fit sursauter. Sa Crosswind indiquait sept heures et demie. C'était Austin Redd, visiblement stressé.

— Il y a eu un grave attentat cette nuit ! annonça le chef de poste de la CIA. Une explosion criminelle a détruit un immeuble, ulitza Guryanova, dans le sud-est de la ville. Il y a une centaine de morts. On attribue l'attentat aux Tchétchènes...

Malko fut hors de son lit en quelques secondes. Une heure plus tard, il arrivait sur les lieux de l'attentat. Un quartier populaire. Un immeuble d'habitation avait été entièrement détruit vers cinq heures du matin par une explosion tuant ou blessant près de deux cents personnes. Il ne restait du bâtiment qu'un tas de gravats. Des ambulanciers, des pompiers, des policiers s'affairaient dans un désordre incroyable. Malko appela aussitôt Sergueï Zdanovitch.

— Que dit-on chez vous ? demanda-t-il.

Le colonel du FSB fut très évasif.

— Rien de précis encore. Vladimir Poutine, le Premier ministre, accuse les « bandits » tchétchènes. En tout cas, il y avait une charge de plusieurs centaines de kilos d'explosifs. Si j'en sais plus, je vous rappelle.

Malko reprit la route du *Metropol*, troublé. Simion Gourevitch lui avait annoncé trois jours plus tôt l'arrivée d'un

1. Voir SAS n° 136, *Bombes sur Belgrade*.

commando tchétchène à Moscou et maintenant, il y avait cet attentat...

Arrivé vers le centre, il bifurqua à gauche et s'engagea sur le Koltso. Il était urgent de faire le point avec Austin Redd.

*
* *

Le chef de station de la CIA était en gilet, signe d'une grande excitation, et croulait sous les fax et les téléphones. Malko arriva à le coincer dans son bureau. Il avait réfléchi pendant le trajet.

— Austin, dit-il, il faut absolument entrer en contact avec des Tchétchènes. La seule personne qui peut nous aider, c'est Gotcha Soukhoumi. Il connait pas mal de « bandits ».

L'Américain secoua la tête.

— Il ne va pas accepter.

— Il faut lui forcer la main, insista Malko. Qu'on puisse progresser. Sinon, il n'y a plus d'enquête. Qu'on le voie aujourd'hui. Ne lui dites surtout pas pourquoi.

— Bon, je vais essayer, accepta de mauvaise grâce le chef de station.

Il composa le numéro du Géorgien, sous l'œil vigilant de Malko. Gotcha Soukhoumi tenta de se dérober, mais céda finalement.

— À une heure *Chez Petrovitch*, conclut Austin Redd.

Après avoir raccroché, il lança à Malko :

— J'espère que ça va marcher... Il n'était pas chaud.

Malko le regarda froidement.

— Vous avez envie d'annoncer à Langley que l'opération « Sword » est un échec ? Moi pas.

*
* *

L'entrée de *Chez Petrovitch*, un des endroits « in » de Moscou, ne payait pas de mine. Au fond d'une cour bordée de vieux immeubles lépreux, s'ouvrant au 24 Mytichinskaya Ulitza, juste après le Koltso, une porte de fer gardée par deux cerbères donnait sur un escalier rustique desservant un sous-sol. Cela ressemblait plus à un abri qu'à un restaurant à la mode. Un long couloir avec l'inévitable garde-robe précédait la salle au plafond bas décorée de photos et d'objets des années soixante-dix, en pleine Union soviétique. Gotcha Soukhoumi était déjà là, installé à une petite table en face du bar. Il flirtait avec une serveuse en mini fendue sur le côté. Il accueillit Austin Redd avec sa jovialité habituelle et commanda d'emblée zakouskis et vodka. Tandis que l'Américain le « dégelait », Malko regardait les tuyauteries peintes en rouge et terminées par des robinets fixées sur plusieurs murs.

— C'est de l'art abstrait ? demanda-t-il.

Gotcha Soukhoumi rit de bon cœur.

— Non, c'est pour rappeler la période ! Du temps de l'Union soviétique, toutes les canalisations étaient apparentes…

Ils commandèrent : harengs, saumon fumé et bœuf Strogonoff.

— Que pensez-vous de l'attentat de ce matin ? demanda Malko au Géorgien.

— Pas grand-chose, fit celui-ci avec une grande prudence.

— Vous pensez que ce sont les Tchétchènes ? enchaîna Austin Redd.

— Tout est possible.

— Simion Gourevitch m'a annoncé l'arrivée d'un commando terroriste tchétchène, il y a quelques jours, appuya Malko.

Gotcha Soukhoumi lui jeta un regard intrigué.

— Vous l'avez vu ?

Malko, tandis qu'il dégustait les harengs, lui raconta tout ce qui s'était passé, y compris la tentative de meurtre contre lui et l'assassinat sauvage de Sonia.

— Sacha m'a dit qu'elle avait été tuée, mais je ne savais pas comment, commenta le Géorgien. Donc, vous êtes réconcilié avec Gourevitch et vous avez retrouvé pour de bon Elena Ivanovna.

C'était une litote.

— Réconcilié est un grand mot, corrigea Malko. Je pense que c'est une manœuvre de sa part. Je suis dans l'impasse. Et ce qui s'est passé ce matin fait vaciller mon hypothèse de travail.

— Comment puis-je vous aider ? demanda le Géorgien. Moi, je ne me mêle pas de tout cela. Trop dangereux.

— J'ai besoin de rencontrer des Tchétchènes, fit Malko.

Gotcha Soukhoumi éclata d'un rire un peu forcé.

— C'est facile ! Des Tchétchènes, il y en a cinquante mille à Moscou. Dans les marchés et les « tchernybanks »[1].

— Pas ceux-là, corrigea Malko. Ceux que j'ai connus il y a trois ans. Les gens liés à Bassaiev.

Le sourire du Géorgien s'effaça instantanément.

— Je n'ai aucun contact avec eux, prétendit-il. Et après ce qui vient de se passer ce matin, je n'ai pas envie d'en avoir. Et je ne vous conseille pas d'essayer. Si cela se sait...

Il laissa sa phrase en suspens et se remit à manger. Buté. Austin Redd lissa machinalement ses beaux cheveux argentés et remonta à l'assaut sur le ton de la confidence.

— Gotcha, dit-il, je ne vous demande rien d'impossible. Malko a *déjà* eu de très bons contacts avec les Tchétchènes, je pense qu'ils s'en souviennent. Il faudrait simplement trouver quelqu'un qui puisse faire passer un message...

Le Géorgien repoussa son assiette.

— Qui ?

— Omar.

Le sourire distingué d'Austin Redd ne s'était pas altéré, mais Malko sentit qu'il avait marqué un point. Pour bien enfoncer le clou, le chef de station expliqua à l'attention de Malko :

— Dans une autre vie, notre ami Gotcha a été associé avec un grand « bandit » tchétchène. Omar Tatichev, qui

1. Littéralement : « banques noires ». Qui font des spéculations illégales.

possède une partie de l'hôtel *Radisson.* Je crois qu'ils sont restés assez liés.

Le *Radisson* était un des grands hôtels de Moscou, juste à côté de la gare de Kiev. Son copropriétaire, un Américain, avait été assassiné dans des circonstances mystérieuses. On accusait Omar Tatichev de sa mort. Gotcha Soukhoumi s'était carrément rembruni.

— Je ne fais plus aucun business avec Omar, affirma-t-il. Bien sûr, on fait encore la bringue ensemble de temps en temps. C'est un bon type.

— Assez régulièrement, corrigea avec douceur Austin Redd.

Malko comprit instantanément que le chef de station n'avançait pas sans biscuits. D'ailleurs, le Géorgien retrouva presque le sourire.

— C'est vrai, avoua-t-il, j'aime bien Omar, même si c'est un « bandit ». Avec moi, il a toujours été correct. Mais je ne vois pas en quoi il peut vous aider.

De nouveau, Austin Redd intervint :

— Omar Tatichev est un des piliers de la mafia tchétchène à Moscou, fit-il calmement. Il sait tout ce qui s'y passe. En plus, il est lié à Loujkov. Donc, ça ne le gêne pas de déplaire à Simion Gourevitch. Il suffit qu'il « réactive » une passerelle. Que Malko puisse poser les questions qui lui tiennent à cœur.

— *Karacho ! Karacho !* fit Gotcha de mauvaise grâce. Seulement, je ne peux pas faire ça par téléphone et je pars à Tbilissi demain. On doit faire une petite fête à mon retour, dans trois ou quatre jours. Je vous appelle, je vous présente et vous vous débrouillez.

— Parfait, dit Malko, j'attends votre coup de fil.

*

* *

Un vacarme effrayant s'échappait de la porte ouverte de l'appartement de Gotcha Soukhoumi. De la musique techno à fond la caisse. Il y avait des invités jusque sur le palier... Malko se glissa dans l'entrée, à la recherche du maître de maison. Gotcha l'avait appelé le matin même, quatre jours après leur déjeuner, pour l'inviter à une fête où se trouverait celui que Malko désirait rencontrer.

Il était temps : Malko n'en pouvait plus de son inaction forcée. Il n'avait pas cherché à revoir Elena, ni Simion Gourevitch. Il avait eu quelques brefs contacts avec le colonel Zdanovitch qui l'avait tenu au courant des développements de l'enquête : aucun suspect arrêté, mais le FSB disait avoir identifié l'explosif utilisé, de l'hexogène comme à Monte-Carlo. Ce qui ne menait nulle part. On en fabriquait en Russie, aux États-Unis, en Grande-Bretagne, bien que son prix de revient soit plus élevé que celui de la tolite, de la pentrhite ou du C.4.

Malko se fraya un chemin dans la foule. Des hommes en veste de cuir, plutôt patibulaires, et l'habituelle cohorte de filles jeunes et ravissantes. Quelques acharnés jouaient au billard, bousculés, assourdis de musique. Malko trouva Gotcha Soukhoumi sur la terrasse, au milieu de plusieurs couples assis. Chaque homme et chaque femme arborait un autocollant avec un numéro. Le Géorgien était en compagnie d'une longue fille blonde à la moue provocante et à l'air allumé devant qui se trouvait un seau à champagne plein de papiers pliés. Le Géorgien étreignit ostensiblement Malko, le présenta à la cantonade comme un ami cher, décora sa veste d'un autocollant portant le numéro 12 et lui désigna le seau à champagne.

— Ce soir, on a inventé un jeu ! expliqua-t-il. Chaque homme et chaque femme va repérer quelqu'un dans l'assistance et écrire ce qu'il aurait envie de faire avec elle ou lui. Vera ira porter l'offre qui sera refusée ou acceptée. Si les deux sont d'accord, ils vont réaliser leurs fantasmes dans ma chambre. Viens, pendant que Vera commence à travailler, je vais te montrer mes nouveaux meubles.

Malko le suivit. L'appartement était métamorphosé ! Partout des meubles Louis XV dorés, des tables basses, des canapés encore recouverts de plastique.

— J'ai reçu mon container de Paris, expliqua triomphalement le Géorgien. J'avais tout commandé chez mon architecte d'intérieur Claude Dalle. Et ces salauds de douaniers m'ont arraché le cœur ! Mais, *nitchevo*, c'est beau !

— Superbe, approuva Malko. Mais…

— Viens voir.

Il l'entraîna tout au fond, dans une chambre aux murs tendus de velours rouge, à l'exception d'un panneau recouvert d'un immense miroir. Les seuls meubles étaient un lit, un fauteuil et une sorte de prie-Dieu, plutôt incongru.

— Gotcha, insista Malko, tu as pensé à ce que je t'ai demandé ?

— *Vsio poriadok !* [1] affirma le Géorgien. Omar Tatichev est là. Il a le numéro 7 et il joue avec nous. Je lui ai parlé de toi. Plus tard on parlera *serious business*. Maintenant, on joue. Viens avec nous, ça va le mettre en confiance.

Ils regagnèrent la terrasse. Malko chercha des yeux le numéro 7. Un homme mince de petite taille, aux abondants cheveux très noirs, le seul à porter une cravate. Il avait la main sur la cuisse d'une brune aux cheveux réunis en chignon, vêtue d'une longue robe noire fendue très haut. Sur son sein gauche, elle portait le numéro 8.

Vera claqua des mains et hurla pour couvrir le tonnerre de la musique.

— Le numéro 8 a accepté les propositions des numéros 2 et 9.

Le numéro 2 se rapprocha de la table. Un homme de haute taille, très beau, à l'allure aristocratique, le nez légèrement retroussé, les tempes grisonnantes. Le numéro 9 était un escogriffe rouquin à l'air halluciné, déjà bien pété. Le numéro 8 abandonna Omar Tatichev pour rejoindre les deux partenaires qu'elle avait choisis. Malko remarqua qu'elle ne portait pas de soutien-gorge.

— Souhaitons-leur bonne chance avec un toast ! hurla Gotcha. Le numéro 2 s'appelle Fedor, le 9 Salman et le 8, Karla.

1. Pas de problème.

Hurlements et flots de vodka. Au moment où le trio disparaissait, Vera s'approcha de Malko avec un bout de papier.

— De la part du numéro 5, susurra-t-elle.

Malko lut. Il y avait juste quelques mots : « Je voudrais regarder avec vous. » Il leva les yeux et vit, plantée en face de lui, une superbe blonde, les cheveux courts, plutôt petite, avec une énorme poitrine, une mini et des bottes. Elle le regardait comme le Saint-Sacrement. Résigné, ne sachant pas très bien à quoi il s'engageait, il griffonna un « *da* » sur le papier que Vera rapporta aussitôt au numéro 5, qui fonça sur Malko.

— *Dobrevece !* Je m'appelle Ekaterina. Et vous ?

— Malko.

Gotcha s'approcha de lui, l'air mystérieux, et dit à voix basse :

— On y va.

Aussitôt, Ekaterina prit Malko par la main et l'entraîna. Omar Tatichev avait récupéré une fille sans numéro, longue et mince, mais avec une expression d'authentique salope. Ils suivirent Malko. Après avoir traversé la masse des invités en train de danser ou de boire, ils se retrouvèrent dans une pièce minuscule où ils pouvaient tout juste tenir à cinq. Malko ne mit pas longtemps à comprendre le sens de la proposition du numéro 5. Un des murs de ce minuscule réduit était une glace sans tain donnant sur la « chambre rouge ». La grande brune et ses deux cavaliers venaient juste d'y entrer

— Chut, fit Gotcha en éteignant l'électricité.

Sans perdre une seconde, le numéro 5 se coula contre Malko et posa une main possessive bien à plat en haut de ses cuisses. Apparemment, elle n'allait pas se contenter de regarder.

*
* *

Salman, le rouquin, fumait un cigare, appuyé au mur face à la glace sans tain. Fedor, le numéro 2, était debout à côté du lit, et fumait lui aussi. Karla venait d'ouvrir délicatement son pantalon et d'en extraire un sexe d'une longueur inhabituelle, qu'elle soupesait dans sa main. Elle leva les yeux et dit d'une voix très mondaine :

— Fedor, vous avez un sexe énorme.

Fedor sourit sans répondre. Karla referma les doigts sur le membre et commença à le masturber avec lenteur. En quelques minutes, il prit des dimensions encore plus étonnantes. Les deux hommes continuaient à fumer, en apparence indifférents. Karla continua son manège et bientôt le membre de Fedor se dressa, rougeoyant. À côté de Malko, Ekaterina souffla d'une voix vulgaire :

— Quelle bite monstrueuse !

Ses doigts commencèrent à masser Malko. Avec un grognement, Omar était en train de fourrer la main sous la robe de la grande blonde. Seul, Gotcha, les bras croisés, demeurait impassible. Serrés comme des sardines dans le petit réduit, les cinq spectateurs ne pouvaient guère bouger. De l'autre côté de la glace sans tain, Karla venait de s'agenouiller pour enfoncer dans sa bouche une partie du long sexe de Fedor, qui devait mesurer vingt-cinq centimètres. Dans le réduit, Ekaterina caressait fébrilement Malko, tandis qu'Omar Tatichev, le regard fou, tripotait furieusement la grande blonde avec des halètements de locomotive. À nouveau, Ekaterina souffla à l'oreille de Malko d'une voix étranglée :

— Tu vois comment elle le suce, cette salope…

Justement, Karla cessa sa fellation, car Fedor venait de la pousser sur le lit, en retroussant sa longue robe fendue. Ils aperçurent des bas noirs retenus par des jarretelles blanches et le triangle noir du slip. D'elle-même, elle leva les jambes et le fit glisser. À peine le chiffon de nylon eut-il glissé à terre que Fedor se laissa tomber entre les cuisses ouvertes et embrocha sa partenaire d'un coup, jusqu'à la garde. Les spectateurs retenaient leur souffle devant cet accouplement primitif. Karla se mit à gémir tandis qu'il s'activait lentement sur elle. Elle noua ses longues jambes dans son dos.

La température s'était brutalement élevée dans le réduit. Ekaterina s'accroupit tant bien que mal et prit Malko dans sa bouche. Omar fouillait toujours fiévreusement sa partenaire qui, désormais, lui rendait la pareille. Son autre main partait à la rencontre de Gotcha.

De l'autre côté, Salman fumait toujours, appuyé au mur, mais il avait ouvert son pantalon, exhibant un sexe trapu et noirâtre qu'il masturbait lentement. Fedor s'arracha à Karla, toujours en érection. Les jambes de la jeune femme retombèrent lentement, ainsi que sa robe fluide. Fedor la prit alors par la main, la guidant vers le prie-Dieu.

Dans le réduit, la grande blonde poussa un cri étranglé :

— Il va l'enculer !

La bouche d'Ekaterina s'activait follement sur Malko. Gotcha lui aussi se masturbait. Omar retourna sa partenaire, relevant sa robe jusqu'aux hanches, la colla contre la glace sans tain et l'embrocha par-derrière. Elle poussa un cri bref.

Karla venait de s'agenouiller sur le prie-Dieu. Fedor releva sa longue robe, découvrant ses fesses cambrées. Elle poussa un cri terrifié.

— Fedor, vous n'al...

Sans un mot, Fedor lui courba la nuque et d'un geste précis, l'envahit jusqu'au fond du ventre. Salman se décolla enfin du mur et, sans se presser, s'approcha. Il prit son sexe à demi bandé et l'enfonça comme une ostie dans la bouche de Karla, la tenant par son chignon pour qu'elle ne puisse pas se dégager. Fedor, lui, ses mains posées sur ses hanches, enfonçait rythmiquement son sexe immense jusqu'au fond de son ventre. Puis, il se retira, toujours bandé. Ekaterina arracha sa bouche de Malko et poussa un cri hystérique.

— Ce n'est pas possible ! Il est trop gros, il va la déchirer !

Elle resta le regard glué au miroir sans tain, caressant machinalement Malko. Omar défonçait la grande blonde, la projetant chaque fois contre la glace sans tain.

De l'autre côté, Fedor posa avec calme et détermination

le bout de son sexe gigantesque entre les fesses de Karla. Celle-ci poussa un cri étouffé par le sexe qui emplissait sa bouche. Elle parvint à le recracher et dit d'une voix suppliante :

— Fedor, arrêtez ! Vous êtes énorme, vous me faites mal.

— *Bolchemoi !* gémit Ekaterina, pourvu qu'il entre lentement, qu'on voie bien.

Elle en tremblait d'excitation, essayant de continuer sa fellation sans perdre une miette du spectacle. La grande blonde poussa une plainte : Omar venait de se retirer de son ventre et d'imiter Fedor. Malko se dit qu'ils ressemblaient à une boîte de sardines lubriques.

Le visage impassible, Fedor se guidait entre les fesses de Karla, centimètre par centimètre, comme s'il avait entendu la supplique d'Ekaterina. Salman baisait sa bouche à grands coups de queue, la faisant pénétrer jusqu'au fond de son gosier. C'était d'un érotisme sauvage.

— Elle est bien emmanchée ! murmura Ekaterina d'une voix rauque.

Fedor, à demi enfoncé dans les reins de Karla, prit les hanches de celle-ci pour l'investir impitoyablement. Elle gémissait sans arrêt. Enfin, le long sexe fut entièrement englouti... La bouche ouverte, Karla cherchait sa respiration, continuant à têter le membre de Salman. Fedor ressortit presque entièrement et replongea d'un seul élan. Ekaterina se caressait comme une folle. Elle jouit avec un cri aigu.

Omar, à son tour, explosa entre les fesses de la grande blonde, les yeux vitreux de plaisir.

De l'autre côté, l'action s'accélérait. Fedor, ayant bien ouvert les reins de Karla, se déchaînait. Son piston gigantesque la clouait au prie-Dieu, auquel elle s'accrochait des deux mains. Salman se répandit dans sa bouche, la tenant par son chignon défait. La bouche enfin libre, Karla se mit à hurler sous les coups de boutoir de Fedor. Enfin, ce dernier crispa ses mains sur les hanches de Karla et se répandit dans ses reins avec un grognement sauvage.

Malko se sentit partir sous la langue habile d'Ekaterina. À côté, la lumière s'éteignit. Ils restèrent encore quelques minutes dans le réduit, le temps de se rajuster, puis sortirent sans un mot. Dans l'appartement, la fête, ou plutôt l'orgie, continuait. On flirtait dans tous les coins. Sur la terrasse, ils retrouvèrent Vera, en train de procéder à un nouveau tirage au sort. Malko dit à voix basse à Gotcha :

— Karla ne s'attendait pas à ce qu'elle a subi.

Vera, qui avait entendu, lui tendit sans rien dire un petit mot signé Fedor : « Mon sexe mesure vingt-six centimètres. Je veux vous sodomiser pendant que vous sucerez mon ami Salman. »

*

* *

C'est Omar Tatichev qui s'approcha de Malko quelques instants plus tard.

— C'était pas mal, non ? dit-il, égrillard.

— En effet.

Le Tchétchène le prit par le bras, l'entraînant vers le bord de la terrasse.

— Gotcha m'a parlé.

La petite séance de voyeurisme avait brisé la glace.

— Qu'est-ce que je peux faire pour vous ?

Malko lui expliqua ce qui s'était passé trois ans plus tôt, puis ce qu'il voulait. Omar Tatichev l'écouta sans mot dire, puis dit pensivement :

— Ce que vous me demandez est très difficile et très dangereux… Mais je connais les événements d'il y a trois ans. Je vais transmettre votre message. S'il y a une réponse positive, je vous le ferai savoir. Mais n'oubliez pas : mes amis sont des gens dangereux. S'ils sentent le moindre problème…

Malko acquiesça. Omar l'étreignit brièvement.

— Appelez-moi au *Radisson* dans vingt-quatre heures.

Il était cinq heures lorsque Malko sortit de la « Maison du Quai », la tête lourde. La nuit était semée d'étoiles. En regagnant le *Metropol*, il lui sembla voir plus de voitures de la Milicija que d'habitude, malgré l'heure tardive. Des gens discutaient dans le *lobby* du *Metropol*. Malko s'approcha.

— Que se passe-t-il ?

Un des vigiles blonds lui lança d'une voix pleine de rancœur :

— Ces salauds de Tchétchènes ont encore fait sauter un immeuble dans Kachirskoïe Chosse. Il y a des centaines de morts.

CHAPITRE XI

Une pluie fine tombait sur les débris de ce qui avait été le bâtiment 36 de Kachirskoïe Chosse. Au sud-est de Moscou, c'était une longue avenue sans joie, bordée de tristes clapiers de béton gris, à perte de vue.

Il ne restait rien de l'immeuble effondré, sinon sa plaque posée à terre avec des photos récupérées dans les débris et quelques fleurs.

Sauveteurs, pompiers, policiers pataugeaient dans la boue, en retrait de l'avenue, car le bâtiment explosé se trouvait à une cinquantaine de mètres de Kachirskoïe Chosse, adossé à une petite colline.

Une odeur d'incendie flottait encore dans l'air. Partout, des voitures déchiquetées par l'explosion, des tas de gravats, des grues, des instruments de levage. L'explosion s'était produite vers quatre heures du matin, comme la première, cinq jours plus tôt. Les occupants du *Korpus* 3 dormaient et la plupart étaient passés directement du sommeil à la mort. Malko regarda longuement le grand trou entre les deux immeubles intacts. Les morts se comptaient par dizaines. Des survivants, hébétés, inscrivaient leur nom sur un grand tableau noir, afin de recenser les disparus. Une femme hagarde passa devant Malko, poussant une brouette pleine de gravats, le regard vide. Il avait fallu plusieurs centaines de kilos d'explosif pour provoquer une telle destruction.

Malko s'éloigna, le cœur serré. Il n'y avait rien à faire. Les radios n'arrêtaient pas de parler de l'attentat. Tout le monde accusait les Tchétchènes, en dépit des dénégations officielles de Chamil Bassaiev. Le MVD — le ministère de l'Intérieur — annonçait des arrestations massives de « Caucasiens ». On n'était pas loin du pogrom... Malko remonta vers le Koltso, en proie à un profond sentiment de malaise. Il entra dans l'ambassade américaine par la « North Gate » et se rendit directement dans le bureau d'Austin Redd.

L'Américain avait épinglé sur sa grande carte de Moscou une seconde punaise rouge dans le sud-est. Il semblait perplexe.

— Vous croyez aux accusations des officiels ? demanda Malko.

L'Américain eut un geste désabusé.

— Ici, tout est possible. Mais si c'étaient les gens de Bassaiev, ils auraient plutôt frappé des casernes ou des bâtiments officiels, pas des HLM remplies de pauvres anonymes. Depuis le mois de juillet, ils auraient eu plusieurs occasions.

Effectivement, une guerre larvée opposait depuis juillet l'armée russe et des groupes islamistes tchétchènes et dagestanais dans les montagnes du Dagestan, petite république du Caucase du Nord ayant une frontière commune avec la Tchétchénie.

Apparemment, Chamil Bassaiev, activiste islamiste tchétchène, avait volé au secours d'un autre groupe, dagestanais lui, commandé par un certain commandant Khattab.

Personne ne savait encore comment les choses allaient tourner. Durant la guerre entre la Russie et la Tchétchénie, Chamil Bassaiev avait ridiculisé l'armée russe, arrachant fin 1996, après deux ans de lutte, l'indépendance informelle de la Tchétchénie. Or, de nouveau, l'armée russe se battait dans le Caucase, dans un État voisin de la Tchétchénie, où la Russie possédait d'énormes intérêts pétroliers. Plusieurs villages dagestanais avaient été bombardés mais la guerre n'était pas arrivée jusqu'à Moscou.

— Si ce ne sont pas les Tchétchènes qui ont commis ces deux attentats, objecta Malko, qui sont les coupables ? Les Dagestanais du commandant Khattab ?

— C'est bien la question ! soupira le chef de station. Nous avons du mal à cerner la situation dans le Caucase, tout le monde ment… Chamil Bassaiev a démenti toute implication dans le premier attentat, mais cela ne veut pas dire grand-chose.

— Omar Tatichev a promis de m'arranger un contact avec des Tchétchènes, dit Malko. Si ça marche, j'apprendrai peut-être quelque chose.

L'Américain eut un haut-le-corps.

— Il faut laisser tomber ! C'est trop dangereux désormais, avec ce deuxième attentat. Tout le monde traque les Tchétchènes : FSB, Milicija, GUBOP, FSI, MVD… Si on vous liait à eux, ce serait une catastrophe.

— Je veux éliminer une hypothèse, insista Malko : que les Tchétchènes soient derrière l'attentat de Monte-Carlo.

L'Américain le regarda, plein d'ironie.

— Vous ne pensez tout de même pas qu'ils vous le diront ?

— Je ne suis pas naïf, répliqua Malko. Mais s'ils nient, je vais leur demander de m'aider à découvrir les *vrais* coupables.

— Comment ?

— Je ne sais pas encore. Je leur ai rendu un service, il y a trois ans, on verra s'ils me renvoient l'ascenseur.

— Si le FSB vous pique avec eux, ce sera un ascenseur pour l'échafaud, ironisa sombrement le chef de station. Attendons un peu que cela se calme.

Malko ne répondit pas. Il n'avait pas l'intention de perdre une minute, si Omar Tatichev se manifestait. Son enquête piétinait depuis trop longtemps. Confusément, il sentait bien qu'il y avait une relation entre l'attentat de Monte-Carlo et ceux de Moscou. Mais laquelle ? Laissant Austin Redd envoyer des rafales de télégrammes, il regagna le *Metropol*. Où il eut une bonne surprise : un message était glissé sous sa porte. « Rendez-vous demain dix heures au *Radisson*. Omar. »

*
* *

Malko se gara dans le parking de l'hôtel *Radisson*, à côté de la gare de Kiev, et pénétra dans l'immense hall de marbre rouge. Il avait laissé son Makarov dans la voiture, à cause des portails magnétiques. Le hall était tout en longueur, avec des boutiques et même un restaurant japonais. Il gagna le fond, où se trouvaient le casino et les bureaux. Un vigile l'arrêta.

— *Gospodine* Tatichev, *pajolsk*, demanda Malko.

— Il vous attend ?

— Oui.

L'homme vérifia par téléphone et dit à Malko de le suivre. Ascenseur, couloirs, puis un spacieux bureau dont les baies donnaient sur la Moskva. Son partenaire d'orgie fit le tour d'un énorme bureau, vint l'étreindre comme s'ils étaient de vieux amis. Avec ses cheveux très noirs rejetés en arrière, son costume croisé bleu et son apparence fluette, il évoquait peu les redoutables Tchétchènes que Malko avait déjà croisés. Et pourtant, lui aussi était un tueur, d'après sa réputation.

— Je me suis renseigné sur vous, dit-il d'emblée. Vous avez des amis à Grozny. Cela me suffit. Que voulez-vous donc exactement ?

— Entrer en contact avec quelqu'un de l'organisation de Bassaiev.

— Là-bas ?

— Non, à Moscou.

Il se rembrunit.

— C'est *très* dangereux. Surtout en ce moment.

— Je sais. Mais ils sont les seuls à pouvoir m'éclairer sur certains points.

— Les attentats ?

— Entre autres.

— Ce ne sont pas des *boiviki*[1], coupa Omar Tatichev. Mais j'ai mon idée.

— Laquelle ?

Le Tchétchène s'installa dans un profond fauteuil de cuir et fit signe à Malko d'en faire autant.

— La « Famille » prépare un coup, dit-il. Ils savent qu'ils ne peuvent plus compter sur le général Lebed qui a refusé leurs conditions. Boris Nicolaievitch ne peut pas physiquement se représenter en 2000. Il leur faut donc trouver un candidat. Le seul qui leur reste, c'est Vladimir Poutine, le Premier ministre. Mais il n'a aucune épaisseur. Il faut lui en donner.

— En quoi les attentats peuvent-ils aider ?

— Vous êtes naïf ! dit Omar Tatichev. Vous avez vu les médias ? Le second attentat, c'est le déchaînement anti-« Tcherno-zopié ». Depuis hier, on en a arrêté onze mille dans la rue ! Des « suspects ». Après avoir bien excité la population, on va envahir la Tchétchénie, ce qui va donner à Vladimir Poutine une stature d'homme d'État. Cela ne marchera peut-être pas, mais ils essaieront.

— Donc, l'histoire des attentats tchétchènes est montée de toutes pièces ?

Omar Tatichev hocha la tête.

— Il y a de fortes chances, mais cela a commencé il y a plusieurs mois. Quand les scandales financiers ont éclaté, Simion Gourevitch s'est rendu compte qu'il fallait faire quelque chose. Ils ont verrouillé de ce côté-là en faisant taire les gens, puis, il a eu l'idée de monter l'histoire du Dagestan. En payant Chamil Bassaiev pour qu'il aille aider les wahhabites[2] du commandant Khattab. De façon à préparer le terrain pour un embrasement du Caucase.

Malko écoutait, perplexe. Il était évident qu'Omar Tatichev, tchétchène lui-même, n'allait pas avouer la culpabilité des Tchétchènes.

— Et vous ne craignez rien, vous-même ?

1. Combattants tchétchènes.
2. Islamistes de Tchétchénie et du Dagestan.

Le Tchétchène eut un sourire carnassier.

— La Milicija n'arrête que les Caucasiens sur les marchés, les pauvres gens qui n'ont pas leur *propuska*[1]. Moi, je me déplace en Mercedes et je suis l'ami du maire. Ils n'oseront pas me toucher. Bon, dès que la personne qui vient de Grozny sera là, vous serez prévenu. À partir de demain, vous allez appeler tous les jours ce numéro, entre onze heures et midi. Un jour, on vous répondra et vous recevrez des instructions. Appelez d'une cabine.

Malko regarda le numéro : 438 120.

La porte s'ouvrit sur une secrétaire, les bras chargés de dossiers. C'était Ekaterina, celle qui avait fait l'hommage de sa bouche à Malko, deux jours plus tôt, chez Gotcha... Sa robe longue au décolleté carré moulait ses seins ronds. Elle baissa les yeux pudiquement devant Malko et s'adressa à Omar Tatichev en tchétchène.

— Je dois vous quitter, dit ce dernier. J'espère que nous nous reverrons chez Gotcha, c'est un bon ami.

*
* *

Tous les journaux moscovites affichaient à la une la photo de deux hommes. Les suspects dans des deux attentats à l'explosif qui avaient fait en tout 289 morts... d'après la police. Il s'agissait de deux « Caucasiens » qui avaient loué des locaux dans les deux immeubles détruits, soi-disant pour y entreposer des sacs de sucre. Dans la foulée, les autorités russes affirmaient avoir identifié la provenance de l'explosif utilisés dans les deux attentats : de l'hexogène dérobé à la IVe armée stationnée dans le Caucase.

Achemez Gotchiyayev était un citoyen de la république du Nord-Caucase de Karatchaevo-Tcherkessie. Mukhit Saitakov, lui, un Dagestanais, était accusé par le porte-parole du GUBOP d'avoir eu des contacts avec les isla-

1. Permis de séjour, obligatoire pour les non-résidents à Moscou.

mistes wahhabites de Khattab, le chef de guerre intégriste allié à Bassaiev. Les deux hommes étaient activement recherchés et des photos d'eux allaient être communiquées à tous les journaux, les postes de police, les gares, les aéroports. Hélas, le GUBOP pensait qu'ils avaient déjà regagné le Caucase.

Malko replia le *Moskovski Komsomolets*. Troublé. Finalement, la police russe s'était montrée efficace, même si elle n'avait pas arrêté les coupables. Ce qui mettait en pièce la théorie d'Omar Tatichev. Il semblait bien que ces deux attentats soient l'œuvre des Tchétchènes et de leurs amis.

Une nouvelle fois, il se retrouvait au point mort… Le moral dans les talons, il décida d'aller comparer son analyse avec celle d'Austin Redd. Après s'être garé derrière l'ambassade, pour remonter ensuite jusqu'à la « North Gate », il se fit annoncer au chef de station de la CIA. Ce dernier, lorsqu'il entra, avait l'oreille collée à une radio. Il leva la tête pour lancer à Malko :

— Je crois que vos théories sont en train de s'effondrer. Des policiers du GUBOP ont découvert un camion Mercedes immatriculé en Karatchaevo-Tcherkessie qui a été détruit par une violente explosion sur le parking du MK, près de Varchavskoïe Chosse. Ce véhicule est celui d'un des deux suspects, Achemez Gotchiyayev. On a trouvé deux corps carbonisés à bord, sûrement ceux des deux criminels. C'est un communiqué du GUBOP qui vient de l'annoncer

Que dire ?

Simion Gourevitch semblait bien avoir eu raison. Un commando tchétchène était venu commettre des attentats à Moscou et avait eu un accident. Le mystère de l'attentat de Monte-Carlo demeurait entier, comme toutes les bizarreries de l'attitude du milliardaire du Kremlin. Mais on ne peut pas aller contre les faits…

— A-t-on identifié l'explosif qui a servi à ces attentats ? interrogea Malko.

— Les autorités disent qu'il s'agit d'hexogène.

— Comme à Monte-Carlo.

Le chef de station eut un geste d'impuissance.

— Il est impossible avec quelques molécules recueillies sur les lieux des attentats d'en retrouver la provenance. Il aurait fallu en retrouver un pain intact, avec son emballage et les inscriptions codées indiquant sa date de fabrication et sa provenance, comme celui découvert à Monte-Carlo.

Malko prit sans conviction son portable qui sonnait. Il reconnut immédiatement la voix du colonel Zdanovitch.

— Vous avez entendu les nouvelles ? demanda l'officier du FSB.

— Bien sûr, dit Malko. Qu'en pensez-vous ?

— Nos gens ont fait un travail remarquable, fit chaleureusement l'officier. Le général Kozlov mérite des félicitations. Voulez-vous prendre un verre au *Café d'Angleterre* ? Je vous communiquerai des détails qui ne sont pas encore dans la presse.

Malko faillit dire « non ». À quoi bon remuer le couteau dans la plaie ? Il en fut retenu par les intonations inhabituelles du colonel Zdanovitch, d'habitude moins expansif.

— D'accord, fit-il. À tout à l'heure, vers midi.

Il quitta l'ambassade et gagna une cabine, un peu plus loin sur le Koltso, d'où il appela le numéro donné par Omar Tatichev. En vain, le 438 120 ne répondait pas... Au cours de la demi-heure suivante, il essaya encore une dernière fois, sans plus de résultat. Il n'avait plus qu'à aller retrouver le colonel du FSB.

*
* *

Sergueï Zdanovitch était déjà installé devant son habituel Defender « Cinq ans d'âge » lorsque Malko arriva. L'officier du FSB paraissait d'excellente humeur. Il alluma une de ses Sabranie multicolores avec le Zippo Che Guevara, don de la CIA, et souffla la fumée.

— Beau travail ! fit-il à haute voix. Ces bandits caucasiens n'ont pas été loin. Dommage qu'on n'ait pas pu les juger. Nos « organes » sont vraiment à la hauteur...

Malko le regarda du coin de l'œil, sentant l'ironie dans sa voix. Sergueï Zdanovitch se pencha alors vers lui, sans sourire.

— Vous êtes au courant, bien entendu, de la découverte du camion Mercedes en feu sur un parking du MK, vers dix heures ce matin ?

— Oui, reconnut Malko.

— C'est extraordinaire, fit l'officier, parce que nous, au FSB, nous avons reçu un communiqué du GUBOP vers *sept heures* nous apprenant en même temps que deux suspects avaient été identifiés pendant la nuit et découverts à l'aube morts dans les restes d'un camion incendié : une heure et demie avant que le camion soit *effectivement* retrouvé en feu ! Cela s'appelle le don de double vue...

Malko n'avait pas envie de rire.

— Que voulez-vous dire exactement ?

Le colonel Zdanovitch but un peu de son Defender et dit :

— Je vous livre les faits dans leur ordre chronologique. À sept heures, le GUBOP nous annonce donc que deux suspects sont identifiés, donne le numéro du camion dans lequel ils se déplacent et annonce que ce camion a été retrouvé incendié avec deux cadavres, ceux des criminels qui ont déposé l'explosif dans les deux immeubles détruits. À huit heures, je reçois l'ordre de mon chef, Nikolaï Patruchev, le patron du FSB, de communiquer la bonne nouvelle à mes homologues américains. Mais, à neuf heures, la Milicija annonce que le même camion Mercedes a été retrouvé sur un parking du MK, détruit par une explosion. Avec, à bord, paraît-il, les cadavres calcinés des deux suspects. Je saute dans ma voiture et je fonce jusqu'au MK, où je trouve ce qui reste du camion, encore en train de brûler. La cabine a été entièrement détruite, l'avant disloqué, le plancher arraché, les tôles projetées à des dizaines de mètres. Une importante charge explosive. Mais aucun cadavre à l'intérieur. Le périmètre est bouclé par la Milicija. Seulement, celui qui a la responsabilité de l'opération est un copain de promotion. Il me dit la vérité. Dès six heures du matin, les hommes de la Milicija ont reçu des instructions, directement du général Kozlov, leur signalant de s'intéresser à tout camion en feu sur le MK ou la M4, la route de Rostov-sur-le-Don.

Malko en était muet de stupéfaction.

— Ils avaient donc bien le don de double vue au GUBOP ! répéta le colonel du FSB. Deux heures avant que ce camion n'explose, ils *savaient* qu'il allait exploser…

— Qu'en concluez-vous ?

— Que c'est une manip. *Quelqu'un* a communiqué au général Kozlov les noms de ces deux hommes, et le numéro du camion. Or, ces deux noms, nous les avions déjà, suite à l'enquête de la Milicija. Seulement, nous ne savions pas où trouver ces gens…

— Ce sont donc bien eux qui ont déposé les explosifs dans les deux immeubles ?

— On peut raisonnablement le penser. Les propriétaires des locaux qui ont servi à entreposer les prétendus sacs de sucre ont livré ces noms et leur signalement. C'est ce qui s'est passé ce matin qui est plus que bizarre.

— Quelle est votre conclusion ?

Sergueï Zdanovitch frotta son menton râpeux.

— Ce sont bien les coupables, ou du moins les *exécutants*. À mon avis, ils repartaient vers le sud. Rostov, ce n'est pas très loin de la Tchétchénie. Quelqu'un a voulu faire d'une pierre deux coups : monter en épingle le GUBOP et s'assurer du silence définitif des coupables.

Un ange passa, les ailes chargées d'explosif.

— Vous voulez dire, enchaîna Malko, qu'on a piégé leur camion et qu'ils devaient y rester ?

— Exactement. Ceux qui ont communiqué les coordonnées du camion au général Kozlov voulaient à tout prix étayer la thèse tchétchène, sans crainte de recoupements. À mon avis, ils auraient dû sauter avec le camion… Donc, ce n'était pas dangereux de livrer leurs noms à la presse.

— Si votre thèse est exacte, qu'a-t-il dû se passer ?

Le colonel du FSB eut un geste d'impuissance.

— Je ne sais pas. Ils ont peut-être eu une panne et ils

ont abandonné le camion. Ou ils se sont aperçus qu'ils avaient une bombe à bord. Il n'y a qu'eux qui pourraient le dire. À condition de les trouver…

Toutes les idées noires de Malko s'étaient envolées. Enfin, il avait une piste ! Ces deux exécutants avaient reçu des ordres. Il fallait savoir de qui.

— Où peuvent-ils être ?

Sergueï Zdanovitch sourit sans joie.

— À mon avis, ils *savent* maintenant ce qui s'est passé. Leur situation n'est pas enviable : ils ont à leurs trousses le FSB, le GUBOP, la Milicija, sans compter leurs commanditaires. Leurs photos s'étalent dans tous les journaux. Ils ne peuvent prendre ni train, ni avion, ni bus. Donc, ils vont essayer de se planquer quelque part à Moscou, en attendant que les choses se tassent. En utilisant la solidarité caucasienne. Mais où ? C'est une autre histoire…

Malko était sur des charbons ardents. Si Omar Tatichev lui trouvait un bon contact tchétchène, il avait une petite chance de mettre la main sur les deux fugitifs. Et peut-être de trouver les réponses à ses questions. Il leva les yeux sur son vis-à-vis.

— Qui est susceptible de donner ce genre d'information au général Kozlov ?

— Vladimir Poutine, le Premier ministre.

L'homme du Kremlin.

*
* *

Maxim Gogorski n'avait jamais vu Simion Gourevitch dans cet état-là. Les mâchoires crispées, le teint livide, ses yeux flamboyaient, comme éclairés de l'intérieur. L'ex-officier du GRU avait l'impression que le milliardaire allait lui sauter à la gorge. On aurait entendu une mouche voler dans le bureau fermé à clef. Quelques instants plus tôt, Simion Gourevitch hurlait à s'arracher les cordes vocales. Heureusement que les portes étaient capitonnées…

Calmé, il fixa Maxim Gogorski, debout en face de lui, dans une sorte de garde-à-vous maladroit.

— Qu'est-ce qui s'est passé ? répéta-t-il pour la vingtième fois. Comment une telle connerie peut-elle arriver ?

Maxim Gogorski eut un timide geste d'impuissance.

— J'avais tout prévu, affirma-t-il. C'est moi qui ai placé la charge. Quatre pains de cinq cents grammes, juste sous la cabine. Ils étaient reliés à un détonateur, lui-même déclenché par une minuterie. Lorsqu'ils ont quitté l'entrepôt de Minsk Chosse, l'explosion devait se produire une demi-heure plus tard. C'est ce qui est arrivé.

— Je m'en fous ! hurla Simion Gourevitch. Ils n'étaient plus dans ce foutu camion. Pourquoi ?

— Une panne, ils ont dû avoir une panne, bredouilla Maxim Gogorski.

— Quelle panne ?

L'ex-officier du GRU eut une mimique découragée. On était en Russie. La panne était banale, faisait partie intégrante la vie. Ce camion Mercedes était loin d'être neuf.

Simion Gourevitch laissa l'air s'échapper de sa poitrine en sifflant. Il retenait une envie de meurtre. Tout avait mal marché dans cette opération. La panne du camion et le zèle de cet imbécile de général Kozlov, qui avait voulu être le premier à annoncer la bonne nouvelle… Alors que Vladimir Poutine lui avait bien recommandé d'attendre la découverte du camion avec les cadavres des deux suspects pour ameuter les médias. Maintenant, il fallait faire face.

— Ils te connaissent ? demanda-t-il sèchement.

— Sous le nom de Piotr.

— Où les as-tu recrutés ?

— Au *Margarita Café*.

— Il faut les retrouver. *Avant* le FSB. Sinon…

— *Da, da,* approuva d'une voix blanche Maxim Gogorski.

Il n'avait pas la moindre idée de l'endroit où pouvaient se trouver ses deux hommes de main. Des criminels, contrebandiers, voleurs, travaillant avec des kidnappeurs, vivant d'expédients et prêts à tout. Après la première explosion, il avait eu peur de ne pas les revoir. Mais les deux hommes avaient simplement demandé plus d'argent... Il se dirigeait vers la porte quand Simion Gourevitch le rappela.

— Cet agent de la CIA, il faut t'en occuper...

Les yeux bleus de Maxim Gogorski s'éclairèrent.

— Oui, c'est facile...

Simion Gourevitch balaya l'hypothèse non encore formulée.

— Tu penses avec tes pieds ! fit-il d'un ton méprisant. Peut-être est-il au courant de ce qui s'est passé. Dans ce cas, il les cherche aussi. Ça nous fait une chance de plus. Tu as quelqu'un d'intelligent pour le surveiller ?

— *Da*, affirma Maxim Gogorski.

— Alors, ne perds pas de temps. *Za rabotou* [1], conclut-il d'un ton menaçant.

1. Au travail.

CHAPITRE XII

Cette fois, Malko avait dû appeler vingt fois le 438 120. Cela sonnait toujours dans le vide. Découragé, il se prépara à aller retrouver Austin Redd pour déjeuner. Dans sa tête, un sablier se vidait impitoyablement. Chaque heure qui passait diminuait ses chances de retrouver les deux fugitifs, Achemez Gotchiyayev et Mukhit Saitakov. Et le GUBOP *aussi* devait les rechercher fiévreusement, sans parler de leurs commanditaires, ceux qui avaient voulu s'en débarrasser...

Mais où les trouver parmi les douze millions d'habitants de cette ville immense ? Il essaya encore une fois son numéro, bien que le créneau horaire soit dépassé. Sans plus de succès.

À peine avait-il retrouvé le chef de station de la CIA que ce dernier lui tendit une liasse de photos.

— Regardez ce que vient de m'envoyer le FSB. Ils ont retrouvé le garage où ce camion était planqué. Il y aurait encore là-bas plusieurs sacs de sucre, pleins de pains d'explosifs, dans une remise. Regardez.

Malko jeta un coup d'œil aux photos. Des sacs, un appentis, des policiers souriants, dont l'un montrait à la caméra un pain d'hexogène récupéré dans un des sacs.

— Il paraît qu'ils en ont récupéré deux tonnes, commenta Austin Redd. De quoi faire sauter pas mal d'immeubles.

Malko ne l'écoutait plus, plongé dans la contemplation d'une des photos. Il prit une loupe pour l'examiner. L'explosif, de couleur blanche, était enveloppé dans un papier paraffiné, serré par une bande où on distinguait des chiffres et des lettres. 1992, probablement l'année de fabrication de l'explosif, puis des chiffres : 76 243 et des lettres, HB 65. Malko reposa la loupe.

— On y va ? proposa Austin Redd ; j'ai eu un mal fou à obtenir une table au *Café Pouchkine.*

Ils descendirent récupérer la voiture de l'Américain. Le premier étage du *Café Pouchkine*, baignant dans la musique classique, avec ses panneaux de bibliothèque et ses serveurs aux petits soins, semblait hors du temps. Toutes les tables étaient occupées. Après avoir commandé un Defender « Very Classic Pale » pour lui et une vodka pour Malko, le chef de station demanda avec un peu d'ironie :

— Pas de nouvelles de vos Tchétchènes ?

— Non, dut avouer Malko.

L'Américain secoua sa belle tête patricienne.

— Cela vaut mieux.

— Pourtant, souligna Malko, si nous voulons retrouver ces deux Caucasiens, ils sont les seuls à pouvoir nous aider.

Après sa dernière entrevue avec le colonel Zdanovitch, Malko avait mis l'Américain au courant des révélations de l'officier du FSB, sans le convaincre vraiment du bien-fondé de sa théorie. De plus en plus, il croyait à une opération tchétchène.

Malko attendit d'avoir des gambas dans son assiette pour dire d'une voix égale :

— Qui a le dossier de l'attentat de Monte-Carlo ? Je veux dire, les constatations techniques.

— La station de Paris, je pense, mais il y a un double à Langley. Pourquoi ?

— Vous vous souvenez, on a trouvé dans la voiture des auteurs de l'attentat non seulement la télécommande qui a déclenché l'explosion, mais aussi un pain d'hexogène non utilisé. Il portait des caractères cyrilliques, ce qui indiquait sa provenance russe. Or, en regardant ces photos, aujourd'hui, continua Malko, il m'a semblé que les inscriptions sur ce pain d'hexogène trouvé à Monte-Carlo ressemblaient *beaucoup* à celles du pain trouvé ici, à Moscou.

— Dites-moi, vous avez une sacrée mémoire !

— Oui, dit modestement Malko. Pourriez-vous faire faxer par la station de Paris la photo de ce pain d'hexogène où on aperçoit nettement le codage ?

— Bien sûr, mais…

Malko eut un sourire insistant, et sortit son portable.

— Pourriez-vous demander à votre secrétaire de le faire maintenant ? Qu'on ait le document quand on reviendra au bureau.

Austin Redd n'osa pas discuter et composa son propre numéro.

Pour le récompenser, Malko lui commanda un cognac Otard XO que l'Américain prit tout son temps pour déguster. Il était trois heures lorsqu'ils quittèrent le *Café Pouchkine.*

*
* *

— Regardez, souligna Malko en mettant les deux photos l'une à côté de l'autre, j'avais raison : les marquages de ces deux pains d'explosifs sont identiques.

Austin Redd resta longuement penché sur sa loupe avant de relever la tête.

— C'est vrai, reconnut-il. Mais alors, ce serait aussi des Tchétchènes qui auraient commis l'attentat de Monte-Carlo…

— Bizarre, reconnut Malko. Mais il y a peut-être moyen d'effectuer une vérification. Il y a bien un organisme qui assure les ventes de matériel militaire russe, à Moscou ?

— Oui, bien sûr, une société qui contrôle la majeure partie du commerce des armes en Russie, la Rosvooroujenie. J'étais assez lié avec son ancien patron, Vladimir Rapota. Depuis l'arrivée de Poutine, il a dû laisser la place à un protégé de la « Famille », mais il a encore son bureau et son salaire. Il faudra que je l'invite à déjeuner.

— Il y a mieux à faire. Si vous lui téléphoniez pour lui demander un rendez-vous ?

— Pourquoi faire ?

— Vérifier la provenance de ces explosifs.

— C'est difficile à demander au téléphone.

— Ne lui en parlez pas. Dites-lui simplement que vous voulez le voir. Ensuite, vous expliquerez que Langley vous a demandé de vérifier l'origine de l'explosif de Monte-Carlo.

— On peut essayer, fit Austin Redd, sans enthousiasme, mais cela risque de prendre des semaines.

Il demanda à sa secrétaire d'appeler Vladimir Rapota. Trois minutes plus tard, il l'avait en ligne. Malko l'écouta présenter sa demande et le vit changer de visage avant qu'il ne raccroche.

— Il nous attend *maintenant* ! dit l'Américain, médusé. Je n'en reviens pas.

Malko eut un sourire caustique.

— Vladimir Rapota est comme tous les fonctionnaires mis au placard, il s'ennuie. Apportez-lui un petit cadeau pour le motiver.

Austin Redd alla prendre dans un placard un briquet Zippo plaqué argent au sigle de la CIA, édité en série limitée, réservé aux personnalités, et demanda à sa secrétaire d'en faire un paquet cadeau.

*

* *

Le boulevard Gogolevski était tout près de l'ambassade américaine. Deux voies séparées par un grand terre-plein. Au numéro 26, Rosvooroujenie occupait tout un immeuble à la façade noirâtre. On installa Malko et Austin Redd dans un grand bureau décoré de maquettes et de photos d'armes, en face d'une table couverte, selon l'ancienne mode soviétique, de biscuits, de canapés, de fruits, de diverses boissons, de la Borjoni [1] à une bouteille de Defender « Success » intacte.

Vladimir Rapota surgit, visiblement ravi, étreignit Austin Redd, serra vigoureusement la main de Malko et s'assit en face d'eux. Belle allure, presque chauve, lunettes à monture dorée, très businessman américain. La conversation roula sur les attentats, le temps inhabituel pour la saison et les bouleversements politiques.

Austin Redd, qui n'était pas un imbécile, ramena tout doucement son interlocuteur vers ce qui les intéressait, sortant de sa serviette la photo du pain d'explosif récupéré dans la voiture des auteurs de l'attentat de Monte-Carlo. Il la poussa vers Vladimir Rapota, avec le Zippo.

— Langley me demande un petit rapport, dit-il, si vous pouviez, mon cher Vladimir, effectuer quelques recherches...

Vladimir Rapota ouvrit d'abord la boîte contenant le Zippo, le regarda, émerveillé, en murmurant «*spasiba, spasiba bolchoi*», avant d'appuyer résolument sur un bouton.

— On va le savoir tout de suite ! fit-il.

Quand sa secrétaire apparut, il lui tendit la photo, lui demandant d'interroger l'ordinateur gérant les fabrications d'explosifs. Puis il versa du scotch dans trois verres et leva le sien.

— À notre amitié !

Malko avait raison : il n'avait plus rien à faire... La secrétaire réapparut dix minutes plus tard et lui tendit une feuille de papier.

— Voilà ! dit-il, cet hexogène a été fabriqué dans l'usine n° 16 de Sverdlosk, pardon, Ekaterinbourg, en 1992. Il fait partie d'un lot qui a été livré au 323e régiment de génie de la division Tamanskaïa, stationné à soixante-dix kilomètres au nord de Moscou.

— Et ensuite ? demanda Austin Redd.

— Ensuite... (Vladimir Rapota sourit.) Nos soldats ne

1. Eau minérale.

touchent leurs soldes qu'irrégulièrement. Alors, ils vendent ce qu'ils ont. Moi, je me fais fort de vous trouver plusieurs tonnes d'explosifs en une semaine à Moscou, si j'ai des dollars. Certaines unités ont même escamoté des chars lourds T 72 en les déclarant détruits. On les a retrouvés en Arménie. Alors, vous pensez, des explosifs…

Un ange passa, portant une brassée d'armes.

L'adjoint de Vladimir Rapota, l'ancien patron des forces soviétiques en Allemagne, puis ministre de la Défense, le général Pavel Gratchev, était connu pour avoir dépouillé sa propre armée…

Ils restèrent encore une demi-heure. Vladimir Rapota s'excusa de ne pouvoir remettre le document écrit à Austin Redd : c'était un secret militaire…

À peine dans leur voiture, le chef de station tira la conclusion de leur entretien.

— Désormais, nous sommes certains que les trois attentats ont la même source.

— Et que les autorités ont menti ! souligna Malko. Rapota dit la vérité. Il n'a pas fait la relation entre *notre* attentat et ceux de Moscou. Maintenant, nous savons que ces explosifs ne viennent pas du Caucase. Donc, que ces attentats ont été vraisemblablement organisés ici. Vous croyez vraiment que ce n'est pas utile de contacter « mes » Tchétchènes ?

— Si, si, reconnut l'Américain, mais pour le moment, ils sont aux abonnés absents. Et avant que vous les trouviez, les deux Caucasiens seront loin.

Malko eut un geste fataliste. Les dés roulaient, il n'y avait plus qu'à prier.

*
* *

Malko appelait de la cabine sur Teatralny Prospekt, presque en face de l'hôtel. Six fois déjà. Sa visite à Omar Tatichev remontait à trois jours. Il composa le 438 120 une septième fois, laissa sonner et allait raccrocher lorsqu'une voix rocailleuse fit :

— *Ya vam slichou*...

— Je suis l'ami d'Omar, fit Malko, revenu de sa surprise.

— *Karacho*. Vous connaissez l'hôtel *Saliout*, Leninski Prospekt ?

— *Da*.

— Venez maintenant et attendez près de la cabine le long de la réception.

Le pouls à 120, Malko fonça récupérer sa voiture. Leninski Prospekt était une interminable avenue plongeant très loin vers le sud, de l'autre côté de la Moskva, près de Gorki Park.

Très vite, les rares immeubles élégants disparurent, laissant la place à d'interminables barres de HLM, avec de vieux « Gastronom », ou de petits « Produkti »[1] noyés dans un flot de béton. Le paysage sinistre du nouveau Moscou, construit dans les vingt dernières années. Enfin, il aperçut sur sa droite la masse blanche du *Saliout*, un hôtel d'une vingtaine d'étages, dominant le croisement de Leninski Prospekt et d'une autoroute urbaine, à l'entrée surmontée d'un auvent de béton blanc sale. Sinistre. Dans le hall, on se serait cru revenu aux temps heureux de l'Union soviétique. Un long couloir offrait un assortiment de plats tout préparés, des magazines, des livres. La réception à l'ancienne, avec des boiseries mal vieillies, était vide. Tout était énorme et triste.

Quelques hommes déambulaient dans le hall, visiblement pas des Russes. À cinquante dollars la chambre, le *Saliout* faisait le plein de Caucasiens. Malko se mit à la recherche du taxiphone et le repéra facilement, grâce à son numéro. Il n'y avait plus qu'à attendre...

Il était déjà là depuis vingt minutes quand enfin il sonna. Malko décrocha aussitôt et fit « allô ». Un silence, puis une voix demanda :

1. Épiceries.

— C'est l'ami d'Omar ?

— Oui.

— Allez au 70 Krasnodarskaïa Ulitza.

L'homme raccrocha aussitôt. Malko se pencha sur le plan de Moscou. C'était aussi loin du centre mais complètement à l'est, alors qu'il se trouvait à l'ouest. Il reprit sa voiture. Une demi-heure plus tard, il arrivait dans Krasnodarskaïa, bordée des habituels clapiers gris. La rue s'interrompait brutalement au numéro 66 ! Malko mit pied à terre. La voie était coupée par un énorme chantier de construction. Il fit demi-tour et se mit à la recherche de l'autre morceau de la rue.

Vingt minutes plus tard, après avoir tourné comme un fou, il trouva enfin un écriteau indiquant le numéro 70. Un enchevêtrement de hangars protégés par de hauts murs. Il y avait 70-1, 70-2, 70-3 ! Les 1 et 2 étaient gardés par des vigiles. Il longea à pied un mur au bord d'une chaussée défoncée parcourue par d'énormes camions, et parvint enfin à l'entrée du 70-3. Le portail était grand ouvert. Il aperçut un petit bâtiment au toit de tôle, des véhicules garés, de vieux camions, des montagnes de pneus. Cela ressemblait à un cimetière de voitures. Un ouvrier lavait un camion à grande eau. Il jeta un coup d'œil indifférent à Malko. Celui-ci, après une hésitation, pénétra dans la cour boueuse, regardant autour de lui. Des gens s'affairaient un peu partout, mais personne ne semblait se soucier de sa présence. Il allait repartir lorsqu'une porte s'ouvrit, en haut d'un escalier de fer extérieur, sur le flanc du bâtiment. Il aperçut une silhouette féminine en jupe longue, qui lui adressa un signe.

Il gagna l'escalier. La porte s'était refermée. Il la rouvrit et pénétra à l'intérieur. Il n'avait pas fait un mètre qu'il se sentit soulevé du sol par une poigne monstrueuse. Un homme caché dans l'ombre le ceinturait. Un autre, noiraud avec une fine moustache, le fouilla rapidement, s'emparant de son pistolet et de ses papiers. Le monstre le lâcha et lança avec un fort accent caucasien :

— Passe à côté !

Malko dut se baisser pour franchir la porte donnant sur un minuscule bureau au plafond si bas qu'on pouvait tout juste se tenir debout. Un moustachu énorme était installé derrière un bureau, devant trois portables, l'air mauvais, ses trois mentons dégringolant jusqu'à son estomac. Une chatte noire dormait avec ses trois petits sur un canapé défoncé. Une femme observait Malko, debout, appuyée au mur. Très blonde, les cheveux ramenés en chignon, elle avait des yeux d'un bleu lumineux, de beaux traits réguliers et un chemisier noir ras du cou. Sa jupe tombait sur ses chevilles. C'était elle qui lui avait fait signe. Le noiraud posa sur le bureau les papiers et le pistolet de Malko, sans un mot.

La blonde examina les papiers et parla enfin, en excellent russe.

— Vous êtes l'ami d'Omar ?

— *Da.*

— Vous cherchiez à entrer en contact avec nous ?

Malko sourit.

— « Nous » ne veut rien dire. J'ai connu il y a trois ans certains de vos amis. Ceux-là sont morts, hélas. J'ai tenté de retrouver ceux qui les connaissaient.

La jeune femme — elle était très belle, pas du tout le type tchétchène — planta son regard dans le sien et annonça :

— J'ai très bien connu Louisa, celle que vous avez rencontrée il y a trois ans. Je m'appelle Leila. Je suis venue de Grozny pour vous rencontrer. Parce que vous nous avez laissé un bon souvenir. Le voyage a été difficile et dangereux. À Grozny, il n'y a plus ni train, ni avion. J'ai dû prendre un taxi pendant cent kilomètres et ensuite le train pour l'Ukraine. Ces salauds de Russes maltraitent et pillent nos compatriotes. J'ai vu des soldats s'acharner sur une vieille femme qui venait voir son fils à Moscou. C'est une honte. On doit respecter les vieilles personnes.

Elle parlait d'une voix contenue, pleine de fureur et de haine. Son regard étincelait, sa poitrine se soulevait sous le tissu noir. Elle était désirable sans le vouloir. Les autres l'observaient avec respect. C'était rare chez les Tchétchènes, pour qui les femmes étaient plutôt des animaux inférieurs. Celle-là avait un ton de chef.

— Merci d'avoir pris tous ces risques, dit Malko.

— Que voulez-vous ?

C'était le moment délicat.

— C'est une histoire compliquée, avoua Malko. Je voudrais d'abord que vous répondiez à une question simple. Est-ce que ce sont les *boiviki* qui ont commis les deux attentats de Moscou ?

La blonde le fusilla du regard.

— Nous ne sommes pas des assassins comme les Russes qui bombardent nos villages ! lança-t-elle. Nous nous attaquons aux soldats, pas aux civils russes. Et encore moins à des pauvres gens endormis. Le Coran interdit cela.

Le Coran avait bon dos...

— Donc, vous n'êtes pour rien dans les deux attentats qui ont fait près de trois cents morts à Moscou.

— Pour rien ! confirma sèchement Leila. C'est tout ce que vous vouliez me demander ?

Malko allait répondre lorsqu'il y eut un remue-ménage dans la pièce voisine, suivi de cris, de vociférations, de bruits de meubles renversés. Le gros homme sauta sur ses pieds, saisissant un court pistolet-mitrailleur Borko dissimulé sous le bureau, et Leila sortit un pistolet de son sac. Un groupe compact pénétra dans la pièce. Un homme, le visage ensanglanté, l'air affolé, en veste de cuir noir et jean, était tenu solidement par deux jeunes au teint mat, qui apostrophèrent Leila dans une langue inconnue de Malko : du tchétchène.

— Ils ont trouvé cet homme qui rôdait autour de l'entrepôt, traduisit la jeune femme. Vous le connaissez ?

— Non, fit Malko, je suis venu seul.

Nouveaux éclats de voix.

— Ils disent qu'il est arrivé derrière vous, dans une Moskvitch verte...

Malko sentit son pouls s'accélérer. Il n'aimait pas du

tout cela. L'atmosphère s'était tendue. Le gros homme le regardait fixement, l'air mauvais. Calmement, il précisa :

— J'ai pris toutes les précautions, mais je ne peux pas jurer que je n'ai pas été suivi. Au *Saliout*, on m'a appelé dans le taxiphone et je suis venu ici. Je n'ai parlé à personne ni vu personne.

— Je sais, fit Leila. On vous surveillait.

Elle lança un ordre aux deux jeunes qui vidèrent les poches de l'inconnu et commencèrent à examiner ses papiers, dans un silence de mort. L'homme ne protestait même plus. Soudain, un de ceux qui le fouillaient poussa un cri de victoire, brandissant une carte plastifiée qu'il jeta sur le bureau. Malko l'aperçut du coin de l'œil et sentit son estomac se rétracter.

C'était une carte barrée de blanc, bleu, rouge du FSB, au nom de Dimitri Yakushin. L'homme était un policier. Comment était-il là ?

— Qui t'a envoyé ici ? lança Leila, en russe.

L'homme ne répondit pas. Aussitôt, les deux jeunes se ruèrent sur lui et le frappèrent avec une violence inouïe, à coups de poing et de pied, le faisant rebondir contre les murs de la pièce minuscule. Il tomba à terre et Leila s'acharna, le frappant avec la crosse de son pistolet, tellement violemment que le gros homme la tira en arrière.

— Ne le tue pas tout de suite ! conseilla-t-il, avec un calme sinistre.

Il le releva. Le policier n'avait plus figure humaine. Le tenant à la gorge, le gros demanda en russe :

— Qui t'a amené ici ?

En dépit de ses dents brisées et de ses lèvres éclatées, il bredouilla quelques mots, désignant Malko.

— C'est lui !

Tous les regards se tournèrent vers Malko, tandis que Dimitri Yakushin se laissait glisser à terre. Un silence de mort se prolongea quelques secondes, rompu par la voix glaciale de Leila :

— Vous avez entendu ?

Malko essaya de rester calme. Les choses se présentaient très mal.

— Cet homme ment, dit-il. Je n'ai amené personne ici. J'ai voulu vous voir parce que Simion Gourevitch vous accuse d'avoir commis un attentat à Monte-Carlo qui a coûté la vie à un Russe et à cinq Américains de la CIA.

— Les Américains sont les alliés de ce porc de Boris Eltsine, lança Leila d'une voix mécanique.

— Non, dit Malko, de la Russie.

— Vous connaissez Simion Gourevitch ?

— Un peu, dit Malko, il a essayé de me faire assassiner. Justement à cause de cela.

Il sentit dans les regards des hommes que son discours ne passait pas. Leila le contemplait pensivement. Elle s'ébroua.

— *Karacho*. Nous reparlerons de tout cela plus tard. D'abord, il faut tout savoir sur cet homme. Moukharbak, fais-le parler.

Le gros homme fit le tour du bureau, remit le policier debout, le coinçant contre le mur avec son ventre énorme, et commença à le frapper. La chatte s'était enfuie avec ses petits. Dans la cour, on entendait les ouvriers bavarder et taper sur des tôles. Le policier continuait à jurer être venu avec Malko... Il hurla :

— Il connaît le colonel Zdanovitch !

Malko sentit le sang se retirer de son visage. Comment ce policier connaissait-il ses liens avec Zdanovitch ? Impassible, Leila fit cesser les coups d'un geste.

— Vous connaissez le colonel Zdanovitch ? demanda-t-elle à Malko d'une voix égale.

— Oui, fit-il sans hésiter. C'est mon contact au FSB.

Nouveau silence, rompu cette fois par Malko.

— Leila, dit-il, je vous jure que je n'ai pas amené cet homme ici. Si j'ai été suivi, c'est à mon insu.

Elle ne répondit pas. Moukharbak l'interpella violemment, brandissant son Borko en direction de Malko. Les deux jeunes le guettaient comme des chats. Tassé dans un coin, le prisonnier essayait de se faire oublier... La discussion en tchétchène dura plusieurs minutes, violente, terminée par Leila d'un ton sec.

— Moukharbak veut vous égorger, dit-elle avec un calme effrayant. Il a raison. Nous ne pouvons pas prendre le moindre risque. Cet endroit est une de nos dernières planques à Moscou. Nous en avons besoin. Les camions arrivant de Grozny viennent ici. Si le FSB l'apprend, c'est « total catastrophy ». Donc cet homme doit mourir.

Le prisonnier poussa un cri déchirant et, réunissant ses dernières forces, essaya de se jeter en direction de la porte. Leila bondit sur lui comme une tigresse, lui barrant le passage et le faisant tomber à terre. Avec un rugissement, Moukharbak saisit la vieille machine à écrire posée sur le bureau et la lui écrasa sur le visage…

Avec un râle, le policier s'immobilisa. Blême, Malko détourna le regard. Leila se redressa et planta ses yeux au fond des siens.

— Je suis tentée de vous croire, parce que j'ai parlé à Omar, dit-elle, mais je ne suis qu'une femme. Mes amis, eux, veulent vous tuer, parce qu'ils pensent que vous mentez.

— Je ne mens pas.

— C'est possible, reconnut Leila. Mais il faut les convaincre. Pour cela, il n'y a qu'un seul moyen.

Elle jeta une phrase en tchétchène à Moukharbak qui prit dans un tiroir un énorme couteau de boucher à la lame longue de quarante centimètres ! Il le posa sur le bureau, le manche tourné vers Malko, l'observant avec méchanceté.

— Vous allez le tuer, annonça Leila. Avec ce couteau, c'est facile. Sinon, c'est moi qui vais vous tuer. Tout de suite.

Elle avait pris le Makarov de Malko et le braquait sur lui, les doigts encore poisseux du sang du prisonnier. Malko vit dans ses yeux bleus qu'il n'avait pas beaucoup de temps pour se décider.

CHAPITRE XIII

Malko baissa automatiquement la tête sur le policier étendu sur le plancher sale de la petite pièce. La vieille machine à écrire qui lui avait écrasé le visage était tombée à côté de sa tête ensanglantée. Le nez écrasé, la mâchoire déportée sur la gauche, la bouche déchirée, il ne bougeait plus, semblait ne même plus respirer. Malko sentait tous les regards peser sur lui. Il lui était impossible de tuer ainsi quelqu'un de sang-froid. Mais, il sentait, hélas, Leila parfaitement déterminée à le tuer, *lui*. L'immobilité du blessé lui donna une idée.

— Il est mort, dit-il de sa voix la plus calme. On ne peut pas tuer un mort.

Il avança et donna un violent coup de pied dans le flanc de l'homme à terre, en adressant une prière muette au ciel. Le policier n'eut aucune réaction, ses yeux ne s'ouvrirent pas, il n'eut même pas un gémissement. Ou il était *vraiment* mort, ou il ne valait guère mieux, assommé par la lourde machine. Du sang coulait d'une de ses oreilles, ce qui n'était pas bon signe. Malko se retourna et vit le doute dans les yeux bleus de Leila. Il y eut quelques secondes de flottement, le pistolet de la Tchétchène s'abaissa lentement. Puis une brève discussion dans leur langue, entre Leila et le gros homme. Celui-ci, visiblement, voulait tuer Malko *de toute façon*… Finalement, il abandonna la discussion avec un haussement d'épaules. Leila remit son arme dans son sac et lança à Malko :

— Moukharbak a raison, dit-elle, on s'occupera de vous plus tard. Il faut d'abord nous débarrasser de ce corps. Vous allez venir avec nous pour l'enterrer dans un endroit sûr. Nous discuterons après.

Elle lança quelques ordres brefs et les deux jeunes gens allèrent chercher dans un appentis une grande toile verdâtre dans laquelle ils enveloppèrent le cadavre, puis ils ficelèrent la toile. On aurait dit un tapis roulé. Quand ce fut fait, Leila alla chercher la chatte réfugiée dans un coin de la pièce et la réinstalla sur le canapé défoncé. Elle se retourna ensuite vers Malko.

— Suivez-moi.

Elle traversa les deux pièces, gagnant l'escalier extérieur. Celui-ci donnait sur une cour encombrée de ferraille et d'épaves de véhicules divers. Une Volga grise haute sur pattes — l'ancien modèle — stationnait le long de la paroi du bâtiment, à l'abri des regards, face à un hanger rempli de camions. Un véhicule franchit le portail, envoyant une décharge d'adrénaline dans les artères de Malko. Si c'était la police, il était mort… Ce n'était qu'une Moskvitch verdâtre conduite par un des Tchétchènes, qui vint la garer à côté de la Volga. Il descendit, ouvrit le coffre de la Moskvitch et secoua la tête. De la plate-forme, en haut de l'escalier, Leila lança un ordre bref. Docilement, le jeune Tchétchène ouvrit le coffre de la Volga et entreprit de le débarrasser de différents objets.

Rassurée, Leila dit à Malko :

— Allons-y !

Elle dégringola l'escalier, Malko sur ses talons, et le fit entrer à l'arrière de la grosse voiture, s'installant à côté de lui. Malko nota que la voiture était immatriculée « 50 », c'est-à-dire la région de Moscou. Du coin de l'œil, il aperçut Moukharbak qui descendait l'escalier de fer, le corps du policier sur l'épaule. Il le jeta dans le coffre qu'il referma, avant de se mettre au volant. Un des jeunes Tchétchènes le rejoignit, portant deux courts Borko, et prit place à l'avant. Malko remarqua que le gros Tchétchène avait glissé dans sa large ceinture de cuir l'énorme couteau de cuisine. Comme le policier était déjà mort, cela ne pouvait être que pour lui... Leila gagnait du temps. Mais s'il n'arrivait pas à la convaincre de sa bonne foi, il risquait de terminer égorgé.

*
* *

Les deux conducteurs roulaient à petite allure, perdus dans la circulation de Profsoyouznaya Prospekt, attentifs à ne commettre aucune infraction. Le pouls de Malko grimpa brutalement. Plusieurs miliciens en gris contrôlaient les véhicules, droit devant eux. Une atmosphère lourde régnait dans la Volga, tandis que les barres de HLM défilaient. Malko rompit le silence :

— Leila, dit-il, je suis désolé d'avoir été suivi. Je vous jure que je l'ignorais. Je ne travaille pas pour les Russes, mais pour les Américains, afin de découvrir les auteurs d'un attentat qui a tué cinq de leurs agents.

— Vous me l'avez déjà dit, jappa agressivement Leila.

— Je n'ai pas eu le temps de *tout* vous dire. Depuis hier, nous savons que ce sont des explosifs provenant du même lot d'hexogène militaire volé à l'armée qui ont provoqué les deux explosions de Moscou *et* celle de Monte-Carlo.

— Et alors ? Vous pensez que le Kremlin ne peut pas s'en procurer ?

— Ce n'est pas le problème, expliqua Malko. Au départ, j'enquête sur un attentat commis à Monte-Carlo contre un certain Igor Zakayev...

Leila fronça les sourcils.

— Igor Zakayev ? Je connais ce nom. Il n'était pas dans la société Menarep ?

Ce fut au tour de Malko de s'étonner.

— Oui. Comment le savez-vous ?

La jeune Tchétchène eut un sourire venimeux.

— Zakayev travaillait avec Simion Gourevitch. Ils nous

ont volés et Gourevitch a échappé de peu à la vengeance de mes amis. Ensuite, il a rendu ce qu'il avait volé et nous avons fait la paix.

Malko jura intérieurement, posant quand même la question qui lui brûlait les lèvres :

— Vous vouliez vous venger aussi de Zakayev ?

Leila secoua la tête.

— Non. Pourquoi ? Il ne nous a pas volés.

— Donc, ce n'est pas vous qui avez fait sauter sa voiture à Monte-Carlo ?

Leila haussa les épaules, agacée.

— Bien sûr que non… Nous n'avons pas assez de *boiviki* pour les envoyer dans des pays étrangers.

Penchée en avant, elle observait la chaussée tout en parlant. Malko aperçut une file de voitures arrêtées, des uniformes. Leila sursauta et cria à Moukharbak :

— *Razvarot ! Bistro !*[1]

Le gros Tchétchène n'hésita pas et la Volga coupa la chaussée, la petite Moskvitch dans ses roues, pour bifurquer dans une voie de traverse. Ils roulèrent en silence un long moment, puis Leila se détendit un peu. Soudain, la voiture fut secouée comme si elle passait sur des pavés, en même temps que des vibrations se produisaient à l'arrière.

— Vous avez crevé, annonça Malko.

Bref échange en tchétchène : le bruit et les secousses continuaient. Moukharbak ralentit et stoppa un peu plus loin, en bordure d'un terrain vague, à l'abri d'une palissade. Tous descendirent et se dirigèrent vers l'arrière. Les pneus étaient en parfait état ! Soudain, des coups sourds parvinrent de l'intérieur du coffre, tandis que la voiture se balançait, faisant grincer ses vieux ressorts ! Leila poussa un rugissement de fureur.

— Le salaud ! Il n'est pas mort.

Moukharbak fonça prendre les clés sur le tableau de bord. De la main gauche, il ouvrit le coffre et se pencha, brandissant l'énorme couteau de cuisine. Malko sentit ses

1. Demi-tour ! Vite !

poils se hérisser. Le blessé avait repris conscience, parvenant à se glisser en partie hors de la bâche qui l'enveloppait. L'aspect de son visage massacré était effrayant... Il gigotait pour se libérer complètement. Une plainte continue s'échappait de ses lèvres. D'un bond, Moukharbak monta sur le pare-chocs et, de toute sa force, plongea le long couteau dans le flanc du blessé qui poussa un cri sourd. Récidivant avec un chapelet de jurons, il plongea et replongea la lame, l'enfonçant presque jusqu'au manche.

Malko en avait la nausée ! Le blessé était retombé au fond du coffre, cette fois définitivement mort. Pourtant, Leila arracha le couteau de la main du gros Tchétchène et se mit à son tour à larder le cadavre avec des imprécations haineuses. Ils étaient si absorbés que Malko aurait pu prendre ses jambes à son cou s'il n'y avait pas eu les deux jeunes gens. Mais, de toute façon, sa seule chance désormais de tirer son affaire au clair était de s'allier avec Leila et ses amis. S'il les quittait, il ne les retrouverait jamais.

— On y va ! lança Leila, abandonnant le couteau planté dans le corps du policier.

Au moment où le coffre se refermait, ils tombèrent nez à nez avec une vieille *babouchka* qui traînait sur le trottoir. Elle s'approcha avec un sourire édenté.

— Vous n'avez pas quelques petits roubles ?

Impossible de savoir si elle avait assisté à la scène sauvage, mais si c'était le cas, elle paraissait s'en moquer. Avec une douceur surprenante, Leila s'approcha d'elle et lui glissa un billet de cinquante roubles dans la main.

— Que Dieu te garde, *starouchka* [1].

Ils remontèrent dans la Volga qui redémarra et Leila se tourna vers Malko.

— Vous avez prétendu qu'il était mort...

— Je le pensais et vous aussi, rétorqua-t-il. En tout cas, il l'est, maintenant. Cessez de me soupçonner. Je me suis donné beaucoup de mal pour vous trouver. Et c'est aussi votre intérêt de m'aider.

1. Grand-mère.

— Pourquoi ?

— Le Kremlin vous accuse d'avoir commis deux attentats à Moscou. C'est très mauvais pour votre cause. Les dénégations ne sont pas suffisantes. Vous ne pouvez prouver votre innocence qu'en m'aidant à découvrir les véritables coupables.

Leila ne répondit pas.

Ils venaient de franchir un pont au-dessus du MK, le grand périphérique encerclant Moscou, et s'enfonçaient dans une forêt épaisse. La Volga ralentit et tourna dans une route non asphaltée. Où on ne voyait plus aucune habitation.

— Où allons-nous ? demanda Malko.

— Dans la forêt de Balachikaya, répondit Leila d'une voix neutre.

Moukharbak se retourna, jetant un regard haineux vers l'arrière. S'il ne tenait qu'à lui, ce serait pour Malko un aller sans retour.

*

* *

Les bouleaux s'étendaient à perte de vue, argentés, dépouillés de leurs feuilles. Depuis un bon moment, ils cahotaient dans un sentier forestier. Celui-ci descendait pour se terminer par une sorte de clairière en bordure d'une large rivière. Les deux véhicules s'arrêtèrent. Leila descendit la première. Le sol était inégal, des souches et des branchages jonchaient le tapis de feuilles mortes. Un des jeunes Tchétchènes s'éloigna, scrutant le sol. Malko pensa qu'il s'inquiétait des traces possibles. Pas du tout ! Il revint avec une brassée de champignons !

Furieux, Moukharbak l'apostropha et l'autre accourut pour l'aider à extraire le corps du coffre. Malko s'efforçait de ne pas regarder. Pendant un bon moment, personne n'ouvrit la bouche. Les deux hommes s'affairaient, lestant de pierres le linceul improvisé de Dimitri Yakushin, tandis que le troisième surveillait le sentier. Ils le traînèrent jusqu'à la rive pour le jeter dans l'eau boueuse où il disparut immédiatement. Ensuite, Moukharbak remplit un seau d'eau de la rivière et commença à nettoyer le coffre à grande eau. Leila fumait en silence. Malko en profita pour s'approcher d'elle.

— Il faut que je vous parle, dit-il. J'ai une chose précise à vous demander.

— Laquelle ?

— Vous avez vu dans les médias l'histoire de ces deux Caucasiens qui sont paraît-il morts dans leur camion incendié et que la police accuse d'être les auteurs des deux attentats ?

— Oui, reconnut Leila. Ce sont des petits « bandits », même pas tchétchènes. Et c'est sûrement une histoire montée par le FSB ou le Kremlin.

— C'est un montage, confirma Malko, mais pas comme vous l'imaginez...

Il entreprit de lui raconter toute l'histoire, le plus clairement possible, concluant :

— Je veux retrouver ces hommes. Par eux, on peut remonter aux véritables commanditaires de ces attentats. Et de celui de Monte-Carlo, puisque ce sont les mêmes.

Pendant qu'ils discutaient, les trois Tchétchènes démontaient tout ce qui pouvait être récupéré sur la Moskvitch : radio, sièges et même les roues, ainsi que certaines pièces du moteur. Ils chargeaient le tout dans le coffre de la Volga, ce qui avait l'avantage supplémentaire de dissimuler les traces de sang. Quand ce fut terminé, ils s'arrêtèrent, en sueur. Moukharbak, qui avait récupéré son couteau de cuisine, s'approcha d'eux et posa une question à Leila, tout en regardant Malko à la dérobée. Son intention était transparente : lui faire subir le même sort qu'au policier du FSB. Soudain, Leila le fit taire d'un geste impérieux et interpella Malko :

— Vous prétendez ne pas connaître cet homme. Comment a-t-il pu arriver à cette adresse de Krasnodarskaïa ?

— Il m'a suivi. Je ne m'en suis pas rendu compte, et vous non plus, puisque vous m'avez surveillé au *Saliout.*

— Pourquoi vous suivait-il ? Qui lui a donné l'ordre ?

— Je ne peux faire que des hypothèses. J'ai déjà pu constater depuis mon arrivée à Moscou que Simion Gourevitch avait beaucoup d'amis dans les différentes polices. Si ma théorie est exacte, *lui* aussi cherche ces deux hommes. Il se dit peut-être que je suis sur une piste.

Leila se retourna vers le gros Moukharbak. Cette fois, la discussion fut brève. Elle trancha :

— J'ai décidé de vous donner une chance, parce que vous êtes venu de la part d'Omar Tatichev qui est un ami sûr. Nous allons étudier votre cas. Remontez en voiture.

Malko reprit place dans la Volga, sans rien dire. Avant de s'éloigner, un des jeunes gens alluma un chiffon imbibé d'essence et le jeta dans la Moskvitch qui s'enflamma comme une torche. Les bois étaient si épais que cent mètres plus loin, ils ne voyaient plus rien. Leila se tourna vers Malko.

— Nous retournons à Moscou. C'est beaucoup plus dangereux qu'à l'aller. Nous risquons de nous faire arrêter. Aucun de nous n'a de *propuska*, donc nous ne pouvons pas nous arrêter. Il risque d'y avoir une bagarre avec la Milicija.

— Je comprends, dit Malko, conscient du risque

La Milicija arrêtait les voitures à tous les coins de rue, depuis les attentats. Quant à Moukharbak, il pouvait difficilement passer pour un Slave…

— Non, vous ne comprenez pas, précisa Leila. S'il y a un problème, nous vous tuerons avant toute chose. C'est vous qui êtes responsable de ce qui arrive. Ce chien de policier n'avait pas de radio, j'espère qu'il n'a pas pu donner d'indications sur notre planque de Krasnodarskaïa. Qu'il n'a pas téléphoné d'une cabine. On va le savoir très vite.

*
* *

Malko s'efforçait de respirer régulièrement, tendu comme une corde à violon : chaque croisement pouvait apporter la mort.

Leila, très pâle, avait posé son pistolet sur ses genoux, les mains sur la crosse. Depuis qu'ils avaient franchi le périphérique, ils tournaient dans les petites rues désespérantes de tristesse de quartiers HLM. Leila lança soudain un ordre à Moukharbak qui s'arrêta le long du trottoir. Leila prit dans un vide-poche un grand foulard noir et avertit Malko :

— Je suis obligée de vous bander les yeux. Il ne faut pas que vous sachiez où nous allons.

Il se laissa faire, tandis qu'elle nouait le foulard épais, très serré sur sa nuque. Alors seulement, la Volga repartit et roula encore vingt bonnes minutes avant de s'arrêter à nouveau.

— Pas de bêtises, avertit Leila, sinon…

Elle sortit la première de la voiture et prit Malko par le bras. Il sentit d'abord de l'herbe sous ses pieds, puis du ciment. On le poussa, il se cogna dans une porte étroite et une odeur nauséabonde frappa ses narines : mélange de crasse, d'urine, de chou, d'oignon et d'un parfum lourd, écœurant.

— Attention, il y a des marches, prévint Leila. Quatre.

L'odeur aurait fait fuir un putois. Malko entendit le grincement d'une porte et Leila le poussa en avant.

— C'est l'ascenseur, dit-elle.

Il devait être minuscule car ils étaient serrés l'un contre l'autre et ce n'était pas volontaire de la part de la jeune Tchétchène… Malko sentit que l'ascenseur s'arrêtait, entendit un bruit de serrure, puis Leila le poussa à nouveau en avant. La porte claqua derrière lui.

— Vous pouvez ôter le foulard, dit Leila.

Malko s'exécuta immédiatement. Il se trouvait dans une minuscule entrée, avec des vêtements pendus à des patères et plusieurs paires de chaussures alignées. Comme toujours à Moscou, la porte était capitonnée d'un vieux cuir décoloré. Un homme de petite taille, en chandail, les cheveux très noirs, les yeux perçants, pieds nus, le fixait comme s'il était une bête curieuse. Il en aperçut quatre autres assis à une table de cuisine, en train de manger.

— Venez, fit Leila.

Elle fit entrer Malko dans une pièce en longueur, meublée uniquement d'un lit de fer et d'une télé posée par terre. Un téléphone noir, antédiluvien, était posé dans un coin, débranché. Par la fenêtre, Malko aperçut des cimes d'arbres. Il devait se trouver au quatrième ou cinquième étage.

Le gros Moukharbak réapparut, une paire de menottes à la main. Il passa un des bracelets autour du poignet gauche de Malko et l'autre dans un des montants de fer du lit.

— Pourquoi m'attachez-vous ? demanda Malko.

Leila plongea son regard dans le sien.

— Vous êtes notre prisonnier. Nous sommes en guerre contre la Russie. Vous allez écrire à vos amis américains. Omar se chargera de faire parvenir la lettre.

— Pour dire quoi ?

— Que vous serez échangé contre un million de dollars. Il faut que la transaction se fasse avant la fin de la semaine, sinon, vous serez exécuté, parce que c'est trop dangereux de vous garder longtemps ici.

Le kidnapping, le sport national tchétchène ! Malko maudit sa candeur. Même s'il n'y avait pas eu l'incident du policier, ils se seraient probablement comportés de la même façon. Amer, il s'assit sur le lit.

Otage !

— Vous avez faim ? demanda Leila.

— Non, fit Malko.

— Je dois m'en aller, fit la jeune femme. Écrivez la lettre.

Elle s'absenta et revint avec un bloc. Pendant qu'il écrivait, elle précisa :

— Ce sont mes cousins qui vont vous garder. Si cette planque est envahie par la police ou si vous tentez de vous évader, ils vous abattront...

C'était toujours le même programme. Malko lui tendit la courte lettre destinée à Austin Redd. Elle la plia et sortit de la pièce. Quelques instants plus tard, le petit brun revient avec un bol de *palau*[1] et une cuillère, qu'il posa à terre.

*

* *

Simion Gourevitch contemplait d'un œil morne les filles superbes en train de se démener sur la piste du *Monte-Carlo*. Elena, la poitrine moulée par un pull de soie, en pantalon de cuir pratiquement cousu sur elle, n'arrivait pas à l'arracher à ses pensées moroses. De nouveau, il sentait le souffle fétide des Tchétchènes sur sa nuque... Les deux fugitifs du camion, ceux qui avaient trimbalé les sacs d'explosifs et auraient dû mourir dans l'explosion, étaient toujours introuvables. S'ils allaient se confier aux Tchétchènes de Bassaiev, en leur dévoilant la manip, Gourevitch ne donnait pas cher de sa peau... S'ils étaient récupérés par le FSB, ce n'était guère meilleur... Une chose l'inquiétait particulièrement : le lieutenant du FSB qui travaillait « au noir » pour Maxim Gogorski et était chargé de surveiller l'agent de la CIA avait disparu. Or ce dernier devait, lui aussi, être à la recherche des deux poseurs de bombes. Et il n'avait pas reparu au *Metropol*...

Tout cela devenait alarmant, alors que sa manip se déroulait positivement : la guerre imminente contre la Tchétchénie faisait passer au second plan ses malversations financières. Du côté des *preuves*, il avait verrouillé la situation en faisant liquider Igor Zakayev. Et Elena, seule à même de témoigner, il la tenait par les couilles, si l'on peut dire. D'abord, par une surveillance constante. Ce n'était pas par hasard qu'il l'avait installée dans *son* appartement, garni de micros et équipé par ses amis du FSB. Elle ne pouvait pas tirer la chasse d'eau sans qu'il le sache... Parfois, il se disait qu'il devrait la liquider, mais il reculait. Non par sentimentalisme, mais parce qu'Elena était *très* maligne. Elle avait très bien pu prépa-

1. Mélange de riz et de mouton.

rer une bombe à retardement, au cas où il lui arriverait malheur.

Il sortit son portable et tapa le numéro de Maxim Gogorski.

— Rien ? demanda-t-il, hurlant pour couvrir le vacarme de la musique.

— Rien, dut avouer l'ex-officier du GRU. Je suis chez Dimitri. Sa femme est inquiète. Il n'a pas donné signe de vie depuis midi.

— Reste là-bas, intima Simion Gourevitch, il va finir par se manifester. Rappelle-moi dès que tu l'as retrouvé.

Sa conviction était plutôt un vœu pieux. Si le jeune lieutenant du FSB, tout dévoué à Maxim Gogorski, ne se manifestait pas, c'était très, très mauvais signe. Il pouvait *aussi* avoir été liquidé par les Américains. Simion Gourevitch coupa son téléphone, essayant de se vider le cerveau. Il maudissait encore la malchance qui avait voulu que les deux hommes de main ne sautent pas avec leur camion.

Elena était partie danser pendant qu'il téléphonait. Elle revint dans le box, traînant par la main une blonde qui n'avait pas dix-huit ans, avec de grands yeux naïfs qui ne le resteraient pas longtemps.

— Je te présente Anastasia, dit-elle de sa belle voix rauque. Elle rêve de te connaître.

La blonde sourit niaisement, tandis qu'Elena lui versait un peu de champagne de la bouteille de Taittinger à peine entamée. Éblouie de se trouver avec un homme dont toute la Russie parlait.

Même si c'était pour le traiter de nouveau Raspoutine.

— Anastasia veut être infirmière, compléta Elena en poussant sournoisement la nouvelle venue vers Gourevitch.

Il consentit à poser sa main sur sa cuisse, mais le cœur n'y était pas... Au bout de dix minutes, il jeta un coup d'œil à sa Breitling en or gris et lança :

— On rentre.

— Anastasia vient avec nous...

— Non.

La tête prise, il se sentait incapable de bander, même pour cette jeune salope pleine de promesses.

Il n'ouvrit pas la bouche jusqu'à la « Maison du Quai », posa son portable sur la table de nuit, pour être sûr de l'entendre, et lorsque Elena le rejoignit, il eut une inspiration soudaine :

— Appelle ce Malko, suggéra-t-il. Dis-lui que tu as envie de le voir.

Elle s'exécuta, tombant d'abord sur la messagerie. Elle essaya ensuite le portable : hors-circuit.

*
* *

Malko se réveilla, ankylosé, après avoir dormi par terre. Son poignet était enflé et douloureux. Il se hissa jusqu'au lit et s'assit, regardant par la fenêtre. Le ciel était gris. La porte s'ouvrit sur le petit Tchétchène qui déposa sans un mot un bol empli d'un brouet rougeâtre : du bortch. Finalement, Malko avait dévoré son *palau*, au milieu de la nuit.

Il mourait de soif et but avidement son bortch. Ensuite, il examina la pièce. Impossible de savoir où il se trouvait : il y avait des dizaines de milliers d'appartements semblables à Moscou. L'appartement ne comportait aucun signe distinctif. Il se demanda comment la CIA allait réagir, et surtout, si on n'allait pas le tuer, après le paiement de la rançon. Ou le revendre à un autre groupe pour demander une seconde rançon. Dans le Caucase, c'était courant...

Le Tchétchène revint prendre l'assiette vide, et Malko lui demanda en Russe :

— Vous n'avez pas un journal ?

Sans un mot, le jeune homme revint avec un exemplaire des *Izvestia* vieux de deux jours... Si seulement il avait pu s'expliquer avec Leila, mais celle-ci avait disparu... Soudain son regard tomba sur le vieux téléphone de bakélite noir posé sur le sol. Débranché, bien entendu, et on lui avait enlevé son portable. Sans trop savoir pourquoi, en se désarticulant, il parvint, avec le bout du pied, à l'attirer à lui. Il l'examina. Rien, aucun signe. C'est en le retournant qu'il aperçut sur le socle le numéro inscrit au feutre, presque effacé : 250 5630.

C'était peut-être celui de l'appartement où il se trouvait ! Il le mémorisa et repoussa le téléphone à son emplacement initial.

À aucun prix il ne fallait que ses geôliers sachent qu'il avait vu ce numéro.

*
* *

Austin Redd n'aurait pas imaginé cela dans ses pires cauchemars ! L'agent envoyé par Langley enlevé par les Tchétchènes ! Bien entendu, on allait lui faire porter le chapeau. Il alluma nerveusement une cigarette et fixa Gotcha Soukhoumi, assis en face de lui. Le Géorgien venait de débarquer dans son bureau, porteur de la lettre de Malko. Le chef de station de la CIA essaya de se raccrocher à l'impossible.

— C'est *vraiment* un enlèvement ? insista-t-il.

Le Géorgien hocha la tête.

— Oui. Omar me l'a confirmé. Lui aussi est ennuyé, mais il n'y peut rien. Il avait mis en garde notre ami : les gens sur qui il allait le brancher étaient dangereux, très dangereux.

Un ange passa, remuant de lourdes chaînes. Austin Redd imaginait Malko enchaîné, maltraité, peut-être déjà mort... Il se força à demander :

— Vous croyez qu'il est encore...

— Oui, le rassura aussitôt Gotcha Soukhoumi, sinon Omar me l'aurait dit. Il a du poids auprès de ces gens-là. Ils veulent de l'argent.

— Oui, un million de dollars.

En Tchétchénie, c'était souvent plus cher, mais on était à Moscou.

L'Américain réfléchissait. Le million de dollars n'était pas le plus difficile. Même si Malko avait commis une faute en prenant contact avec les Tchétchènes contre son avis, la CIA ne le laisserait pas tomber. Il pouvait réunir la somme facilement. Mais ce n'était que le début d'un processus long et dangereux. Surtout pour le prisonnier. Lui et Gotcha Soukhoumi n'ignoraient pas comment se terminaient la plupart des kidnappings chez les Caucasiens… Ils avaient encore en mémoire celui des quatre techniciens britanniques enlevés près de Grozny et dont on avait retrouvé les têtes au bord de la route, bien que la rançon eût été payée… Gotcha Soukhoumi devait suivre le même cheminement, car il dit de sa voix chantante :

— Il y a peut-être une chance de le sauver, mais il faut faire exactement ce que je vais vous dire. Sinon, vous ne le reverrez pas vivant. Et même ainsi, il n'y a qu'une chance sur deux.

CHAPITRE XIV

Austin Redd sentit le sang se retirer de son visage. Dans une affaire pareille, il ne pouvait compter que sur lui-même et des amis comme Gotcha Soukhoumi. Mettre le FSB ou le MVD dans le coup, c'était condamner Malko à mort, sans rémission.

— Que me conseillez-vous ? demanda-t-il.

Le Géorgien alluma une cigarette.

— J'ignore *qui* a kidnappé Malko, dit-il. Je veux dire *quel* groupe. Et pourquoi. Omar ne me dira rien. C'est l'*omerta* chez les Tchétchènes. Le risque est, comme d'habitude, qu'ils prennent l'argent et qu'ils revendent ensuite leur otage à un autre groupe qui l'emmènera en Tchétchénie ou s'en débarrassera, mais réclamera encore de l'argent.

— Il n'y a aucun moyen de localiser ces Tchétchènes ?

— Aucun. Il n'y a pas de quartier « caucasien » à Moscou. Les Tchétchènes, comme les autres minorités ethniques, sont dispersés un peu partout. Ici, dans les immeubles, on ne connaît pas ses voisins. Même le MVD ne sait pas où habitent la plupart des Tchétchènes. Ils paient des Russes pour mettre l'appartement à leur nom. À cause des *propuskas.*

— Bien, soupira Austin Redd. Je vais m'occuper de réunir l'argent. Cela devrait aller assez vite, mais j'ai besoin du feu vert de Langley.

Les comptables de la CIA allaient en avaler leurs calculettes...

— Qui va le remettre aux ravisseurs ? continua l'Américain.

— C'est là qu'il faudra jouer serré, avertit Gotcha Soukhoumi. Je vous conseille de faire appel à un « broker ». Quelqu'un qui ait la confiance des Tchétchènes et la nôtre. Qui s'assure de la régularité de l'échange.

— Vous en connaissez un ?

— Oui, un ancien officier, le major Ismailov. Depuis quatre ans, il a quitté l'armée et se consacre à l'échange des Tchétchènes détenus à Moscou contre des otages russes kidnappés par les Tchétchènes. Parfois, des affaires très compliquées. Mais il a beaucoup de réussites à son actif.

— Où est-il ?

— À Moscou. Je sais où le trouver. Il va demander de l'argent pour s'occuper de l'affaire.

— Je m'en doute, fit Austin Redd, résigné.

— Très bien, conclut le Géorgien. Je l'appelle. Il n'y a pas une minute à perdre.

Il composa un numéro sur son portable et eut une brève conversation avec le major Ismailov.

— Il nous attend, annonça-t-il ensuite. À son bureau. Ne lui cachez rien, même pas votre position réelle. Sinon, on risque un pépin.

Austin Redd enfila un manteau et prévint sa secrétaire qu'il s'absentait.

La Mercedes 600 de Gotcha Soukhoumi était garée en face, sur le Koltso. Austin Redd se mit à mâcher du chewing-gum pour tromper son angoisse.

*
* *

Chauve, rondouillard, le teint bistre et le visage bouffi, le regard fourbe, l'ancien major Nikita Ismailov n'inspirait pas totalement confiance. L'immeuble entouré de palissades du journal *Novi Gazeta* où il avait son bureau ne payait pas de mine. Les bureaux étaient nus, comme abandonnés, des affiches à moitié décollées pendaient partout. Il avait emmené ses visiteurs dans une pièce immense, presque sans meubles, où ils s'étaient installés autour d'une table. Il était accompagné d'une fille aux yeux globuleux mais à la poitrine avantageuse, moulée dans un hideux T-shirt rayé noir et vert fluo, le bas du corps vaguement protégé par une mini ultra-courte et fendue. Sûrement pas conforme aux critères islamistes.

— Maya est tchétchène. C'est mon interprète, avait-il annoncé d'emblée. Vous pouvez parler devant elle.

Vu son regard lourd, son interprétariat devait se prolonger bien au-delà des heures ouvrables. C'est Gotcha Soukhoumi qui se chargea d'exposer les faits, tandis que le major Ismailov ouvrait posément la fermeture Éclair de son gros pull pour se gratter plus commodément. Austin Redd avait envie de prendre ses jambes à son cou, surtout sous les regards nettement caressants de « l'interprète ». Mais la vie de Malko était en jeu... Il en était malade à l'idée de se fier à un personnage aussi glauque.

Le major Ismailov posa quelques questions, referma son pull. Ensuite, il réfléchit ou fit semblant de réfléchir, avant de laisser tomber :

— Il faut faire vite, si ce n'est pas déjà trop tard. Pour éviter qu'ils le transfèrent en Tchétchénie. Je vais appeler Omar dès que vous me remettrez l'argent.

— Pourquoi pas avant ? demanda Austin Redd, inquiet pour les deniers des contribuables américains.

— Parce que je ne suis pas une ONG, fit paisiblement Nikita Ismailov. Je fais du business. Et quand on fait du business, il faut « éclairer ». On ne m'écoutera que si je dis : « j'ai l'argent ». Et je ne le dirai pas si je ne l'ai pas. Donc, il faut vous procurer un million trois cent mille dollars en billets de cent dollars, le nouveau modèle.

Austin Redd se tourna vers Gotcha Soukhoumi.

— Je croyais que c'était un million...

Nikita Ismailov eut un sourire bien gras.

— Et moi ? Si vous trouvez que c'est trop cher, adressez-vous à la Milicija et commandez un cercueil…

Un ange passa, menotté. Pour bien faire comprendre à ses visiteurs qu'il n'était pas demandeur, le major se pencha vers l'interprète pour une brève conversation à voix basse. Gotcha Soukhoumi intervint d'une voix conciliante :

— Mon ami n'a pas l'habitude.

Le major Ismailov eut un geste apaisant. Austin Redd était déjà debout, songeant qu'il y avait des balles dans la tête qui se perdaient.

— Je vais réunir l'argent, annonça-t-il d'une voix blanche.

— Dès que vous l'avez, appelez ce numéro. C'est mon portable. Il est ouvert vingt-quatre heures sur vingt-quatre, dit le major Ismailov en lui tendant une carte de visite.

Dès qu'il fut dans la Mercedes de Gotcha Soukhoumi, l'Américain explosa :

— Quel enculé !

Le Géorgien sourit.

— Oui, mais c'est *notre* enculé. Et il est le seul à avoir une chance de récupérer Malko entier.

*
* *

Maxim Gogorski buvait un café au *Café Oriental*, seul en face des vestiaires. L'*Oriental*, juste derrière l'Arbat, la vieille rue piétonne des marchands en plein air, était un des repaires des petits « bandits ». L'ex-officier du GRU avait rendez-vous avec un informateur susceptible de le mener aux deux Caucasiens en cavale. Il ignorait toujours *pourquoi* ils avaient abandonné leur camion. Ce n'était pas son seul souci. Dimitri Yakushin, le lieutenant du FSB, n'avait toujours pas reparu. Pas plus que l'agent des Américains qu'il était chargé de surveiller. Ce qui était plus inquiétant encore. Simion Gourevitch téléphonait pratiquement tous les quarts d'heure. Maxim Gogorski ruminait ces sombres pensées lorsqu'un brun trapu, mal rasé, sanglé dans une vieille veste de cuir noir, le rejoignit.

— *Dobredin*, fit-il en s'asseyant.

— *Dobredin*, Ali.

C'était un Ouzbek qui avait servi dans les « Spetnatz » avant de basculer dans la délinquance. Spécialiste des escroqueries et des vols de voitures, il ne dédaignait pas un *zakasnoye* bien payé.

— Tu as du nouveau ? demanda Maxim Gogorski.

L'Ouzbek commanda un thé et dit à voix basse :

— Il sont toujours à Moscou. Ils se planquent chez des copains.

— Comment sais-tu qu'ils ne sont pas déjà en Tchétchénie ? demanda Gogorski, méfiant.

— Leur famille, expliqua Ali. Je les ai fait contacter. Elles sont inquiètes, elles n'ont pas de nouvelles.

Les milieux mafieux communiquaient entre eux, même entre mafias d'ethnies différentes, et se servaient auprès des mêmes fournisseurs pour les armes, les *propuskas* et les faux papiers. Maxim Gogorski leva ses yeux pâles sur l'Ouzbek.

— Si tu les retrouves, tu toucheras vingt mille dollars, fit-il. Cinq cent mille roubles... *Karacho ?*

— *Karacho.*

— Tu laisses un message pour Piotr, ici. J'appellerai le matin et le soir.

Il s'était levé et dominait Ali, encore assis, de toute sa taille. Ses doigts s'enfoncèrent dans les épaules de l'Ouzbek, à lui faire mal. D'une voix glaciale, il précisa :

— Si tu allais voir les gens de la rue Petrovka ou de la place Loubianka, ce serait une très mauvaise idée...

Ali protesta aussitôt qu'une idée pareille ne l'avait jamais effleuré, se leva et sortit le premier, filant vers l'Arbat. Maxim Gogorski le regarda s'éloigner. Celui-là, s'il réussissait sa mission, ne vivrait pas vieux.

*

* *

Malko leva les yeux. Il n'avait pas entendu Leila entrer. La jeune Tchétchène était pieds nus, avec un épais corsage noir boutonné jusqu'au cou et une longue jupe descendant jusqu'aux chevilles. Elle posa sur lui ses yeux bleus à l'expression impénétrable.

— Vos amis ne se pressent pas, fit-elle d'un ton lourd de menaces. S'ils ne font rien...

Malko se mit debout, le bras tiré vers le bas, partagé entre l'humiliation et la fureur. Il était venu à Moscou, soutenu par la Centrale de renseignement la plus puissante du monde, avec pour but de traquer les assassins des agents de la CIA, et il se retrouvait kidnappé, impuissant, sans avoir commis aucune erreur.

— Pourquoi voulez-vous me tuer ? protesta-t-il. C'est *moi* qui ai voulu vous contacter. Dans *votre* intérêt.

La Tchétchène blonde eut un sourire ironique.

— Vous plaidez bien votre cause. Mais ce sont des mots ! Vous avez mené jusqu'à nous un agent du FSB, nos pires ennemis. Si mes hommes ne l'avaient pas surpris, je serais probablement déjà morte.

— Je comprends votre fureur, reconnut Malko. Mais je n'ai mené personne jusqu'à vous. Cet homme me suivait à mon insu. Je ne pense pas qu'il ait été en mission officielle, sinon, il n'aurait pas été seul.

Leila haussa les épaules.

— Je ne sais pas. Je suis venue vous dire que si d'ici demain vos amis ne se sont pas manifestés, nous serons obligés de vous exécuter. C'est trop dangereux de rester longtemps ici. Déjà, la voisine nous a repérés. C'est une Russe.

Sans un mot de plus, elle tourna les talons.

*
* *

— J'ai rendez-vous avec leur émissaire à neuf heures, au pied de la statue de Griboedov, place Turgenevskaïa, annonça le major Ismailov.

Il était venu dans les bureaux de Gotcha Soukhoumi où l'attendait Austin Redd. L'Américain n'avait mis que deux heures à réunir l'argent de la rançon de Malko. Pourvu que le FSB n'avait pas eu vent de l'enlèvement... S'ils intervenaient, ils condamnaient Malko à une mort certaine.

— Comment cela va-t-il se passer ? interrogea anxieusement l'Américain.

— D'abord, ils vérifient que je suis seul, expliqua l'officier russe. Ensuite, je leur montre l'argent. Et je m'assure qu'ils ont bien amené l'otage. Comme nous sommes en ville, ils l'auront transporté dans une voiture. J'exigerai de le voir, afin de vérifier qu'il est en bon état. Enfin, nous procéderons au paiement de la rançon et à l'échange. C'est là qu'il faut faire attention...

— C'est-à-dire ?

— Parfois, ils essayent de toucher la rançon et de ne pas rendre l'otage, avoua ingénument Ismailov. Ils seront armés. Moi, je serai seul et je n'aurai pas d'arme, ou il peuvent essayer de me livrer un homme cagoulé qui ne serait pas le bon. Mais ne craignez rien, ajouta-t-il avec un sourire confiant.

Austin Redd ne partageait pas son optimisme

— Ce n'est pourtant pas rassurant, ce que vous dites.

Le major Ismailov accentua son sourire.

— Les Tchétchènes me connaissent. C'est votre meilleure garantie. Ils savent que je ne les ai jamais trompés, que je ne leur ai jamais donné de faux billets ou tendu de guet-apens. Il savent aussi que je peux faire délivrer d'autres Tchétchènes emprisonnés à Moscou. Et que s'ils me doublent, je ne le ferai pas. Ils ne prendront pas le risque.

— Que Dieu vous entende ! soupira l'Américain.

Le major Ismailov se leva.

— Attendez-moi ici. Cela ne servirait à rien de venir.

*

* *

Malko sentit son pouls s'accélérer. Trois de ses geôliers venaient de pénétrer dans la pièce. Trop tôt pour le «dîner»... L'un avait un pistolet glissé dans la ceinture, crosse apparente. Il se tint à distance. Les deux autres s'approchèrent et l'un défit la menotte qui le fixait au lit. Il put enfin se mettre debout normalement. Sa joie fut de courte durée. Déjà, on ramenait ses bras derrière son dos pour l'immobiliser avec les menottes.

— Où m'emmenez-vous ? demanda-t-il.

Personne ne répondit, comme s'il ne parlait pas russe. On le fit pivoter et, de nouveau, on lui banda les yeux avec un tissu noir qui sentait l'oignon. Comme si cela ne suffisait pas, on enfila par-dessus une cagoule, fixée par une cordelette passée autour de son cou, avec laquelle on pouvait très bien l'étrangler. Toujours sans un mot.

— Où allons-nous ? demanda-t-il.

Pas de réponse. On le prit par le bras, l'entraînant hors de la pièce. À la différence de température, il réalisa qu'il se trouvait sur le palier. Puis, il y eut des grincements, l'odeur fut différente et le sol se déroba sous ses pieds. Ils descendaient par l'ascenseur. Cela sembla durer une éternité. Nouveau grincement, quelques pas rapides, deux hommes le tenaient par le coude. Puis on le poussa dans une voiture qui démarra aussitôt. Autour de lui, on parlait à voix basse en tchétchène. Le bruit de la circulation lui fit reprendre espoir. On lui avait laissé son chronographe Breitling, mais il ne pouvait évidemment pas le consulter.

Arrêt. Deux portières claquèrent, mais l'homme assis à côté de lui ne bougea pas, continuant à fumer.

Plusieurs minutes s'écoulèrent, interminables, puis une portière se rouvrit, il y eut un bref chuchotis et on le tira hors de la voiture. Le bras qui le tenait le lâcha. Il entendit le véhicule redémarrer brutalement. Le temps de penser «je suis libre», il entendit des pas pressés, des mains fiévreuses retirèrent sa cagoule et il reconnut la voix d'Austin Redd :

— Malko, vous êtes OK, Malko ?

Il eut du mal à dire oui, juste au moment où on arrachait

sa cagoule et ôtait son bandeau. Il avait toujours les mains entravées par les menottes, mais il voyait ! Il se trouvait au pied d'une grande statue de pierre équestre, sur une place inconnue, bordée d'arbres. Entouré d'Austin Redd, de Gotcha Soukhoumi et d'un inconnu au sourire huileux. L'Américain l'étreignit.

— *My God !* On a cru ne jamais vous revoir !

— Débarrassez-moi de ces menottes ! supplia-t-il.

— *Shit !* jura Austin Redd. Comment va-t-on faire ?

Le major Ismailov plongea la main dans sa poche et en ressortit une petite clef avec un bon sourire.

— J'ai l'habitude, fit-il. Ce sont toujours les mêmes serrures.

Trente secondes plus tard, Malko avait les mains libres. Le major assurait aussi l'après-vente...

— Ils vous ont maltraité ? demanda anxieusement le chef de station.

— Non, dit Malko. J'ai mal mangé, c'est tout. Je vous raconterai. Vous avez payé pour me récupérer ?

Gotcha Soukhoumi éclata de rire.

— Tu vaux beaucoup d'argent. Un million de dollars...

Malko était partagé entre la honte et la fureur. Austin Redd vint à son secours :

— On parlera de cela plus tard. Venez, je vous emmène au *Metropol*, vous devez avoir envie de prendre une douche.

— Bien sûr ! Mais pendant que je me rafraîchis, trouvez-moi un pistolet. Ils ont gardé le mien, comme ma voiture.

— Ça ne presse pas, assura l'Américain. Ce soir, on fête votre libération ! Vous préférez le *Boyarski*, le *Metropol*, ou le nouvel *Ouzbekistan* ? Gotcha, vous venez aussi...

— J'ai quelque chose à faire avant d'aller dîner, expliqua Malko. Pour ça, j'ai besoin d'une arme. Ce soir.

— Pourquoi ?

— Pour retourner où j'ai été détenu, si j'y arrive.

L'Américain le regarda, ébahi.

— Vous savez où ? Ils ne vous avaient pas bandé les yeux ?

— Si, dit Malko. Mais dans cet appartement, il y avait un téléphone et, inscrit sur le téléphone, un numéro. Je suppose qu'avec un numéro, à Moscou, vous pouvez trouver le nom et l'adresse de l'abonné ?

— Je pense, reconnut l'Américain. Il faut appeler le 09. Mais que voulez-vous faire ? Vous venger, récupérer l'argent ?

— Non, corrigea Malko. Continuer ma mission. Retrouver Achemez Gotchiyayev et Mukhit Saitakov, les deux rescapés du camion qui a explosé. Je continue à penser que les Tchétchènes qui m'ont kidnappé peuvent m'y aider...

Austin Redd secoua la tête, accablé.

— *You are goddam crazy!* Vous voulez encore vous retrouver kidnappé ? Je n'ai pas envie de payer un million de dollars tous les trois jours.

— Ce ne sera pas le cas, affirma Malko. Maintenant, c'est *moi* qui ai l'avantage. Si le numéro que j'ai relevé correspond *vraiment* à l'appartement. Sinon, nous irons dîner au *Boyarski.*

— J'ai un pistolet dans la voiture, soupira l'Américain.

— OK, dit Malko, alors donnez-moi votre portable, et priez.

L'Américain lui tendit son Motorola.

Malko composa le 250 5630. Une voix d'homme, très basse, répondit à la troisième sonnerie.

— Je cherche Leila, dit Malko en russe.

Un silence, puis un chuchotis entre deux voix basses, et l'homme répondit :

— Leila est sortie. Rappelez plus tard.

Il avait déjà raccroché. Malko se tourna vers le chef de station.

— À vous de jouer. Trouvez l'adresse correspondant à ce numéro. Vite. Et ensuite on y va. Avant qu'ils ne se soient sauvés.

CHAPITRE XV

— Le 2 50 5630 est le numéro de l'abonné Evgueni Korchakov, domicilié 13 Sumskoï Proiezd, *korpus* 2, appartement 129. C'est tout à fait au sud, dans le quartier de Chertanovo, métro Chertonovoskaïa. Ça vous suffit ?

Austin Redd dissimulait mal son exaspération, après vingt minutes de combat avec le service de renseignements, toujours occupé. Depuis longtemps, le major Ismailov et Gotcha Soukhoumi s'étaient éclipsés, n'appréciant pas du tout la tournure que prenaient les événements...

— On y va, décida Malko.

— Vous et moi ? Vous ne voulez pas prévenir le FSB ?

— Je ne veux pas livrer ces Tchétchènes au FSB, précisa Malko, mais les *utiliser*. En les payant, s'il le faut.

— C'est déjà fait, remarqua, acerbe, l'Américain.

— La *Company* a bien promis une récompense de cinq millions de dollars pour l'arrestation des coupables de Monte-Carlo ? Eh bien, considérez que c'est une avance. Bon, je prendrai une douche après. Allons-y.

Une fois de plus, ils se retrouvèrent sur Leninski Prospekt, la quittant au bout de deux kilomètres pour bifurquer dans Chestdessiat Letya Oktobria Prospekt qui filait droit vers Chertanovo. Malko avait faim et soif, et aurait donné n'importe quoi pour un bain. Mais s'il attendait demain matin, les Tchétchènes auraient sûrement filé.

Après s'être un peu perdus, ils trouvèrent enfin Sumskoï

Proiezd, une rue entourant un parc clairsemé. Le numéro 13 comportait trois *korpus* et chacun d'eux avait quatre entrées. À vue de nez, Malko estima que cela faisait une centaine d'appartements par *korpus*. Il se dirigea vers le *korpus* 2 et s'arrêta devant la première porte. Fermée, et il fallait un code digital rudimentaire pour l'ouvrir. Le numéro des appartements devait être à l'intérieur. Ça promettait... Personne dehors. Il prit son mal en patience et, vingt minutes plus tard, un jeune homme en blouson beige se présenta devant la porte et tapa le code. Malko l'intercepta aussitôt.

— *Pajolsk!* L'appartement 129 est dans ce *korpus* ?

— Sais pas. Regardez les boîtes aux lettres.

Elles étaient clouées au mur, déglinguées, mais chacune portait un numéro. Le cœur de Malko battit plus vite. C'étaient les appartements 80 à 160. Il était tombé sur la bonne porte ! Il retourna à l'entrée et héla Austin Redd qui attendait à l'extérieur.

— J'ai trouvé, dit-il. Vous m'attendez ici. Si, dans un quart d'heure, je n'ai pas donné signe de vie, prévenez le FSB.

Il se dirigea vers l'ascenseur. Il y avait des graffitis partout, les murs étaient d'une saleté repoussante et l'odeur était toujours la même. Il monta dans la cabine et appuya sur le bouton du sixième, au jugé.

Il y avait quatre appartements sur le palier. Le 129 se trouvait à gauche de l'ascenseur. Malko s'approcha de la porte matelassée de cuir et écouta. Pas un bruit ne filtrait. Un « mouchard » occupait le centre du capitonnage de cuir noir. Il posa le pouce gauche dessus et appuya sur la sonnette. Un long coup impérieux.

Rien ne se passa pendant plusieurs secondes. Si l'appartement était encore occupé, les Tchétchènes devaient tenter de savoir *qui* se trouvait là. Finalement, une voix étouffée cria quelque chose d'incompréhensible à travers le battant. Aussitôt, Malko cria à son tour, en russe :

— Je viens voir Leila.

À cause du capitonnage, impossible d'identifier sa voix.

Encore quelques instants, puis le bruit d'un verrou et la porte s'ouvrit sur la jeune Tchétchène, dans la même tenue noire, pieds nus. En reconnaissant Malko, elle sembla frappée par la foudre ! Le temps qu'elle essaie de refermer la porte, Malko avait glissé le pied dans l'embrasure.

— N'ayez pas peur, je ne vous veux pas de mal, je ne viens pas récupérer l'argent et je ne suis même pas armé, dit-il très vite. Je veux seulement vous parler.

Tétanisée, pâle, les prunelles rétrécies, elle n'arrivait pas à émettre un son. Enfin, elle parvint à dire :

— Comment êtes-vous ici ?

— Je vous l'expliquerai. Mais laissez-moi entrer.

Encore d'interminables secondes, puis elle ouvrit un peu plus la porte. Trois Tchétchènes jouaient aux cartes dans la cuisine. Ils levèrent la tête, Leila, leur jeta une phrase brève et ils continuèrent à jouer. Elle le mena directement dans la chambre où il avait été détenu. La télé marchait toujours, le son coupé. Leila s'assit sur le lit, crispée face à lui, comme si elle s'attendait à ce qu'il se jette sur elle.

— C'est vous qui avez appelé tout à l'heure ?

— Oui.

— Comment avez-vous eu le numéro ?

Malko fit un pas en avant, ramassa le vieux téléphone, le retourna et lui montra le numéro inscrit au feutre sur le socle.

— Voilà. Si j'étais ce que vous dites, le FSB serait déjà là. L'homme qui me suivait *me* surveillait, pas vous.

— Pourquoi cet homme vous surveillait-il ?

— Je ne peux pas vous répondre avec certitude, mais je pense qu'il était envoyé par Simion Gourevitch. Celui-ci sait que j'enquête sur l'attentat de Monte-Carlo et que je le soupçonne fortement. Il a déjà tenté de me faire assassiner une fois.

Un éclair furieux passa dans les yeux bleus de Leila.

— Je suis sûre que les attentats de Moscou sont organisés par le Kremlin.

— Je le crois aussi, confirma Malko. Maintenant, je vais vous expliquer ce que j'attends de vous. Deux « Caucasiens », Achemez Gotchiyayev et Mukhit Saitakov ont été désignés par la police comme étant les responsables de ces attentats. Officiellement, ils sont morts. En fait, ils sont bien vivants et se cachent probablement à Moscou.

Il lui raconta en détail l'histoire du camion explosé et la manip du GUBOP, terminant par un ultime argument :

— Leila, les Américains ont promis une prime de cinq millions de dollars à qui mènerait aux assassins des agents de la CIA tués à Monte-Carlo. Je suis certain que ces deux hommes peuvent mener au « sponsor ». Donc, si vous les retrouvez, vous pourrez toucher encore quatre millions de dollars, sans avoir à me kidnapper...

Un ange traversa la pièce, dans un nuage de billets verts... Leila, le regard fixé sur le tapis usé, paraissait perplexe. De toute évidence, elle avait du mal à entrer dans le raisonnement de Malko. Cela lui semblait incroyable, en plus, qu'on puisse payer une somme aussi colossale simplement pour une vengeance. Mais les Américains étaient si riches...

Tiraillée entre différents sentiments, elle releva les yeux.

— Il y a plusieurs centaines de milliers de Caucasiens à Moscou, remarqua-t-elle. Ces hommes ne sont même pas des Tchétchènes. Ils doivent avoir leurs réseaux, que nous ne connaissons pas. En plus, je ne peux pas m'éterniser à Moscou, il faut que je rentre à Grozny. Mes cousins aussi, ils ne peuvent même plus travailler, ils ont peur chaque fois qu'ils sortent.

Ils ne paraissaient pas si craintifs lorsqu'ils avaient massacré l'homme du FSB qui avait filé Malko. En dépit de ce qu'elle disait, celui-ci la sentait ébranlée par l'énormité de la somme proposée. Il « voyait » les rouages de son cerveau calculant l'équivalent en roubles.

— Il faut que je parle de cela à mes amis, dit-elle finalement.

— Faites vite, insista Malko.

— Oui. Je vous demande de partir, maintenant. Je vous téléphonerai. Où puis-je vous joindre ?

Malko esquissa un sourire.

— Si vous me rendez mon portable, ce sera facile.

Elle hésita une seconde, puis sortit de la pièce et revint avec le portable de Malko.

— Voilà, dit-elle. Je vous appelle. Avant l'aube.

Malko avait tenté l'impossible. Il ne pouvait pas forcer Leila à collaborer. Aussi, se laissa-t-il ramener à la porte. Au moment de partir, il précisa encore :

— Je suis au *Metropol*. Chambre 5501.

Austin Redd soupira de soulagement en le voyant émerger de l'immeuble. Malko le mit au courant.

— Maintenant, on peut aller dîner au *Boyarski*. Nous sommes tributaires de la réponse de Leila.

*
* *

Maxim Gogorski attendait au *Café Oriental*, devant une Borjoni. De plus en plus angoissé. Ali, son « contact » ouzbek, avait laissé un message disant qu'il passerait entre dix et onze.

Il allait être minuit. Toute la journée, Maxim Gogorski avait fouillé les bas-fonds de Moscou, interrogeant ses contacts. En vain. Du *Margarita Café* à la gare de Kazan, d'où partaient les trains pour le Caucase, il n'avait vu que des centaines d'Ouzbeks et de Tadjiks qui allaient s'entasser sur les quais avec leurs innombrables bagages en toile cirée à carreaux, ceux qu'on appelait les Tchelniks, les « navettes ».

Au *Garage*, une discothèque glauque de la place Pouchkine, signalée par l'arrière d'une Cadillac rose encastrée dans le mur, on lui avait bien signalé deux « Caucasiens » en cavale, mais ce n'étaient que de minables voleurs de voitures.

Il allait s'en aller quand un nouveau venu, hirsute, mal rasé, engoncé dans une veste de cuir trop neuve, pénétra dans le café, demanda quelque chose au garçon et vint à sa table.

— Vous attendez Ali ? demanda-t-il.

— Oui.

— Je suis Habib, un de ses amis. Il ne viendra pas. Il a été arrêté par la Milicija. Une rafle.

Maxim Gogorski retint un juron. Il proposa à l'homme de s'asseoir et raconta à nouveau son histoire. Donnant les noms de ceux qu'il cherchait et promettant dix mille roubles. Son interlocuteur promit de s'en occuper, essaya de lui extorquer mille roubles avant de disparaître dans l'Arbat. Gogorski sortit à son tour, se demandant à qui s'adresser. Il y avait bien Omar Tatichev, mais il était du « mauvais » côté : celui de Loujkov, le maire de Moscou.

*
* *

Malko sursauta, réveillé par le téléphone. Il s'était endormi, épuisé, sans même dîner, après qu'Austin Redd l'eut ramené au *Metropol*. Trop de tension nerveuse, trop de fatigue. Il n'avait plus envie de rien.

— C'est moi, fit la voix de Leila.

Il baissa les yeux sur les aiguilles lumineuses de sa Breitling. Une heure et quart.

— Où êtes-vous ?

— Pas loin. Dans une cabine, en face de l'hôtel *Moskva*.

— Vous ne voulez pas venir ici ?

— Non.

— Alors, j'arrive.

— *Karacho*. Je vous attends dans le passage souterrain de Tverskaïa, au coin de Maneznaya Proiezd.

Malko fut habillé en un clin d'œil. Cinq minutes plus tard, il retrouva la jeune Tchétchène. Les *babouchkas* vendeuses de cigarettes et de peluches avaient disparu, les boutiques étaient fermées. Leila attendait, appuyée au mur sale, à côté d'un clochard hirsute sirotant une bouteille de vodka. Elle avait les yeux cernés et les traits tirés.

Brutalement, il réalisa qu'il avait faim.

— Vous avez dîné ? demanda-t-il.

— Non.

— Vous croyez qu'on pourrait trouver un restaurant ouvert ?

Elle réfléchit rapidement.

— Oui. L'*Ouzbekistan*, dans Neglinnaya Ulitza, mais c'est très cher.

— Pas de problème, affirma Malko.

Ils remontèrent à l'air libre et, selon l'habitude moscovite, il arrêta une voiture, proposant au conducteur de les amener Neglinnaya Ulitza pour trente roubles.

*

* *

L'*Ouzbekistan* ressemblait à un décor de théâtre, avec ses serveuses en costume folklorique, son décor de tableaux et sculptures en bois, sa musique assourdissante. En dépit de l'heure tardive, il y avait encore beaucoup de monde. On les plaça en face de l'énorme bar, à côté d'une table où un mafieux massif aux cheveux ras, le cou entouré de chaînes en or, faisait une cour pataude à une très jolie fille.

— Alors ? demanda Malko dès qu'ils furent assis, vous acceptez de collaborer avec moi ?

— Je suis d'accord, répondit Leila, mais je ne peux pas prendre la décision moi-même. J'ai transmis un message à Grozny. Je dois appeler vers deux heures pour avoir la réponse. On prendra votre portable, la batterie du mien est vide.

Elle semblait mal à l'aise, sortit un paquet de Java et en alluma une. Son regard fuyait celui de Malko.

— Ça ne va pas ? demanda celui-ci.

Leila releva la tête.

— Mes cousins me disent que je suis folle, que vous ne me donnerez jamais cet argent.

— Si, affirma Malko. Les Américains tiennent toujours parole dans ce domaine.

La serveuse déposa des cartes et ils commandèrent : vodka, harengs, bortch et chachlik.

Leila vida son verre de vodka d'un coup et reprit des

couleurs. Ensuite, elle se jeta sur la nourriture. Pendant le dîner, ils ne parlèrent guère, à cause de la musique. C'est Malko qui, après avoir jeté un coup d'œil à son chronographe, lui signala qu'il était deux heures et quart du matin.

— Je vais appeler du jardin, proposa Leila. Ici, il y a trop de bruit.

Malko lui confia son portable et elle disparut. Lorsqu'elle revint, elle semblait mieux dans sa peau, et ses yeux bleus brillaient.

— C'est d'accord ! annonça-t-elle. Chamil Bassaiev a donné son feu vert. Mais je réponds sur ma vie de cette opération.

Ils saluèrent la bonne nouvelle en terminant le carafon de vodka. Malko était dans un état second, ivre de fatigue. Il demanda quand même :

— Vous avez une idée pour commencer les recherches ?

Elle hocha la tête.

— Oui. Mais maintenant, je voudrais dormir. Je vais retourner là-bas, à Sumskoï Proiezd.

Malko régla une addition monstrueuse et, de nouveau, héla une vieille Volga dont le conducteur exigea soixante roubles pour les mener à Sumskoï Proiezd. Leila sembla s'assoupir pendant le trajet. Malko lui aussi avait du mal à garder les yeux ouverts. Il sursauta en arrivant devant l'immeuble. Deux voitures de la Milicija, gyrophares tournant, bloquaient l'accès à l'immeuble ! Leila se redressa d'un coup.

— *Bolchemoi !*

Ils durent sortir de la voiture pour ne pas éveiller l'attention de son conducteur. En dépit de l'heure tardive, quelques badauds entouraient une vieille femme escortée d'un gros milicien impassible, qui pérorait devant l'entrée n° 5 du *korpus* 2. Elle expliquait comment elle avait appelé la Milicija une heure plus tôt pour les avertir que des « tcherno-zopié » faisaient du vacarme dans l'appartement voisin du sien. La Milicija était venue et avait embarqué les Tchétchènes, qui ne possédaient pas de *propuska*. Un homme cracha par terre.

— On devrait tous les renvoyer chez eux, ces *Tchernié !*

Leila se recula vivement et ils se fondirent dans l'obscurité. Cette fois, Malko ne pouvait pas être soupçonné… La jeune Tchétchène fit quelques pas, les dents serrées, puis explosa :

— Salauds de Russes !

— Qu'est-ce qu'on fait ? demanda Malko. Le mieux c'est de vous prendre une chambre au *Metropol*.

Leila ne répondit pas, sonnée. Puis dit d'une voix bouleversée :

— Je ne sais plus que faire ! Je ne sais pas où aller.

— On va au *Metropol*, trancha Malko.

Ils durent attendre vingt minutes avant de trouver quelqu'un qui consente à les ramener vers le centre. Au moment d'entrer dans le hall du *Metropol*, Leila eut un mouvement de recul et Malko dut la prendre par le bras, passant devant le vigile comme s'il ramenait une pute et lui glissant au passage cent roubles. Leila écarquilla les yeux devant la grande chambre.

— Mais il n'y a qu'un lit ! s'exclama-t-elle.

— Je coucherai sur le canapé, proposa aussitôt Malko.

Leila s'allongea sur le lit, tout habillée, son sac à côté d'elle. Malko alla se déshabiller dans la salle de bains et revint en peignoir. Leila ne dormait pas.

— Tenez, dit-elle.

Ouvrant son sac, elle en sortit un gros Makarov, le pistolet confisqué à Malko. Elle lui tendit l'arme en la tenant par le canon.

— Je vous la rends, dit-elle. Désormais, j'ai confiance en vous.

Un million de dollars pour un Makarov 9 mm, c'était sûrement le pistolet automatique le plus cher du monde. Malko s'installa sur le canapé, tant bien que mal. Avant d'éteindre, Leila lança d'une voix anxieuse :

— Il ne faudra jamais dire à personne que j'ai couché ici. Pour une femme tchétchène, c'est absolument interdit. Nous sommes très stricts. À Grozny, je ne sors jamais sans un de mes frères ou un cousin. Même à Moscou, ils me surveillent de très près.

Médusé, Malko demanda :

— Leila, quel âge avez-vous ?

— Vingt-huit ans, mais je ne suis pas mariée.

— Vous n'avez jamais fait l'amour ?

Les yeux bleus de la jeune Tchétchène se voilèrent, et elle dit sèchement :

— C'est une question qu'on ne pose pas.

Comme pour mettre fin à la discussion, elle éteignit la lumière, après que Malko eut juré de ne pas la compromettre.

*

* *

Un frôlement léger réveilla Malko. Il se dressa en sursaut, le pouls en folie, et mit quelques secondes à distinguer une vague silhouette debout à côté du canapé. Les battements de son cœur se calmèrent. Ce ne pouvait être que Leila. Il fit semblant de se rendormir pour ne pas l'effaroucher, ignorant ce qu'elle voulait. Elle demeura immobile, comme si elle hésitait, puis se rapprocha encore. Enfin, elle s'agenouilla à côté du divan. Malko demeurait strictement immobile. Il sursauta légèrement en sentant une main écarter son peignoir et les lèvres de la jeune femme se poser sur sa poitrine. Elles le parcoururent lentement, se rapprochant du mamelon pour s'y immobiliser. Il sentait son souffle tiède et un peu haletant. Il ne put s'empêcher de tressaillir lorsqu'une langue aiguë l'effleura. Comme une intime et exquise décharge électrique…

La bouche restait posée sur lui, comme si elle ne savait pas où aller. Les cheveux blonds défaits le chatouillaient, et surtout, cette initiative était d'un érotisme absolu. Il sentit son sexe durcir. Soudain, Leila se redressa, s'écartant de lui mais demeurant agenouillée le long du canapé. Il n'y tint plus et, avec douceur, passa le bras autour de sa taille, trouvant sa peau nue : elle s'était enfin déshabillée. Elle lutta quelques secondes pour se dégager, puis se laissa courber en avant et, de nouveau, sa bouche fut au contact de la poitrine de Malko. Mais cette fois, sa langue ne se manifesta pas…

Il se mit à caresser son dos, puis sa taille, ses hanches, descendant avec une lenteur calculée. Jusqu'à ce que ses doigts effleurent la toison de son ventre. Leila frémit, mais ne repoussa pas sa main, toujours affalée sur lui. Il massa un peu la toison soyeuse, puis descendit encore. Quand il atteignit le sexe, il sentit l'adrénaline gonfler ses artères. Leila était ouverte, inondée même. Quand il enfonça ses doigts en elle, la jeune Tchétchène poussa un gémissement sourd. Très vite, elle ondula sous la main qui la caressait, murmurant des mots inaudibles.

Soudain, elle poussa un cri bref, se tordit et le mordit. Puis, égoïste, elle écarta la main qui la fouillait, se releva et fila vers le lit, laissant Malko avec une érection de jeune homme !

Frustré et fou d'excitation, il la rejoignit sur le lit, et se colla contre elle, qui s'était recroquevillée en chien de fusil. Lorsqu'elle sentit le sexe raide contre sa peau, elle sauta en l'air comme si un serpent l'avait piquée. Puis, elle se retourna d'un bloc et saisit à pleine main le sexe bandé.

— Laissez-moi, murmura-t-elle, je suis vierge ! Je vous en prie !

Comme Malko tentait de se coucher sur elle, fou de désir, elle dit d'une voix suppliante :

— *Niet, pajolsk !*

Puis, comprenant que les mots ne suffisaient pas, elle se mit à agiter à toute vitesse ses doigts sur le sexe dressé. Malko eut beau essayer de se retenir, il était trop excité et explosa avec un cri primal. Leila le lâcha aussitôt, comme pour ne pas être en contact avec son sperme.

— J'ai sommeil, gémit-elle, laissez-moi dormir.

Elle se retourna et Malko quitta le lit, n'ayant plus envie de lutter. En partie apaisé.

*

* *

La lumière entrait à flots dans la chambre. Leila venait de tirer les rideaux. Malko jeta l'œil sur sa Breitling : dix heures et demie. La jeune Tchétchène était à nouveau « islamiquement » correcte, avec son corsage épais boutonné haut et sa longue jupe.

Malko se redressa, encore groggy. Leila fuyait son regard. D'une voix égale, elle dit :

— Il est tard.

Elle refusa que Malko commande un petit déjeuner, se contentant de grignoter les biscuits du mini-bar. Elle ne voulait pas qu'on la voie dans la chambre avec lui.

Quand ils descendirent, elle garda les yeux baissés en traversant le hall.

— À propos, fit Malko, où est ma voiture ?

— Je pense qu'elle est restée à Krasnodarskaïa Ulitza, dit-elle, on va aller la chercher, parce qu'on en a besoin pour aller à Borovskoïe Chosse.

— Qu'est-ce qu'il y a là-bas ?

— Des gens dangereux, dit-elle, des vrais « bandits ». Mais si les deux hommes que vous cherchez sont encore à Moscou, ils les trouveront.

CHAPITRE XVI

La voiture de Malko était là où il l'avait garée deux jours plus tôt. Avec ses quatre roues. Le chauffeur de la Moskvitch toute neuve qui venait de les déposer s'éloigna comme s'il avait le diable à ses trousses. Cette partie de Krasnodarskaïa n'était pas particulièrement engageante…

— Puisque nous sommes ici, je vais dire un mot à Moukharbak, suggéra Leila.

— Il est toujours là ? Je croyais que vous aviez peur d'une descente du GUBOP ou du FSB ?

— Lui est obligé de rester, expliqua-t-elle en montant dans la Golf. Il travaille ici. C'est une petite compagnie de transport tchétchène. Très connue.

Cela fit un drôle d'effet à Malko de retrouver le bâtiment au toit de tôle et à l'escalier extérieur. Il monta derrière Leila. Ils traversèrent la première pièce et Malko aperçut le gros Tchétchène en train de parler dans un portable. À côté, une secrétaire boulotte aux cheveux noirs frisés tapait sur la vieille machine qui avait servi à assommer le lieutenant Dimitri Yakushin. La chatte avait repris sa place sur le vieux canapé, ses petits blottis contre elle. Moukharbak termina sa conversation et bredouilla un vague « *dobredin* » à l'intention de Malko. Comme il ne s'étonnait pas de sa présence, ce dernier supposa qu'il avait eu un contact avec Leila. Il se mit à parler en tchétchène à la jeune femme, qui sursauta et se tourna vers Malko.

— Nous ne sommes pas les seuls à chercher ces deux hommes ! Un type est passé ce matin, un Ouzbek qui s'appelle Ali. Il prétend qu'il est de leurs amis et qu'il doit les trouver de toute urgence. Il a promis cinq mille roubles si on le mettait en contact avec eux. Moukharbak pense que c'est un mouchard de la police.

— Pourquoi est-il venu ici ?

Elle sourit.

— Beaucoup de Tchétchènes utilisent les camions de la société. C'est moins cher que le train.

— Où peut-on joindre cet Ali ?

— Il a laissé un numéro de portable.

— Appelez-le, suggéra Malko. Dites-lui de passer dans la soirée. Que vous avez une information.

— Et si c'est le FSB ? s'inquiéta Leila.

— Vous ne risquez rien, assura Malko, puisque ce n'est pas vrai…

Il y eut une brève conversation entre Leila et Moukharbak, puis celui-ci appela. L'appareil était une messagerie et il laissa un message.

— Maintenant, on va à Borovskoïe Chosse, proposa Leila.

*

* *

— Surtout ne montrez pas que vous avez beaucoup d'argent, avertit Leila. Ils risqueraient de vous tuer. Mettez une cartouche dans le canon du Makarov, on ne sait jamais. Et laissez-moi parler.

Ils venaient de franchir le MK et roulaient sur le boulevard Borovskoïe, un quartier en pleine évolution, une ex-zone industrielle en train de se tranformer en zone résidentielle, complètement à l'ouest de Moscou, en direction de l'aéroport de Vnoukono. Des avions passaient sans cesse très bas, en phase d'atterrissage. Les terrains vagues étaient coupés d'usines désaffectées, de hangars, de HLM en construction qui semblaient abandonnées.

— Prenez à gauche, dit Leila.

Malko tourna dans une voie non asphaltée, bordée de vieilles usines, qui s'enfonçait dans la friche industrielle. Un énorme camion jaune qui arrivait en face faillit les écrabouiller.

— C'est au fond, annonça Leila.

— Qui sont ces gens ? demanda Malko.

— Des « bandits ». Des Tchétchènes. Ils font toutes sortes de trafics entre Grozny et Moscou, ils connaissent tout le monde : les douaniers, les policiers des deux camps, les militaires. Ils volent des voitures ici et les envoient là-bas. Ils tuent aussi. Omar Tatichev les emploie quelquefois. Ce sont des bêtes sauvages. Certains sont sortis de prison grâce au major Ismailov qui les a « rachetés ». Ils n'osent même pas retourner à Grozny, tellement ils ont trahi de gens. Mais ils savent tout ce qui se passe dans le monde clandestin.

Ils s'arrêtèrent devant ce qui semblait être une usine abandonnée. Plus une vitre, des portes éventrées, des monceaux de ferraille entassés partout. Aucun signe de vie apparent. Mais à peine eurent-ils arrêté la voiture, que trois hommes surgirent d'un container éventré. Sales, des têtes hirsutes, les yeux sombres, en gros pull et jean avec d'énormes chaussures. Un pistolet sortait du chandail troué de l'un d'eux. Il apostropha Leila en russe.

— Qu'est-ce que tu veux ? C'est privé, ici.

Elle lui répondit en tchétchène et l'atmosphère se détendit légèrement. La discussion dura plusieurs minutes. Enfin, elle se tourna vers Malko.

— Il veut cent roubles pour aller dire à son chef que nous sommes là.

Malko, qui avait réparti son argent en plusieurs liasses, donna les cent roubles et l'homme disparut dans l'usine abandonnée. Les deux autres tournaient, l'air intéressé, autour de la voiture de Malko, l'œil sournois et avide. Leila engagea la conversation en tchétchène.

— Il connaît mon cousin, expliqua-t-elle. Il lui a vendu des épaves de voitures, pour récupérer les papiers.

Leur copain revint dix minutes plus tard en traînant les pieds et, d'un signe de tête, leur fit signe de le suivre. Il pénétrèrent dans l'immense hall par une porte coulissante qui se referma derrière eux avec un claquement sinistre. Le FSB ne devait pas venir souvent ici... Ils zigzaguèrent entre des amoncellements de ferraille, des blocs-moteur, des caisses, un camion sur cales, des empilements de pneus, pour déboucher en face d'un atelier de peinture où un ouvrier repeignait la carcasse d'une Lada. L'odeur âcre de l'acrylique prenait à la gorge. Au milieu de l'entrepôt était installé un container transformé en bureau. L'intérieur était relativement confortable : de vieux tapis, un bureau avec une lampe de cuivre et, dans un coin, un vieux poêle où était posée une théière. Les murs étaient décorés de pin-up et de photos de montagnes.

Un moustachu maigre comme un clou, les cheveux plaqués, avec des bagues à tous les doigts, fixa sa visiteuse d'un regard inquisiteur. Il s'adressa directement en tchétchène à Leila. La conversation dura longtemps, Malko saisit à plusieurs reprises le nom de Chamil Bassaiev. Enfin, Leila se tourna vers lui.

— Salman accepte de nous aider, mais il veut savoir combien cela va lui rapporter. Et si on les veut morts ou vivants.

— Il pense pouvoir les retrouver ?

— Il ne sait pas, mais il estime qu'ils sont toujours à Moscou, sinon ils se seraient adressés à lui. Il a entendu parler d'eux dans les journaux.

Malko remarqua une Kalach, chargeur engagé, posée dans un coin. Un brun mal rasé, costaud, entra et déposa sans un mot une enveloppe sur la table, puis repartit. Salman l'ouvrit et en retira des liasses de billets de cinq cents roubles. Sûrement pas de l'argent sortant d'une banque...

— Dites-lui qu'on les veut vivants, précisa Malko. Mille dollars chacun.

Leila transmit la proposition et, aussitôt, Salman cracha par terre avec une expression méprisante. Leila traduisit sa réponse :

— Il dit qu'on se moque de lui. Si un étranger vient jusqu'ici, c'est qu'ils valent très cher. Il veut vingt mille dollars par tête.

La négociation s'engagea, pour finalement se dénouer à cinq mille dollars par tête. Leila précisa :

— Salman veut mille dollars tout de suite.

Malko compta les billets. Salman nota le numéro du portable de Leila, ignorant Malko. Un de ses hommes les raccompagna hors de la vieille usine. Malko remarqua, en sortant du hangar :

— Ces gens sont des Caucasiens, les autres aussi. Cela ne les gêne pas de nous les livrer ?

Leila eut un sourire ironique.

— Ils vendraient leur mère et ils la livreraient ! Ils contrôlent tout le trafic clandestin entre la Tchétchénie et ici. Quand je suis partie de Grozny, l'autre jour, j'ai utilisé leur réseau. Ils m'ont emmenée prendre le train en Ukraine, en traversant l'Ingouchie. Sinon, je ne serais jamais passée. Ce sont eux qui font parvenir en Tchétchénie toutes les voitures volées de Moscou.

C'étaient des associés recommandables. Il n'y avait plus qu'à prier...

Ils n'avaient plus rien à faire jusqu'à la fin de la journée. Malko en avait un peu assez de cet univers crépusculaire.

— Si on allait déjeuner au *Café Pouchkine* ? suggéra-t-il.

*
* *

Maxim Gogorski comptait les heures, en proie à une excitation intérieure incroyable depuis qu'il avait eu le message d'Habib. Finalement, l'Ouzbek se révélait plus qu'utile. En quelques coups de fil, il avait rameuté son « équipe » d'anciens « Spetnatz ». Ceux qui l'avaient aidé à éliminer les concurrents de Simion Gourevitch. À sept mille dollars le contrat pour les victimes sans protection, et douze mille dollars pour ceux qui disposaient de gardes du corps. Il en avait traité une bonne centaine, sans le moindre problème, rien qu'en 1995. Ses hommes savaient se servir d'une arme et tuaient sans respirer, à condition d'avoir un bon «*kricha*». Et lui en était un. Il était temps de mettre fin à ce dérapage qui empêchait Simion Gourevitch de dormir. Le Kremlin avait beau verrouiller le FSB, le MVD, le GUBOP et tous les services officiels, si les journaux d'opposition comme *Moskovski Komsomolets* s'emparaient de cette affaire, cela pouvait aller très loin. D'autant que les Américains étaient à l'affût...

Maintenant que le rendez-vous était fixé, il se sentait mieux, se persuadant que, dans quelques heures, son problème serait enfin réglé.

*
* *

De nuit, l'environnement de Krasnodarskaïa Ulitza était, si possible, encore plus sinistre que de jour... Malko attendait dans le petit bureau à peine éclairé, en compagnie de Leila. Moukharbak, le gros Tchétchène, avait poussé la chatte pour s'allonger sur le canapé en loques. Les ouvriers du chantier étaient partis et ils devaient être dans le seul endroit habité à un kilomètre à la ronde, dans cette zone industrielle. Seul, le gardien du parc de véhicules cuvait sa vodka dans son appentis de l'entrée. Soudain, ils entendirent une voiture s'approcher. Elle s'arrêta. Leila traversa les deux pièces pour aller jeter un coup d'œil à travers la porte vitrée. Un homme venait de franchir à pied le portail ouvert et se dirigeait vers l'escalier de fer. Elle battit en retraite et appella Moukharbak qui s'arracha à son canapé. Ils entendirent les pas du visiteur sur les marches métalliques, puis on frappa à la porte. Moukharbak alla ouvrir, bouchant toute l'entrée. Le jeune Ouzbek lui sourit.

— *Dobrevece.*

— *Dobrevece*, grommela Moukharbak sans reculer

— Tu m'as laissé un message, dit Habib. Les gens que je cherche sont là ?

— *Da*, ils sont là, dans le bureau. Tu as l'argent ?

— Je voudrais les voir d'abord.

Il se tordait le cou pour essayer d'apercevoir le bureau. Moukharbak le bloqua avec son ventre.

— *Nie pizdi!* lança-t-il. Une fois que tu les auras vus, tu ne donneras plus l'argent. Les roubles d'abord et ensuite tu fais ce que tu veux avec eux... *Karacho ?*

— *Karacho*, bredouilla l'Ouzbek en battant en retraite, je vais chercher l'argent.

Il redescendit presque en courant l'escalier extérieur et disparut. Malko, qui avait tout entendu, surgit, furieux.

— Il ne va pas revenir. Il fallait le laisser entrer.

Moukharbak n'eut pas le temps de lui répondre. L'enfer se déchaîna. Toutes les vitres volèrent en éclats, ainsi qu'une partie de la porte. Le gros Tchétchène s'effondra avec un bruit sourd, la tête éclatée par une rafale d'arme automatique. Des coups de feu éclataient de toutes parts. Malko reflua dans le petit bureau et se laissa tomber par terre, criant à Leila d'en faire autant.

Le vacarme était effroyable : il devait y avoir trois tireurs, dont un embusqué en haut de l'escalier, qui avaient pris le petit bâtiment en sandwich, visant toutes les ouvertures. Les projectiles frappaient les meubles, les murs, les objets. Le téléphone posé sur le bureau explosa littéralement sous l'impact d'une balle.

— Appelez la police, cria Malko à Leila.

Les mains tremblantes, la Tchétchène composa le 02 sur son portable. Soudain, une explosion assourdissante fit trembler le bâtiment. Une lueur rouge jaillit de la porte, en haut de l'escalier de fer. Une grenade incendiaire M79 ou son équivalent. En quelques instants, la pièce de devant fut la proie des flammes, leur coupant toute retraite. Il ne restait que la fenêtre du petit bureau prise sous le feu d'un des tireurs, grimpé sur le toit de l'appentis d'en face.

— La police ne répond pas, cria Leila, affolée.

La chaleur augmentait. Les coups de feu continuaient, sporadiques, brisant ce qui était encore intact. Une rafale frappa le mur du fond, au-dessus du bureau, arrachant le calendrier, lâchée par le tireur qui avait pris position en haut de l'escalier, prenant les deux pièces en enfilade.

Ils avaient le choix entre griller vifs ou se faire abattre en sortant.

CHAPITRE XVII

Leila rampa jusqu'à Malko, de la terreur plein les yeux. Aplatis de part et d'autre de la porte, ils étaient hors de portée du tir de leurs adversaires, mais la chaleur augmentait. La baraque en bois allait flamber comme une torche et la fumée les asphyxierait avant.

— La police ne répond toujours pas ! répéta Leila.

— Essayez les pompiers.

Fiévreusement, elle composa le 01. Pendant ce temps, Malko risquait un œil à l'extérieur, par la fenêtre du bureau.

L'obscurité était totale. Ils pouvaient sauter mais un des tireurs était embusqué sur le toit du hangar, d'en face, Malko distingua des fûts empilés, un peu plus bas

— Leila, venez voir !

Elle s'approcha, le portable toujours collé à l'oreille.

— Qu'est-ce que c'est, là, en bas ?

— Des fûts de gasoil et d'essence, pour les véhicules qui…

Elle s'interrompit avec un cri. Les pompiers venaient enfin de répondre ! Elle leur expliqua où ils étaient et donna le numéro de son portable.

— Ils arrivent ! annonça-t-elle.

On ne tirait plus, dehors. Leurs adversaires attendaient qu'ils grillent. Les tôles du toit, sous la chaleur, sautaient avec des bruits d'explosion. L'atmosphère devenait irrespirable. Ils toussaient sans arrêt. En fermant la porte de communication, ils gagnèrent quelques minutes, mais l'incendie faisait rage dans la première pièce.

Le portable de Leila sonna. Elle répondit et lâcha une exclamation angoissée.

— Ce sont les pompiers, ils ne trouvent pas l'adresse !

Malko se précipita à la fenêtre, passa le bras à l'extérieur, visa les fûts et tira trois coups. Aussitôt, une rafale lui répondit, claquant sur les murs. Les autres étaient toujours là. Mais, du côté des fûts, rien.

— Qu'est-ce que vous faites ? cria Leila.

— Je voudrais déclencher un vrai incendie, que les pompiers le voient.

Il recommença à tirer, au coup par coup. Il lui restait une cartouche dans le Makarov. Il visa à nouveau les fûts.

En une fraction de seconde, il y eut un « plouf » sourd suivi d'une explosion, et une flamme énorme jaillit à vingt mètres de hauteur ! Il avait enfin touché un fût d'essence. Les flammes enveloppèrent les autres fûts et en moins d'une minute, l'incendie se déchaîna. Le gasoil flambait avec de grosses volutes noires.

Malko se rejeta en arrière : l'atmosphère était irrespirable. Leurs yeux pleuraient, ils avaient l'impression de respirer du feu. Leila sanglota.

— Nous allons mourir.

Le portable sonna à nouveau.

— Ça y est ! Ils ont vu les flammes, cria Leila.

Il était temps. Ils ne pourraient pas tenir plus de dix minutes.

Soudain, ils entendirent une sirène. D'abord très faible, puis elle se rapprocha et son hululement devint assourdissant. Malko crut que son cœur allait éclater de joie.

Son stratagème avait fonctionné !

Mais une explosion retentit dans la première pièce : une grenade. Puis, plusieurs rafales furieuses balayèrent les deux pièces, au fur et à mesure que les sirènes augmentaient de volume, laissant la place au silence. Enfin, il y eut des cris, des appels, une voix amplifiée par un haut-parleur hurla :

— Ne bougez pas ! Nous arrosons le bâtiment !

Ils entendirent les jets d'eau crépiter sur le haut de l'escalier. Cela dura plusieurs interminables minutes. Enfin, une voix cria :

— Il y a quelqu'un ici ?

Malko et Leila se précipitèrent. Ils aperçurent une combinaison jaune et un casque. L'escalier était hors d'usage, les pompiers avaient déplié une échelle le long de la façade. Toussant, crachant, Leila s'y engagea la première en tremblant, aidée par un pompier en équilibre en haut de l'échelle. À ce moment, la chatte jaillit de l'intérieur du local, tenant un de ses petits dans sa gueule. Après une courte hésitation, d'une détente puissante, elle sauta et parvint à s'agripper à l'échelle.

— Il y a encore des gens à l'intérieur ? demanda un des pompiers à Malko en enjambant le corps en grande partie carbonisé de Moukharbak.

— Non.

Deux pompiers orientèrent leurs lances sur les murs de la première pièce. Plusieurs voitures de pompiers étaient stationnées dans la cour, tentant d'enrayer l'incendie des fûts de gasoil. Certains camions grillaient déjà comme des torches. Malko et Leila se dirigèrent vers la guérite de l'entrée. Le vigile gisait sur le pas de sa porte, abattu d'une rafale en plein visage. D'une voiture de la Milicija débarquèrent plusieurs policiers qui demandèrent à Leila et Malko ce qui s'était passé.

— Des gens ont attaqué l'entrepôt, probablement des voleurs, expliqua Leila. Ensuite, ils ont mis le feu, après avoir abattu le patron. J'étais venue lui rendre visite. Nous n'avons pu identifier personne.

— Il va falloir venir à la Milicija, dit le policier, vous êtes les seuls témoins.

Leila devint brutalement muette. À la Milicija, on allait lui demander ses papiers… Malko vola à son secours.

— Nous ne nous sentons pas très bien, on a inhalé beaucoup de fumée. Il faudrait d'abord aller à l'hopital.

— Il y a un camion de réanimation dehors, répondit le

policier. Allez-y, ils vont vous donner de l'oxygène. Ensuite, vous revenez ici et je vous emmène. Il n'y en aura pas pour longtemps.

— *Karacho!* approuva Malko avec un sourire.

Il entraîna Leila et ils franchirent le portail. Au moment où ils partaient, un pompier surgit en haut de ce qui restait de l'escalier, tenant délicatement les deux chatons restants. Il y avait bien un camion des pompiers dehors. Et, derrière, la Golf de Malko. Deux minutes plus tard, ils s'éloignaient discrètement, tous phares éteints. Malko ne les ralluma que beaucoup plus loin. Dans l'obscurité, la Milicija n'avait pas dû relever le numéro de sa voiture.

*
* *

Maxim Gogorski ne desserrait pas les lèvres. À l'arrière, les deux « Spetnatz », bonnet noir sur la tête, attendaient leur paye. Habib, l'Ouzbek, se tourna vers Gogorski.

— Vous êtes content ?

— Tout à fait, fit chaleureusement Maxim Gogorski. D'ailleurs, on va te payer.

Il pensait exactement le contraire. Non seulement il n'avait pu s'assurer de la présence des deux hommes qu'il recherchait, mais en plus, s'ils étaient là, il n'était pas certain qu'ils soient morts. Il se retourna et adressa un coup d'œil appuyé au « Spetnatz » qui se trouvait assis derrière Habib. Ils roulaient lentement dans une avenue déserte, bordée des deux côtés de clapiers obscurs. Habib poussa un grognement étouffé. Le « Spetnatz » assis derrière lui venait de lui passer un lacet autour du cou, le collant à son siège. Tenant le lacet de la main gauche, il saisit un long poinçon au manche de bois et l'enfonça d'un coup sec dans la nuque de l'Ouzbek. Habib eut un spasme violent, le bulbe rachidien transpercé. Le sang commença à couler de sa nuque. Quand le « Spetnatz » le lâcha, son corps tomba en avant, foudroyé.

Aussitôt, Maxim Gogorski stoppa sur le bas-côté. Une

poussée et Habib bascula sur le terre-plein boueux. La voiture redémarra.

Maxim Gogorski alluma une cigarette, faisant mentalement le point. Il avait désormais peu de chances de retrouver les deux poseurs d'explosifs. Ce qui signifiait que le prochain fusible, c'était lui... Simion Gourevitch n'hésiterait pas à supprimer tout lien entre les attentats et lui-même Il n'y aurait aucun signe avant-coureur...

Il ne restait donc qu'une façon de s'en sortir : éliminer Gourevitch le premier. Il commença à chercher dans sa tête qui, dans la garde rapprochée du milliardaire, était susceptible d'être acheté.

*

* *

— Ce n'est pas le FSB qui a tenté cet assaut, conclut Malko en terminant son récit, mais bien l'équipe de Simion Gourevitch. C'est la preuve que ces deux Caucasiens sont bien de la dynamite. Si nous arrivons à mettre la main dessus, nous pouvons remonter jusqu'à Gourevitch lui-même.

— Vous voulez dire qu'il y a un échelon intermédiaire ? suggéra Austin Redd.

— Évidemment ! Ce n'est pas lui qui a fait sauter la Bentley de Zakayev. Mais la seule façon d'identifier ce « sous-traitant » et, ensuite, de le forcer à témoigner, c'est de mettre la main sur Mukhit Saitakov et Achemez Gotchiyayev.

— Vous avez bon espoir ?

— Demandez-lui, fit Malko en se tournant vers Leila qui n'avait pas dit un mot.

La jeune Tchétchène se sentait mal à l'aise dans les locaux de la CIA, mais ses deux planques éliminées, elle ne pouvait plus se reposer que sur Malko. C'était la raison de sa présence à l'ambassade : il fallait lui trouver un point de chute. L'hôtel était exclu, le FSB la repérerait immédiatement. Elle n'avait pas d'amis à Moscou. Malko avait alors pensé à Gotcha Soukhoumi. Le Géorgien possédait un grand appartement où personne ne viendrait chercher Leila. Mais il avait préféré qu'Austin Redd demande lui-même ce service à Gotcha, au nom de leur vieille complicité. Le Géorgien avait refusé, leur conseillant de s'adresser à Omar Tatichev.

— On ne peut pas demander ça au téléphone, dit Malko. Allons-y.

Neuf heures du soir. Pourvu que le Tchétchène soit joignable. Leila possédait le numéro de son portable. Omar Tatichev répondit immédiatement. Il semblait d'excellente humeur.

— Je sais pourquoi vous m'appelez, dit-il, je suis avec Gotcha. Pas de problème. Allez au *Radisson* quand vous voudrez, ce soir, et demandez à la réception Iouri. Il sera prévenu.

Ravi de cette bonne nouvelle, Austin Redd sortit de son bar une bouteille de Defender « Very Classic Pale » et remplit des verres.

— Nous avons poussé Simion Gourevitch à la défensive, dit Malko. C'est bien, mais ce n'est pas suffisant. Maintenant, c'est notre souffle qu'il sent sur sa nuque, et pas celui des Tchétchènes. Mais un problème subsiste. Admettons que nous réussissions à être certains de sa culpabilité dans l'attentat de Monte-Carlo, que se passe-t-il ensuite ?

La question s'adressait à Austin Redd. Le chef de station prit le temps de goûter son scotch avant de répondre :

— Dans un pays normal, je vous dirais : remettre le dossier aux autorités judiciaires, mais nous sommes en Russie. Où lesdites autorités sont *justement* contrôlées par ceux que nous risquons de dénoncer. Évidemment, pour l'affaire de Monte-Carlo, nous avons un *finding* du Président qui nous autorise une action « terminale ».

— Il y a un problème supplémentaire, remarqua Malko. Le *finding* du Président, c'est très bien, mais qui va l'exécuter à Moscou ? Des éléments de l'Agence ?

Austin Redd le fixa comme s'il avait proféré une obscénité.

— Vous n'y pensez pas ! S'il y a le moindre dérapage, on risque un incident diplomatique de première grandeur. Si vous êtes ici, c'est aussi pour contourner ce genre de problème.

— Autrement dit, conclut Malko, on compte sur moi pour assurer le « nettoyage » ? C'est une tâche qui ne me plaît pas beaucoup, même si ces gens sont d'abominables crapules...

Toute sa vie, il avait détesté la violence et évité de se transformer en tueur. Bien sûr, dans certaines circonstances, il avait été amené à tuer, comme cela arrive dans tous les conflits. Mais c'était la plupart du temps pour ne pas être tué lui-même... Là, il s'agissait d'une exécution en bonne et due forme. Austin Redd évacua le problème d'une pirouette.

— De toute façon, je doute que vous remettiez la main sur ces deux Caucasiens. Si le problème se pose, on avisera.

Malko, qui observait Leila, vit que ses yeux étaient en train de se fermer : elle n'en pouvait plus de fatigue, après cette journée d'enfer. Ils prirent congé du chef de station. Le *Radisson* n'était pas très loin, sur le quai Berechkovskaïa, sur l'autre rive de la Moskva.

À la réception, Iouri, un grand blond souriant, remit à Leila les clefs de la chambre 524 avec un sourire entendu. Malko l'accompagna jusqu'à la chambre. Omar Tatichev avait bien fait les choses : une table était dressée avec des zakouskis, du champagne de Crimée, des fruits et une boîte de caviar Beluga. Plus un magnifique bouquet de fleurs. Leila ne put s'empêcher de sourire.

— C'est le traitement qu'il réserve à ses maîtresses. Tout l'hôtel va croire que...

— Ça vaut mieux que de coucher dehors, remarqua Malko. Vous voulez manger quelque chose ?

Ils ouvrirent le caviar et le partagèrent. Leila était aussi froide que si rien ne s'était passé entre eux. Ils mirent la télé pendant qu'ils dînaient. Les troupes russes venaient de pénétrer en Tchétchénie. But avoué : liquider les « bandits » de Bassaiev, responsables des attentats de Moscou... Leila secoua la tête.

— Ils veulent surtout protéger le pétrole de Gourevitch et faire passer Vladimir Poutine pour un grand chef de guerre. En vue des prochaines élections présidentielles.

Elle bâilla, les yeux rouges de fatigue.

— Je vais dormir, dit-elle.

— Et vos amis de ce matin ?

— Je n'ai pas leur numéro, avoua-t-elle. Ils n'ont pas voulu me le donner. Mais s'ils trouvent ces hommes, ils rappelleront : ils veulent l'argent.

*

* *

Deux jours s'étaient écoulés sans rien apporter. Malko allait du *Metropol* au *Radisson* dont Leila ne sortait guère. Les attaques russes s'intensifiaient en Tchétchénie, appuyées par des bombardements sauvages. Sans réaction de la communauté internationale. Quant à Boris Eltsine, il était muet et invisible... La popularité de Vladimir Poutine augmentait, selon les sondages. On ne parlait plus des attentats, sauf pour rappeler que l'armée russe était en Tchétchénie pour venger les morts innocents de Moscou.

Leila et Malko étaient en train de déjeuner au restaurant japonais du *Radisson* quand le portable de la jeune femme sonna. Malko, alerté comme chaque fois qu'on appelait Leila, ne comprit rien à la conversation en tchétchène. Soudain, la jeune femme écarta l'appareil et lança d'une voix vibrante d'excitation :

— Ils les ont retrouvés ! Ils sont là-bas.

Malko crut que son pouls allait exploser. Il posa ses baguettes et demanda :

— C'est sûr ?

— C'est ce qu'ils disent. Mais il y a un problème. Maintenant, ils veulent dix mille dollars... Il va falloir faire très attention. Et vérifier que ce sont bien eux. Vous avez l'argent ?

— Il suffit de le prendre à mon coffre du *Metropol*, dit Malko, et de prévenir Austin Redd.

Ils foncèrent à l'ambassade américaine, après avoir averti le chef de station de la CIA. Celui-ci les accueillit et ils s'enfermèrent dans son bureau.

— Qu'allons-nous faire de ces deux hommes ? demanda Malko. Je suppose qu'on ne pourra pas les laisser où ils sont en ce moment.

Un ange passa. Se déplacer dans Moscou avec deux terroristes recherchés par toutes les polices, sans parler de leurs commanditaires voulant les liquider, n'était pas évident… Les laisser à leurs « gardiens » encore moins. Et si on les remettait en liberté, même après des aveux circonstanciés, c'était un coup d'épée dans l'eau. Personne ne voudrait héberger des hôtes aussi gênants. Le chef de station se tourna vers Leila :

— Vous n'avez pas une idée ?

Leila n'avait pas de solution. Toutes les planques tchétchènes étaient sous la surveillance de la police. Ils ne pouvaient se confier à personne, même pas à Sergueï Zdanovitch. Malko proposa :

— Et votre datcha ?

Austin Redd sursauta, horrifié.

— Vous n'y pensez pas ! Vis-à-vis des Russes, cela est absolument impossible.

— Il faut trouver vite, insista Leila.

Le silence se prolongea, interminable. Malko bouillait intérieurement. Avoir réussi à retrouver les auteurs des attentats de Moscou, qui pouvaient le mener au responsable de celui de Monte-Carlo, et être arrêté par un problème de logistique…

Soudain, Austin Redd brisa le silence, d'une voix hésitante.

— Il y aurait peut-être une solution. Un ami de mon fils est photographe free-lance, installé à Moscou depuis un an. En ce moment, il est à Krasnoïarsk pour encore une semaine. J'ai la clef de son appartement…

— Où se trouve-t-il ? demanda Malko.

— Au 16 Armanskyi Pereulok. Dans un quartier très tranquille, près de la poste centrale.
— Ce sera parfait, trancha Malko.

*
* *

Avant de pénétrer dans l'usine désaffectée de Borovskoïe Chosse, Malko fit monter une balle dans le canon du Makarov, sous le regard inquiet de Leila. Cette fois, l'accueil fut plus détendu et on les accompagna directement à l'intérieur. Le chef, Salman, trônait toujours dans son container-bureau ; doucereux, mais arborant un sourire avide. Embrassades, thé et quelques mots en tchétchène.
— Vous avez l'argent ? traduisit Leila.
— Oui, dit Malko, sans ouvrir son attaché-case. Où sont ces deux hommes ? Je veux les voir *d'abord.*
Traduction. Sûr de sa force, Salman leur fit signe de le suivre. Ils contournèrent la cabine de peinture pour arriver à une sorte d'appentis encombré d'un bric-à-brac. Deux hommes mal habillés s'y trouvaient debout, les mains liées grossièrement derrière le dos, leurs têtes légèrement rapprochées. Malko sentit ses cheveux se dresser sur sa tête. Un gros fil de fer avait été passé à travers leurs joues, transperçant leur visage de part en part et les transformant en frères siamois. Les deux extrémités du fil de fer étaient enroulées autour d'un poteau métallique, leur interdisant tout mouvement. Du sang avait coulé sur leurs visages mal rasés, jusque dans leur cou. Ils levèrent les yeux vers les visiteurs et Malko se sentit encore plus mal. Ils avaient des regards d'animaux traqués, vides, terrifiés. La voix de Salman éclata derrière lui, joyeuse :
— Ils n'arrêtaient pas de gueuler et de gigoter, alors on les a calmés. Comme ça, ils ne risquent pas de se sauver.
— Comment les ont-ils trouvés ? demanda Malko.
Leila posa la question en tchétchène, mais Salman y répondit d'un geste agacé.

Malko examina les deux prisonniers. Ils ressemblaient aux photos publiées, mais ce n'était pas suffisant.

— Vous avez leurs papiers ? demanda-t-il.

Le Tchétchène tira de son blouson deux *propuskas* qu'il tendit à Malko. Achemez Gotchiyayev et Mukhit Saitakov, c'étaient bien les deux hommes signalés par la FSB comme les auteurs des deux attentats de Moscou, dont les photos étaient affichées partout.

— *Vi gavaritié po russki ?* [1]

— *Da*, bredouilla aussitôt Mukhit Saitakov. Détachez-nous.

Il s'interrompit avec un cri de douleur. À cause du fil de fer qui lui transperçait la bouche, il pouvait à peine parler. Salman se planta devant Malko.

— Maintenant que vous les avez vus, on peut s'en débarrasser ? Ça vous coûtera quelques dollars de plus, mais on n'en entendra plus parler.

— Vous leur avez parlé ? demanda Malko.

Le Tchétchène sourit de son sourire inquiétant.

— *Da*. Ils nous ont dit que c'étaient bien eux qui avaient loué les entrepôts. Mais ils prétendent que c'est tout ce qu'ils ont fait... Ils ont touché seulement cinq mille roubles. Mais, *nitchevo*, on les tue ou vous les emmenez ?

— Je les emmène, dit Malko.

Ils retournèrent dans le container pour qu'il puisse compter les billets de cent dollars. Malko avait pris soin de glisser le Makarov dans sa ceinture, bien au milieu, parfaitement visible. Dans cet environnement, il valait mieux inspirer le respect que la pitié. Lorsqu'il eut fini de compter, Salman repartit jusqu'à l'appentis, défit le fil de fer enroulé autour du poteau, en fit une boucle et la tendit à Malko.

— Ils sont à vous !

Malko prit le fil de fer, partagé entre le dégoût et la colère. La tête baissée, tirée vers le bas par la traction du fil de fer, les deux prisonniers suivirent comme des

1. Vous parlez russe ?

animaux tenus par une longe. Horrible. Arrivés à la voiture, Malko suggéra à Leila :

— On va les détacher.

La jeune femme ne montra pas un enthousiasme extraordinaire.

— Pas tout de suite, plaida-t-elle. Ce sont des criminels dangereux. Ils essaieront de se sauver.

Résigné, Malko les poussa à l'arrière de la Golf. Heureusement, la nuit tombait. Il restait à traverser tout Moscou. Leila se retourna et leur jeta d'une voix sèche, brandissant le Makarov :

— Si vous criez, je vous tue.

Ils n'avaient visiblement pas envie de faire quoi que ce soit… Tassés l'un contre l'autre par l'abominable fil de fer, ils étaient comme des bêtes allant à l'abattoir. Malko se dit que le plus dur commençait.

CHAPITRE XVIII

Malko se laissa tomber dans un fauteuil, épuisé nerveusement. Dix fois, il avait cru se faire arrêter à un des innombrables barrages de la Milicija qui quadrillaient Moscou. Ils étaient enfin arrivés à l'appartement du photographe ami d'Austin Redd, Armanskyi Pereulok. Une voie calme à cette heure. L'immeuble début du siècle ne comportait que peu d'appartements, et pas de concierge. Ils n'avaient pas eu trop de mal à se glisser discrètement à l'intérieur, puis dans l'ascenseur, sans rencontrer personne. C'était un grand appartement vieillot, haut de plafond, avec des tableaux aux murs, de vieux meubles, des tapis. Le luxe, pour Moscou...

Les deux prisonniers étaient assis par terre dans la cuisine, après que Leila, dans sa très grande bonté, les eut fait boire. Mais elle s'était farouchement opposée à ce qu'on les débarrasse du fil de fer.

— Maintenant, ils sont habitués, avait-elle tranché. Ils pourraient devenir dangereux.

Assis sur deux chaises, toujours liés comme des frères siamois, ils paraissaient plutôt soulagés d'avoir échappé aux Tchétchènes de l'usine désaffectée.

De son portable, Malko appela aussitôt Austin Redd, l'avertissant à mots couverts du succès de son expédition. L'Américain semblait plus tétanisé qu'heureux. Il se hâta de demander à Malko de lui rendre visite le lendemain matin à l'ambassade, pour faire le point.

— Qu'est-ce qu'on fait maintenant ? demanda Leila.

— On les interroge, mais on leur enlève cette horreur.

Elle s'exécuta de mauvaise grâce, déclenchant des hurlements de douleur des deux prisonniers qu'elle laissa les mains liées derrière le dos. Ils semblaient doux comme des agneaux. On les fit asseoir par terre, au milieu du salon sur le tapis élimé, et l'interrogatoire commença. Malko gardait le Makarov bien en évidence pour décourager toute velléité de fuite.

— Qui êtes-vous ? demanda timidement Mukhit Saitakov. Vous allez nous livrer à la Milicija ?

— Ça dépend de vous, répliqua Malko. Si vous dites la vérité. Commençons par le début.

C'est Mukhit Saitakov qui prit la parole.

— On s'est connus dans l'armée, commença-t-il.

— Où ?

— En Ingouchie. Le IIe corps blindé. On a été démobilisés ensemble. On a fait des tas de petits boulots. Il y a six mois, nous sommes venus à Moscou. Clandestinement. Pour travailler avec des copains qui réparaient des voitures. Un jour, au *Margarita Café*, un copain nous a parlé d'un type qui payait bien pour des boulots *osobskié*[1]. Nous, ça nous intéressait, alors il nous a dit de revenir le lendemain. Que quelqu'un nous attendrait. On le reconnaîtrait parce qu'il aurait une cigarette posée en équilibre sur un verre de bière. Le type était là. Il nous a dit s'appeler Piotr. Il était sûrement russe. Un peu chauve, des yeux bleus, l'air sévère. J'ai pensé que c'était un ancien officier. Il nous a expliqué qu'il faisait de la contrebande entre la Tchétchénie et Moscou. Il avait besoin de chauffeurs et de gens capables de louer des entrepôts pour mettre ses marchandises. Il ne voulait pas apparaître lui-même. Il a proposé cinq mille roubles chacun pour un travail. Il fallait aller chercher un camion vide à Nizran, en Ingouchie, le charger

1. Spéciaux.

à Moscou et repartir à Nizran. Si tout se passait bien, on touchait encore dix mille roubles quand on aurait ramené le camion.

— Vous n'avez pas demandé ce que vous deviez transporter ?

— Non. Mais il nous a dit que c'était du sucre...

— Et ensuite ?

— On a été chercher le camion, et on l'a garé dans un entrepôt de Minsk Chosse dont Piotr nous avait donné l'adresse. Un de ses amis nous a donné cinq mille roubles à chacun et nous a dit de téléphoner tous les jours pour savoir quand il faudrait repartir avec le camion chargé. Trois jours plus tard, quand j'ai téléphoné, on m'a dit de me trouver à 9 heures du soir sur le pont Slozovoi, à l'intersection de la Moskva et du canal. Piotr est arrivé dans un gros 4×4 et on a discuté dans sa voiture. Il a expliqué qu'il y avait un contretemps, qu'on ne pouvait pas emmener la marchandise tout de suite en Ingouchie. Il fallait qu'on trouve des entrepôts, deux au moins, de préférence dans le sud-est de la ville, au rez-de-chaussée, facilement accessibles pour entreposer la marchandise. Dès qu'on aurait trouvé, on devait laisser un message à l'entrepôt de Minsk Chossc. Il nous a donné de l'argent pour les locations et mille roubles de plus à chacun.

— Quand était-ce ? demanda Malko.

— Début août. Ça nous a pris dix jours pour dénicher les deux locaux. On a laissé le message Minsk Chosse. L'ami de Piotr nous a dit de venir charger le camion, ce qu'on a fait.

— Vous avez vu le chargement ?

— Oui, c'était des sacs de sucre qui portaient la marque d'une sucrerie de Karatchaevo-Tcherkessie.

— Vous en avez ouvert un ?

— *Niet*. Pourquoi ?

Dans ces métiers, la curiosité était un vilain défaut...

— Continuez.

Mukhit Saitakov enchaîna, les yeux fixés sur le plancher :

— On a réparti les sacs dans les deux entrepôts et on a

ramené le camion, Minsk Chosse. On a encore reçu deux mille roubles chacun quand a rendu les clefs des deux entrepôts à l'ami de Piotr. Voilà, c'est tout.

— Comment « c'est tout » ? s'insurgea Malko.

Le Caucasien consentit à lever un regard torve.

— Il y a une semaine, quand on a téléphoné, l'ami de Piotr nous a dit que finalement, on allait ramener le camion à vide en Ingouchie. On toucherait encore mille roubles chacun. Nous sommes allés le chercher chaussée de Minsk et nous avons pris le MK. Le reservoir de gasoil était presque vide. Comme Achemez connaissait une station AZS où on pouvait faire le plein pour pas cher, on a essayé de l'atteindre, mais on est tombés en panne sèche. Alors, nous sommes partis chercher du gasoil. Quand on est revenus, le camion était en feu.

Il se tut, guignant Malko du coin de l'œil... Celui-ci s'étouffait intérieurement de rage devant ce récit « sulpicien » gommant tous les aspects criminels de ce qui avait quand même été l'assassinat aveugle de près de trois cents personnes. Il décida de ne pas s'énerver. Le front bas, les cheveux en broussaille, les joues maculées de sang séché, le regard vide, Mukhit Saitakov attendait sa réaction.

— Vous n'avez donc *jamais* regardé ce qu'il y avait dans les sacs ? demanda Malko.

Saitakov secoua la tête avec véhémence.

— Non, ils étaient fermés avec du fil de fer.

— Et vous pensiez que c'était *vraiment* du sucre ?

Le Dagestanais hocha vigoureusement la tête.

— Je ne sais pas

— Donc, continua Malko, après avoir déposé les sacs dans les entrepôts, vous n'y avez jamais remis les pieds ?

— *Niet !* firent-ils cette fois en chœur.

— Vous n'êtes *jamais* retourné là-bas ?

— Jamais.

— Lorsque le premier immeuble a sauté, continua Malko, vous ne vous êtes pas posé de questions ?

Cette fois, c'est Gotchiyayev qui répondit.

— On ne lit pas les journaux, fit-il, on savait seulement qu'il y avait eu une explosion. On n'a pas fait le rapport.

Bienheureux les simples d'esprit, a dit le Seigneur…

— Et après la *seconde* explosion, vous n'avez pas non plus fait le rapport ? insista Malko.

— *Niet.*

Les yeux baissés, le regard fuyant, ils mentaient, à l'évidence. *Tous* les médias avaient abondamment parlé des attentats, donnant les adresses, bien sûr. Il aurait fallu être sourd et aveugle pour ne pas être au courant. Leila explosa, s'emparant du Makarov et menaçant les deux hommes.

— Je vais les tuer, cria-t-elle. Ce sont des menteurs.

Le bruit de la culasse du pistolet qui claquait raviva brutalement les souvenirs de Mukhit Saitakov.

— *Pajolsk ! Pajolsk !* C'est vrai, après la seconde explosion, on s'est douté de quelque chose, mais on ne pouvait rien faire. Nos amis nous ont montré nos photos dans les journaux. Si on allait à la police, ils allaient nous accuser. Alors, nous nous sommes cachés chez des amis, des camionneurs qui attendaient une cargaison pour repartir en Ingouchie.

Malko regarda les deux hommes. Bien sûr qu'ils mentaient. Il avait bien fallu que quelqu'un active la minuterie déclenchant les explosions. Certaines pouvaient être programmées plusieurs jours à l'avance, mais c'était peu probable. Soit le commanditaire avait fait le travail lui-même, s'exposant inutilement, soit Gotchiyayev et Saitakov s'en étaient chargés. Mais ils ne l'avoueraient jamais. D'ailleurs, ils ne l'intéressaient pas. C'étaient de petits criminels minables, asociaux, des brutes. C'est l'organisateur qu'il voulait.

— Ce Piotr, vous pourriez le reconnaître ?

Ils se consultèrent rapidement du regard, puis Saitakov, jugeant que ce n'était pas dangereux, répondit :

— *Da, da.*

— Et vous n'avez aucun moyen de le retrouver ? Vous ne vous souvenez pas de la voiture qu'il avait, de son numéro ?

— C'était une grosse, un 4×4, mais il faisait nuit, prétendit Gotchiyayev.

— Vous ne vous êtes pas doutés que votre camion avait été piégé et que vous deviez sauter avec, si vous n'étiez pas tombés en panne ? insista-t-il. Cet homme voulait votre mort.

— Si, reconnut mollement Gotchiyayev.

Malko écumait intérieurement. Comment retrouver dans une ville de douze millions d'habitants un homme dont il ne possédait qu'un vague signalement et un prénom certainement faux ?

Épuisé, il décida d'en rester là pour ce soir.

— Retournez au *Radisson*, proposa-t-il à Leila. Je vais les enfermer dans la cuisine. Vous reviendrez demain matin.

— Non, je reste avec vous, fit la jeune Tchétchène d'un ton sans réplique.

Ils remirent les deux prisonniers dans la cuisine où ils se tassèrent en boule sur le carrelage, comme des animaux. Malko s'installa sur un grand canapé, le Makarov à portée de la main, et Leila alla s'allonger dans une des chambres. Malko ne croyait pas à une évasion : où iraient-ils, sans papiers, sans argent et avec leur type physique ? Mais lui, qu'allait-il en faire ?

*
* *

Malko s'était assoupi à l'aube. C'est Leila qui le réveilla avec du thé très fort. Les deux Tchétchènes dormaient du sommeil du juste dans une odeur effroyable. Malko se remit à réfléchir. L'organisateur de l'attentat pouvait appartenir à d'innombrables services russes. Ou être un free-lance. Moscou pullulaient de demi-soldes dotés de connaissances suffisantes pour commettre ce genre d'attentat.

Une seule personne pouvait l'aider : le colonel Zdanovitch. Seulement, c'était imprudent de l'appeler directement. Le mieux était de passer par Austin Redd, qui lui pouvait officiellement le contacter.

— Leila, dit-il, je vais à l'ambassade. Gardez les prisonniers. Je veux qu'ils fassent une confession *écrite*. Pour cela, il faudra en détacher au moins un. Cela ne vous fait pas peur ?

— Pas du tout, assura la jeune Tchétchène d'une voix glaciale.

Malko gagna la cuisine, expliqua ce qu'il voulait et conclut :

— Lequel de vous deux veut l'écrire ? Vous signerez tous les deux.

— Moi, se proposa aussitôt Saitakov, j'écris mieux que ce *niéculturnié*[1] d'Achemez. Mais, après, qu'est-ce que vous faites ? Si vous nous livrez à la Milicija, ils vont nous tuer…

— On verra, fit Malko, évasif.

Lorsqu'il sortit de l'appartement, Saitakov, sous la menace du Makarov, avait déjà commencé à écrire.

*
* *

Austin Redd contemplait Malko comme si celui-ci était le diable… Pourtant, en retrouvant les deux terroristes, il avait accompli un véritable miracle. L'Américain en était conscient, mais, administrativement, la situation était explosive : Malko, agent de la CIA, détenait contre leur gré deux terroristes, dans un pays étranger, et, qui plus est, deux hommes recherchés. Il y avait de quoi avoir des sueurs froides. Après avoir écouté le récit de Malko, le chef de station se hasarda à demander :

— Désormais, comment voyez-vous l'avenir, le *proche* avenir ?

— Je dois identifier ce « Piotr ». Sinon, ce que j'ai fait ne servira à rien.

1. Inculte.

— Et pour ça, vous avez une idée ?

— Non. À part demander conseil au colonel Zdanovitch. Mais je dois passer par vous.

— Vous allez lui dire la vérité ?

— Je suis obligé. Vous n'avez pas confiance en lui ?

Austin Redd tira sur les pointes de son gilet et soupira.

— Je ne sais plus. Cette affaire tourne au cauchemar. Vous avez, certes, accompli un travail formidable, mais vous flirtez avec la ligne rouge. Ce que vous avez fait s'appelle un kidnapping. Nous sommes une agence fédérale, pas la Mafia.

— Ronald Goodwell, le DDO, a bien précisé qu'il fallait *tout* faire pour retrouver les assassins de nos agents...

— Tout, mais jusqu'à un certain point, protesta Austin Redd. Si dans quarante-huit heures, vous n'avez pas identifié ce donneur d'ordres, vous relâcherez ces deux hommes en priant le ciel qu'ils ne se fassent pas prendre. Et vous quitterez Moscou.

— D'accord. Mais appelez tout de suite Sergueï Zdanovitch.

*

* *

Il y avait beaucoup de monde au *Café d'Angleterre* et Malko avait dû se contenter d'une table collée au bar. Ce qui le forçait à parler penché au-dessus de la table. Fasciné par son récit, le colonel du FSB n'avait même pas touché à son scotch.

— Je n'aurais jamais cru que vous retrouveriez ces deux hommes, remarqua-t-il, admiratif. Je pensais qu'ils étaient depuis longtemps morts ou repartis au Caucase.

— Maintenant, c'est « Piotr » que je veux. Vous avez une idée de qui cela peut être ?

Sergueï Zdanovitch hésita.

— Comme ça, non. Il faudrait que je fouille dans les archives. Mais cela va se remarquer, on va me poser des questions. Et ça, c'est *très* dangereux.

Une nouvelle porte se fermait. Alors que Malko allait céder au découragement, le colonel du FSB dit brusquement :

— Je sais qui peut vous aider !

— Qui ?

— Le procureur général de Russie, Iouri Skouratov. Celui qui a été suspendu par Boris Eltsine parce qu'il s'attaquait à Simion Gourevitch. Il a procédé à une longue enquête sur l'entourage de ce dernier et si ce « Piotr » en fait partie, il pourra sûrement l'identifier.

— Comment arriver jusqu'à lui ?

Sergueï Zdanovitch eut un faible sourire.

— C'est peut-être le dernier service que je peux vous rendre. J'ai un moyen de le contacter.

— Quand ? Le temps presse.

— Vous serez fixé demain. J'ai rendez-vous à dix heures à l'hôtel *Minsk* sur Tverskaïa. Retrouvez-moi là-bas, à onze heures. J'aurai une réponse, positive ou négative.

*
* *

Malko avait mal dormi, assurant la relève de Leila retournée au *Radisson*. La confession de Mukhit Saitakov faisait huit pages, bourrées de fautes d'orthographe, mais signée par les deux terroristes. Achemez Gotchiyayev n'avait pas arrêté de gémir, le trou dans sa joue causé par le fil de fer s'étant infecté. Et durant l'après-midi, Leila avait dû virer une *domarabotskaia* [1] trop consciencieuse qui insistait pour faire le ménage. Il était temps de déboucher… Il arrêta la Golf en face du sinistre hôtel *Minsk*, reservé à tous ceux qui ne voulaient pas payer une chambre plus de cinquante dollars. Ici, rien n'avait changé depuis l'Union soviétique. Le hall, éclairé par une lumière verdâtre, donnait envie de se pendre. Il retrouva Sergueï Zdanovitch dans un bar désert aux boiseries noires de crasse.

1. Femme de ménage.

— Iouri Skouratov vous recevra aujourd'hui à deux heures, annonça le colonel du FSB.

Du coup, Malko eut l'impression de se trouver dans le palais des Mille et Une nuits...

— Comment avez-vous fait ?

Le colonel du FSB eut un sourire modeste.

— J'ai dit que vous étiez un enquêteur américain cherchant des informations sur Simion Gourevitch. Cela a suffi. Partez à une heure. Il habite dans le sud, après le MK, à Arkhangelskoïé, dans un parc de datchas officielles. Bonne chance. Il occupe la datcha n° 47.

*

* *

La datcha n° 47 était un bâtiment en brique plutôt modeste, assez laid, avec un toit de tuiles, perdue dans la verdure d'un parc habité par des apparatchiks, au sud du périphérique, au bout de Volokolamskoïe Chosse. À l'entrée du parc, un milicien orientait les visiteurs grâce à un plan. Dans les allées, on croisait des vieilles gens qui semblaient s'ennuyer. Cela évoquait assez une institution pour personnes âgées.

À peine Malko eut-il sonné, que la porte s'ouvrit sur un homme au visage jovial, aux cheveux gris, en bras de chemise. L'ex-procureur général de Russie, suspendu après avoir lancé un mandat d'arrêt contre Simion Gourevitch. Lui et Malko s'installèrent dans une grande salle à manger et Malko commença son exposé, expliquant qu'il était chargé de retrouver les responsables d'un attentat commis contre Igor Zakayev à Monte-Carlo. Il s'agissait d'un entretien officieux, insista-t-il.

Le procureur semblait ravi de s'exprimer.

— Zakayev travaillait dans le blanchiment d'argent, dit-il aussitôt. Pour le compte de beaucoup de gens, et surtout de la « Famille », le clan du président... Il a dû voler, pour qu'on l'ait assassiné... J'ai entendu parler de cet attentat.

Donc, il ignorait la vraie raison du meurtre.

— Connaissez-vous une certaine Elena Ivanovna Sudalskaïa ? continua Malko.

Le procureur eut une grimace méprisante.

— C'est une femme dangereuse. Une ancienne prostituée. Elle a été la maîtresse de Grigori Jabloko puis de Simion Gourevitch. Elle est revenue à Moscou ?

— Je crois, fit Malko. Je vois que vous connaissez bien l'entourage de Simion Gourevitch…

Le procureur eut un sourire amer.

— C'est ou plutôt c'était mon métier : j'ai enquêté plus de deux ans sur ses agissements. Il a des ramifications partout, il connaît très bien Chamil Bassaiev et bien d'autres « bandits » tchétchènes.

Malko avançait sur des œufs. Il posa enfin la question de confiance :

— Je suppose que quelqu'un comme lui a un système important de protection rapprochée.

— Oui, bien sûr, il a de nombreux gardes du corps.

— Qui en est le chef ? insista Malko.

Le procureur chercha dans sa mémoire et dit, après une hésitation :

— Il y a quelqu'un en qui il a toute confiance. Un ancien officier des « Spetnatz » que Simion Gourevitch a pris à son service. Je pense qu'il y est toujours. Il vient du GRU où il appartenait au Premier Directorate, et je crois qu'il a été en poste à Lisbonne, en 1989. Comme attaché militaire adjoint.

— C'est un officier ?

— C'était. Comme beaucoup, il a donné sa démission en 1991. Il a été du putsch anti-Eltsine. Depuis, il est dans le privé.

— Comment s'appelle-t-il ?

— Attendez, je vais voir dans mes dossiers.

Il sortit de la pièce et revint quelques minutes plus tard avec une fiche.

— Voilà. Maxim Gogorski, né dans le Kazakhstan en 1942, a démissionné en 1991 du GRU. Je pense que Gourevitch l'utilise pour des opérations clandestines liées à l'armée. On a dit que c'est lui qui avait entraîné les hommes de Chamil Bassaiev en 1995, à la demande de Gourevitch.

— À quoi ressemble-t-il ?

Le procureur général fronça les sourcils.

— Je ne l'ai jamais rencontré. J'ai vu des photos. Il est grand, mince, plutôt chauve, des yeux très froids, un visage sévère.

Cela collait avec la description des deux malfrats. Malko posa une dernière question.

— Où vit-il à Moscou ?

— Je l'ignore. Il n'a jamais été mis en cause dans une affaire criminelle. Je ne sais même pas s'il travaille toujours pour Simion Gourevitch. Vous pouvez peut-être le retrouver par l'amicale des anciens du GRU. Moi, je ne peux pas vous aider plus. Mon téléphone est sur écoutes et je suis sur la touche.

Malko remercia et s'en alla.

En reprenant la route de Moscou, il avait envie de chanter. Avec un peu de chance, il avait mis un nom sur le fantôme commanditant les attentats. C'est là que la puissance de la CIA allait être utile.

*

* *

Cette fois, Austin Redd ne boudait pas son plaisir. Depuis que Malko lui avait transmis l'information communiquée par Iouri Skouratov, des télégrammes partaient dans toutes les directions : en France, en Italie, à Langley, à la station de Lisbonne pour établir un profil complet de Maxim Gogorski.

Il restait à retrouver sa trace à Moscou, ce qui était plus délicat. Demander au FSB était hors de questions. Un des adjoints du chef de station s'était mis au téléphone, essayant d'abord l'annuaire, puis l'amicale des anciens du GRU. Il connaissait un ancien officier de la centrale de renseignement militaire, devenu journaliste, qui « pigeait » pour la CIA. Celui-là pourrait peut-être les aider.

Malko était en train d'appeler Leila, retournée veiller sur les deux prisonniers, lorsque Austin Redd pénétra dans le bureau, l'air triomphant.

— Nous avons retrouvé Maxim Gogorski ! annonça-t-il. Il habite une datcha à Joukovska et travaille officiellement comme responsable de la sécurité de la société Kamaz.

La principale société de Simion Gourevitch…

CHAPITRE XIX

Maxim Gogorski descendit les marches de bois glissantes de sa datcha encore plus lentement que d'habitude. Il avait l'impression d'avoir des semelles de plomb. Convoqué par son patron, Simion Gourevitch, il se demandait comment s'en sortir. Dans un moment de fureur, le milliardaire était parfaitement capable de l'abattre dans son bureau. Il ne pouvait pas se permettre de se séparer de Gogorski, ce dernier savait trop de choses…

L'ancien officier du GRU se glissa au volant de sa Neva et lança le moteur. Comme toujours, il était armé, un petit Colt 38 à canon court dans un étui de cuir. Avec un revolver, on était certain de ne pas avoir de problème d'enrayement.

Depuis la disparition de Saitakov et Gotchiyayev, il était sur des charbons ardents. Ses recherches pour les retrouver avaient définitivement échoué avec l'incident de la rue Krasnovarskaïa. Une chose était certaine, les journaux n'avaient parlé que de deux morts, tous les deux identifiés : le directeur d'une société de transport et le gardien. Aucune trace des deux fugitifs. Il n'y avait plus qu'à prier pour qu'ils aient pu regagner le Caucase. Cependant, tant que Gogorski n'en serait pas certain, c'était sur sa tête une sacrée épée de Damoclès…

Le FSB et le MVD ne parlaient plus des suspects puisqu'ils étaient supposés morts… Un tour rapide à la gare de

Kazan l'avait convaincu qu'il n'y avait aucune mesure de filtrage particulière. Tout en roulant vers Joukovska, il en vint à la conclusion que la situation n'était pas si mauvaise. Saitakov et Gotchiyayev dans la nature, l'agent de la CIA ne présentait plus de risques.

Le hurlement d'une sirène et des appels de phares pressants le poussèrent sur le bas-côté. Il fut doublé par un long convoi au milieu duquel se trouvait l'interminable Mercedes noire aux glaces fumées « Stretch » de Boris Eltsine, avec le fanion rigide sur l'aile gauche, signe de la puissance du tsar. Intérieurement, il ricana : il n'y avait pas une chance sur dix que le président russe soit dans la limousine. Depuis longtemps, le Kremlin organisait ces convois fantômes destinés à faire croire qu'il se rendait tous les jours au Kremlin.

Maxim Gogorski remonta sur la route mais dut ralentir de nouveau. Il arrivait à Joukovska et il y avait toujours des voitures de miliciens, rapides sur le bakchich... Comme il regardait machinalement le supermarché le plus cher de Moscou, il vit une voiture déboucher du parking et s'engager sur la route derrière lui. À priori, il n'y avait rien de troublant, pourtant, le sixième sens de l'ex-officier du GRU s'éveilla. Pendant quelques instants, il observa le véhicule dans son rétroviseur. Il s'agissait d'une marque étrangère, mais il ne pouvait voir le conducteur, à cause des reflets sur le pare-brise.

Mais quelques centaines de mètres plus loin, le véhicule qu'il avait repéré se laissa doubler et il le perdit de vue.

*

* *

Malko était soulagé depuis qu'il se trouvait dans le centre de Moscou. La partie la plus délicate de la filature avait été l'étroite route de Joukovska. Après être allé à pied dans les bois repérer la Neva 4×4 de Maxim Gogorski, il s'était s'embusqué dans le parking du supermarché de Joukovska, où il n'attirait absolument pas l'attention.

Il avait quand même attendu deux heures et demie avant de voir surgir la Neva beige.

Ensuite, il avait joué à saute-mouton, pour ne pas se faire repérer, surtout dans l'interminable Koutouzovski Prospekt. Leila veillait sur les deux voyous, doux comme des agneaux, dans l'appartement d'Armanskyi Pereulok. S'il avait écouté la Tchétchène, il leur aurait mis à chacun une balle dans la tête, au fond d'une forêt bien tranquille...

Après avoir franchi la Moskva par le pont Moskvorecky, il filait vers le sud. Il reconnut Novokournetzkaïa, où il avait eu rendez-vous avec Simion Gourevitch. La Neva de Gogorski se gara devant l'hôtel particulier du milliardaire, derrière la Cadillac Séville de Simion Gourevitch. Salué respectueusement par les gardes sur le trottoir, l'ex-officier du GRU pénétra à l'intérieur.

Malko continua, soulagé. Gogorski travaillait toujours pour Gourevitch. Il roula, avec une idée en tête. Maxim Gogorski n'était pas venu de sa datcha pour passer cinq minutes avec son patron. Cela laissait donc le temps à Malko d'effectuer une intéressante manip...

*

* *

Maxim Gogorski avait trouvé mauvaise mine à son patron. Simion Gourevitch, vêtu d'un pull noir et d'une veste noire, à son habitude, avait le teint livide, le cheveu plat et le regard vide. Assis au bout de la grande table de conférence de son bureau secret, sans fenêtre, il avait congédié ses collaborateurs pour rester seul avec son visiteur. Celui-ci avait tenté de lui apporter une grosse bouffée d'optimisme ! Selon lui, le problème Saitakov-Gotchiyayev était parfaitement réglé. Déclarés morts, la police ne les cherchait plus, les Américains non plus et, de toute façon, ils avaient dû regagner leur Caucase natal sans demander leur reste. Après tout, il ne les avait rencontrés que deux fois, et sous un faux nom... Ils n'avaient *aucun* moyen de remonter jusqu'à lui.

Simion Gourevitch ressemblait à une boule de nerfs, le regard sans cesse en mouvement, jouant avec sa clochette, puis la reposant, essayant d'évaluer ce que lui racontait son homme de confiance.

*
* *

Malko était remonté ventre à terre jusqu'à Armanskyi Pereulok. Il avait fallu menacer Saitakov et Gotchiyayev pour les faire sortir de l'appartement, tant ils étaient persuadés qu'il les emmenait pour les exécuter dans un coin tranquille. Malko dut leur jurer qu'il s'agissait seulement de leur faire identifier l'homme avec qui ils avaient été en contact. Pour ne pas se faire repérer en plein jour, il avait dû les détacher, mais tassés au fond de la Golf, ils semblaient morts de peur.

Enfin, il fut de retour rue Novokournetzkaïa et se gara devant l'église, gardant dans son champ de vision la porte empruntée par Maxim Gogorski. Ce déplacement dans une ville quadrillée par la Milicija était un risque énorme, mais il n'avait guère le choix.

— Vous allez observer cette porte, expliqua Malko aux deux prisonniers. Si vous reconnaissez Piotr, vous me le dites.

*
* *

— Tu es donc sûr qu'il n'y a aucune chance de retrouver ces deux hommes ? interrogea Simion Gourevitch, encore méfiant.

— Aucune, affirma Maxim Gogorski de sa voix sèche. J'ai fouillé tout Moscou. Je connais beaucoup de monde dans ce milieu-là. Nous avons même liquidé une planque où ils auraient pu être. Sans succès. Ils sont retournés au Caucase et on n'entendra plus jamais parler d'eux.

Simion Gourevitch le fixa, ironique.

— Tu peux me le jurer sur les Saintes Icônes ?

Maxim Gogorski demeura muet devant cet argument de la pire mauvaise foi… Quant à Simion Gourevitch, il avait hâte de ne plus entendre parler de cette affaire. Depuis le début, il avait accumulé les mécomptes. Jamais il n'avait eu l'intention de tuer des Américains, à Monte-Carlo. C'était un dérapage, une bavure… Mais qui lui pourrissait la vie depuis son retour à Moscou. Il poussa un profond soupir.

— *Karacho*, je fais confiance à ton jugement. On ne parle plus de cette affaire.

Il agita sa clochette et un des secrétaires ouvrit la porte pour raccompagner Maxim Gogorski. Celui-ci traversa le bar où une jolie pute blonde mâchait du chewing-gum en regardant ORT, la chaîne de Gourevitch. Au cas où le milliardaire aurait eu une brutale envie de chaîr fraîche. En traversant les grands salons déserts, Maxim Gogorski jubilait intérieurement. Son patron n'avait guère le choix pour se protéger : le croire ou l'éliminer. Il préférait évidemment la première solution. On lui rendit son revolver dans l'entrée et il émergea sur le trottoir. Le cœur plus léger.

*

* *

Depuis une demi-heure, des gens entraient et sortaient de l'hôtel particulier. À chaque nouvelle silhouette, Malko posait la question :

— C'est Piotr ?

La réponse était toujours la même : « *Niet* ».

La porte s'ouvrit une fois de plus, cette fois sur la canadienne de Maxim Gogorski. Malko s'efforça à une immobilité absolue. Son pouls grimpa en flèche quand Mukhit Saitakov sursauta, tendant le bras vers le trottoir d'en face.

— C'est lui ! C'est Piotr.

Achamez Gotchiyayev renchérit aussitôt :

— *Da, da*, c'est bien Piotr.

Maxim Gogorski s'était arrêté quelques instants, regardant autour de lui avant de marcher vers sa voiture d'un pas un peu raide.

Il grimpa dans sa Neva et démarra en trombe.

Comme des lapins apeurés, Saitakov et Gotchiyayev se tassèrent encore plus sur leur banquette. Leila lança :

— On le suit ?

— Inutile, dit calmement Malko. Ramenons-les à l'appartement. Ensuite, je vais voir Austin Redd. Je crois que nous avons fait un grand pas.

*
* *

Le chef de station de la CIA rayonnait, brandissant une liasse de documents reçus le matin même.

— Vous avez touché le « jackpot » ! lança-t-il. Nous avons retrouvé la trace de Maxim Gogorski, le lendemain de l'attentat de Monte-Carlo. Il a pris un vol Milan-Genève, et de là, une continuation Genève-Zurich-Moscou. Nous avons aussi retrouvé sa trace dans deux hôtels de la Côte, avant le meurtre. Il a utilisé sa carte de crédit qui est débitée sur un compte offshore appartenant à la mouvance de la « Famille ». Langley a retrouvé une photo datant du Portugal, prise par l'Agence. Il suffira de la vieillir à l'ordinateur et de la montrer à des gens de Monte-Carlo.

— Super, admira Malko. De mon côté, j'ai désormais la certitude que c'est lui qui a organisé les attentats de Moscou. Avec deux témoins.

Il raconta à l'Américain la scène de « retapissage » et conclut :

— Désormais, en ce qui nous concerne, l'enquête est bouclée. Nous savons que l'exécuteur des trois attentats est Maxim Gogorski. Avec deux témoins et des indices matériels pour le prouver. Il est vraisemblable que nous en aurons d'autres. D'accord ?

— D'accord.

— Nous savons également que Gogorski agissait pour le compte de Simion Gourevitch.

— Il y a de grandes chances.

— Bien. Nous avons un bon dossier pour une note secrète. Mais pas devant une cour de justice. D'abord, nous sommes en Russie, où Gourevitch jouit de la protection du Kremlin. Autant dire qu'il peut bloquer n'importe quelle action en justice. Il l'a déjà fait, ayant eu au passage la peau d'un Premier ministre aussi puissant qu'Evgueni Primakov. Ensuite, à la seconde où nous exhiberons nos témoins, les Russes vont s'en emparer et on n'est pas près de les revoir. Ils se suicideront en prison ou s'évaderont, ou auront tout oublié…

— C'est à craindre, reconnut l'Américain. Où voulez-vous en venir ?

— À ceci, dit Malko : en dépit de notre certitude absolue de la culpabilité de ces deux hommes, nous ne pouvons pas régler ce cas devant la justice. Bien sûr, on pourrait les juger devant une cour américaine ou française, obtenir une condamnation par contumace, mais ils ne sortiront plus de Russie et le tour sera joué. Comme pour Radovan Karadzic ou Slobodan Milosevic.

Austin Redd demeura un long moment silencieux avant de reconnaître :

— Je suis obligé de vous rejoindre sur ce point. Ce qui est extrêmement frustrant. Donc, vous auriez travaillé pour rien ?

— Pas nécessairement, corrigea Malko. C'est vrai, nous sommes tous légalistes. Cependant, il y a des circonstances où il est impossible de l'être, sous peine d'être réduit à l'impuissance. Vous voulez venger vos agents, je veux les venger, et accessoirement récupérer les documents pour lesquels ils sont morts. Ceux-ci peuvent donner à leur détenteur un levier énorme pour les prochaines élections.

— Je sais, coupa presque impatiemment l'Américain. Vous avez une idée pour sortir de cette impasse ?

— Oui, annonça Malko.

CHAPITRE XX

— *Gospodine* Gourevitch vous attend ? demanda, l'air soupçonneux, le « gorille » au poste de garde de l'hôtel particulier.

— Non, fit Malko, mais donnez-lui ma carte, je pense qu'il me recevra.

Le vigile alla porter la bonne parole et c'est un jeune homme à lunettes, style comptable, très poli, qui vint s'excuser aimablement.

— J'ai dit à M. Gourevitch que vous étiez là. Il vous prie de l'excuser, il est en pleine réunion. Pourriez-vous revenir demain ?

— Allez lui dire que c'était pour lui parler de Maxim Gogorski. Et qu'aujourd'hui serait préférable à demain...

Le secrétaire s'éclipsa, laissant Malko dans l'entrée sous la garde du « gorille ». Il revint, toujours aussi impassible.

— M. Gourevitch va vous recevoir...

Malko le suivit à travers l'enfilade de salons, croisant une procession qui sortait du bureau. Le financier était bien en réunion. Il accueillit Malko chaleureusement et ils s'assirent de part et d'autre de la grande table encore chargée de documents. Simion Gourevitch souriait faux, il était cireux, les yeux creusés, les traits cernés. Il fit un effort pour proclamer d'une voix triomphante :

— Vous vous souvenez de notre dernière conversation ? Je vous avais annoncé l'arrivée à Moscou d'un commando tchétchène venant commettre des attentats. J'avais malheureusement raison. Les coupables principaux sont morts, comme vous avez pu le lire dans les journaux.

— Vous étiez en effet très bien informé, reconnut Malko avec une certaine ironie. Pour une raison très simple. Ce commando était déjà à Moscou et vous obéissait.

— Pardon ? sursauta le financier.

— J'ai retrouvé Mukhit Saitakov et Achemez Gotchiyayev. Je me trouvais hier avec eux devant cet immeuble lorsqu'ils ont formellement identifié quelqu'un qui sortait d'ici comme l'homme qui leur avait fait organiser les deux attentats de Moscou. Eux le connaissent sous le nom de Piotr, mais il s'appelle en réalité Maxim Gogorski. Le chef de la sécurité de votre société Kamaz.

Malko vit le regard de Simion Gourevitch vaciller. La Russe se décomposa et put tout juste bredouiller :

— Ce sont des mensonges, des calomnies. Maxim Gogorski est un ancien officier de l'armée soviétique, un homme très droit, très dévoué.

— Il vous est en effet très dévoué, confirma placidement Malko. Pour gagner du temps, prenez donc connaissance de ce dossier.

Il poussa vers Simion Gourevitch une chemise rouge et s'absorba dans la contemplation des portraits aux murs, tandis que le financier chaussait ses lunettes.

Malko avait apporté le dossier de la CIA concernant l'attentat de Monte-Carlo et impliquant Gogorski, plus les témoignages des deux voyons, qui se terminaient par une déclaration où ils certifiaient avoir reconnu « Piotr » dans l'homme sortant des bureaux de Gourevitch. Le silence se prolongea plusieurs minutes, puis Simion Gourevitch referma le dossier, posa ses lunettes et soupira.

— Je n'arrive pas à y croire. Je peux faire une photocopie de ces documents ?

— Inutile, ils sont pour vous.

Simion Gourevitch tentait de toutes ses forces de reprendre son sang-froid. Visiblement déstabilisé.

— Je vais convoquer Gogorski aujourd'hui même, dit-il. Qu'il s'explique. Si tout cela est vrai, c'est monstrueux…

— En effet, dit Malko. D'ailleurs, l'ambassadeur des États-Unis à Moscou va communiquer ces pièces au ministre des Affaires étrangères russe, ainsi que le mandat d'arrêt international lancé contre Maxim Gogorski par les autorités américaines. Il va également prévenir les médias, de façon que cette affaire ne soit pas enterrée… Les Américains tiennent à savoir *qui* a donné l'ordre à Maxim Gogorski de commettre cet attentat. Ils sont en possession d'analyses prouvant que le même explosif a servi pour les trois attentats.

— Qui a fait ces analyses ? Vous bluffez !

Brusquement, le vernis avait craqué. Ses yeux noirs flamboyaient de haine.

— La société Rosvooroujenie.

Le financier accusa le choc, ses épaules se voûtèrent. Malko se leva et conclut avec une ironie plus marquée :

— Je suis désolé de vous avoir apporté de si mauvaises nouvelles.

— Asseyez-vous ! lança Simion Gourevitch d'une voix blanche.

Quand Malko se fut rassis face à lui, il demanda, les yeux dans les siens :

— Que voulez-vous *vraiment ?*

Le pouls de Malko augmenta légèrement. On y était. Le *vrai* dialogue commençait. Il répliqua calmement :

— Dans l'idéal, monsieur Gourevitch, nous aimerions vous voir répondre de ces crimes devant une cour de justice, mais je ne suis pas naïf. Ici, vous jouissez de protections qui vous rendent pratiquement intouchable, le passé l'a prouvé. Vous possédez un passeport israélien et vous pouvez vous réfugier en Israël, d'où personne ne vous extradera. De plus, nous ne sommes pas certains que vous ayez voulu la mort de ces cinq agents de la CIA. Quant aux deux attentats de Moscou, ils ne tombent pas sous notre juridiction… Donc, nous vous accordons le bénéfice du doute.

— C'est-à-dire ? croassa le financier.

— Nous voulons que Maxim Gogorski paie pour ce crime. Si c'est le cas, nous considérerons l'affaire comme classée, en ce qui nous concerne, et les documents que je vous ai montrés demeureront à tout jamais enfouis dans nos archives. Seulement, nous ne pouvons pas attendre très longtemps. Quarante-huit heures est un maximum. Il serait évidemment *très* maladroit qu'entre-temps, Maxim Gogorski s'évanouisse dans la nature.

Il se leva. Avant même qu'il ait atteint la porte, Simion Gourevitch lui lança :

— Je vais étudier ce dossier de très près.

Il le raccompagna lui-même jusqu'à la porte. En se retrouvant dans la rue Novokournetzkaïa, Malko se dit avec satisfaction qu'il venait d'enfoncer le premier clou dans le cercueil de Maxim Gogorski.

Mais ce n'était que le commencement de la fin.

*
* *

La porte claqua plus fort que d'habitude, ce qui fit sursauter Elena. Quand Simion Gourevitch était nerveux, c'était toujours mauvais signe… Il surgit dans le living rutilant, jeta à la volée sa serviette de cuir sur le profond canapé recouvert de tissu Versace, alla au bar en laque noire, y prit une bouteille de Defender « Cinq ans d'âge » et s'en servit une large rasade avant de se laisser tomber à côté d'Elena, le visage sombre. Celle-ci, qui venait de choisir quelques nouveaux meubles dans le catalogue de Claude Dalle, le referma et se dit que ce n'était pas le moment d'aborder le sujet.

— Ce salaud de Maxim m'a foutu dans la merde ! annonça-t-il sombrement.

— Lui ! Mais il t'est tout dévoué.

Il lui raconta tout et Elena l'écouta calmement. Sans trop

de surprise. Les Américains étaient très forts. Elle ne pleurerait pas Gogorski, la seule personne capable de l'impliquer dans l'attentat de Monte-Carlo. Elle se força à sourire.

— Tout va bien se passer ! Gogorski est au courant ?

— Non, dit-il. Heureusement.

— Alors, conclut-elle, cela ne devrait pas poser trop de problème, si on agit vite.

Il se tourna vers elle.

— J'ai besoin de toi.

— Tout ce que tu veux, dit-elle simplement.

Il posa sa main sur sa cuisse.

— Dès qu'on a fait le ménage, on file quelques jours à Eilat. Et, en passant, on s'arrêtera place Vendôme.

Il connaissait le goût d'Elena pour les bijoux, de préférence de bonne provenance. Bien sûr, l'élimination de Maxim Gogorski ne résolvait pas *tous* les problèmes, mais il fallait parer au plus pressé.

— Je vais ouvrir une boîte de caviar, proposa la jeune femme, on vient d'en apporter du Kazakhstan.

— Prépare-moi plutôt des harengs, fit Simion Gourevitch qui avait gardé de sa jeunesse difficile des goûts simples.

*

* *

Elena fumait une Sabranie, appuyée à un cercueil italien proposé pour la somme énorme de mille cinq cents dollars. Seuls, les mafieux pouvaient s'offrir un tel luxe. Les Russes moyens se faisaient enterrer dans des cercueils de carton et de papier, nettement moins onéreux. Le magasin d'exposition de Ritual Elite dans Bolchaïasevitskaïa, juste après le pont sur la Yanza, un affluent de la Moskva, ne payait pas de mine. Un plafond si bas qu'on pouvait le toucher de la main et des cercueils entassés en vrac, même les plus beaux modèles. Le bureau était au fond et, dans la cour, trois vieilles *babouchkas* fabriquaient à longueur de journée des couronnes. La jeune femme regarda le cadran rose piqueté de diamants de sa Breitling. Maxim Gogorski n'arrivait pas. Prise d'une brusque angoisse, elle appela Simion Gourevitch sur son portable.

— Il est en retard…

— Ne t'inquiète pas, il vient de Joukovska et il y a de la circulation, assura le financier.

La veille au soir, Elena avait appelé Maxim Gogorski chez lui. Pour l'avertir que Grigori Jabloko serait exceptionnellement à Moscou et qu'il le rencontrerait à l'endroit habituel.

Le mafieux russe possédait une chaîne de magasins de pompes funèbres réservés aux riches et aux mafieux. Ce qui en faisait un circuit « intégré ». À chaque réglement de comptes, il gagnait un petit supplément. À chacun de ses voyages à Moscou, il récupérait le cash généré par ce petit business et y rencontrait discrètement ses interlocuteurs.

Elena sursauta.

La porte de la rue venait de s'ouvrir en grinçant. Elle aperçut à contre-jour la silhouette de Maxim Gogorski. Ce dernier referma la porte et cligna des yeux dans la pénombre. Elle s'avança vers lui.

— Maxim ! Tu es en retard !

— Oui, je sais, grommela l'ex-officier du GRU, il y a des « check-points » partout. J'ai perdu un temps fou sur Koutouzovski. Grigori est arrivé ?

— Oui, il t'attend dans le bureau.

Il s'arrêta à sa hauteur et eut un sourire flatteur.

— Tu es magnifique, ce matin.

Elena portait un manteau léger avec deux grandes poches, très long et, dessous, une de ses minis affolantes cachant à peine le quart de ses cuisses. Elle s'effaça pour le laisser passer.

— *Pajolsk.*

Il se glissa dans l'étroit passage encombré de cercueils empilés. À peine l'eut-il dépassée qu'Elena sortit la main droite de sa poche. Elle serrait un petit revolver Smith & Wesson calibre 38. Elle tendit le bras et, à bout portant, tira une balle dans la nuque de Maxim Gogorski. Il plongea en avant, sans un cri, comme s'il avait trébuché, et resta à plat ventre sur le plancher poussiéreux. Calmement, Elena s'approcha et, penché sur lui, tira encore deux projectiles qui firent exploser l'arrière du crâne. Une large mare de sang commença à s'élargir autour de sa tête, mangeant la poussière. Elena remit l'arme au canon brûlant dans la poche de son manteau et appela :

— Sacha ! Vladimir !

Deux des gardes du corps de Simion Gourevitch surgirent du bureau, indifférents. Ils avaient vu trop de cadavres pour s'émouvoir. Elena leur désigna un magnifique cercueil de chêne à mille deux cents dollars, avec un couvercle en deux parties, dont une transparente, permettant d'apercevoir le visage du mort.

— Mettez-le là-dedans, ordonna-t-elle.

Ils soulevèrent le corps et le basculèrent dans le cercueil. Quand il y fut installé, Elena le fouilla, s'assurant qu'il n'y avait rien de compromettant, et referma le couvercle.

— Allez directement au crématorium, ordonna-t-elle en leur tendant une liasse de billets. Emmenez aussi sa voiture et déposez-la chez lui ensuite.

Ils prirent le cercueil à deux et se dirigèrent vers la rue. Leur camionnette était garée le long du trottoir. Leur sortie passa totalement inaperçue. Quoi de plus normal que de voir un cercueil quitter une entreprise de pompes funèbres ? Elena alluma une Sabranie avec son Zippo endiamanté et composa le numéro du financier sur son portable.

— Tout va bien, annonça-t-elle. Notre ami vient de repartir.

— *Karacho !* approuva Simion Gourevitch, soulagé. Reviens vite.

Pour cette expédition, il lui avait recommandé de prendre sa petite Mercedes, sans le chauffeur. C'était la première fois qu'elle tuait quelqu'un et elle avait trouvé cela remarquablement facile. Comme dans les films. Le visage de Maxim Gogorski massacré par les trous de sortie des projectiles ne l'avait pas émue. Il est vrai qu'elle possédait une sensibilité peu développée. En plus, elle venait de supprimer le seul témoin capable de l'incriminer directement.

Dans la cour, les trois vieilles confectionnaient toujours leurs couronnes. Elena leur lança joyeusement :

— *Dosvidania, babouchkas !*

— *Dosvidania, gospodina !* lancèrent-elles en chœur.

Elles avaient entendu les coups de feu mais n'étaient pas payées pour poser des questions. Vu le nombre d'entreprises qui payaient leur personnel en nature, elles préféraient toucher de beaux et bons roubles que des cercueils, plus difficiles à revendre que les peluches d'une usine de la banlieue de Moscou, qui réglait ainsi son personnel.

*

* *

Elena s'arrêta net en sortant de Ritual Elite. Une voiture était garée non loin de la sienne, un homme au volant. L'agent de la CIA. L'adrénaline se rua dans ses artères. Comment était-il là ? Et pourquoi ? Il avait probablement entendu les coups de feu. Affolée, elle n'arrivait plus à bouger. Puis, elle constata que la camionnette transportant le cercueil ainsi que la Neva de Gogorski n'étaient plus là, et son pouls se calma un peu. Pas de mort, pas de crime. Faisant comme si elle ne l'avait pas reconnu, elle se dirigea vers la Mercedes. L'agent de la CIA sortit alors de sa voiture et vint vers elle.

— Vous fréquentez des endroits pas très gais, Elena, remarqua-t-il d'un ton léger.

Elle lui adressa son sourire le plus ravageur.

— Je devais commander un cercueil pour un ami qui nous a quittés. Et vous, que faites-vous là ?

— Je vous attendais. Avez-vous une minute à m'accorder ?

Elena eut une moue volontairement sexy, tout en le maudissant intérieurement.

— Une minute, pas plus. Après, je vais au « banya ». Vous venez dans ma voiture ?

Il restait trois cartouches dans le barillet du Smith & Wesson. S'il devenait agaçant, elle pouvait s'en débarrasser facilement.

— Plutôt dans la mienne, suggéra Malko. C'est plus sûr.

— Plus sûr ?

— Je vous expliquerai. Nous n'en avons pas pour longtemps...

— *Karacho.*

Il lui tint la portière ouverte et vint ensuite s'installer au volant. Ils se trouvaient à une trentaine de mètres derrière la Mercedes. Elena alluma une nouvelle Sabranie multicolore et demanda :

— Alors, que voulez-vous ?

— Vous rendre un important service.

— Un service ? Pourquoi ?

— Parce que vous venez de m'en rendre un, expliqua Malko avec un sourire froid.

— Moi ?

— Oui. Vous venez d'abattre Maxim Gogorski. L'assassin, comme vous le savez, de cinq Américains. Celui que j'étais chargé de liquider. J'ai même vu passer son cercueil. Et avant, j'ai entendu les trois coups de feu. Bravo.

Elle le regardait, tétanisée, sans savoir où il voulait en venir. Finalement, elle retrouva sa voix.

— Je ne sais pas ce que vous voulez dire, prétendit-elle. Je n'ai tué personne.

Instinctivement, son index s'était crispé sur la détente du 38, au fond de sa poche. Mais Malko balaya ses dénégations d'un geste léger.

— Peu importe, Elena. Comme vous m'avez débarrassé de Gogorski, je voulais seulement vous avertir que vous êtes la prochaine à disparaître...

Les prunelles de la jeune femme se rétrécirent et elle demanda d'une voix encore plus rauque :

— Qu'est-ce que vous voulez dire ?

— Votre ami Simion, celui qui vous a demandé le service de tuer Maxim Gogorski, vous pensez vraiment qu'il vous veut du bien ?

Elle n'eut pas le temps de répondre. Une explosion violente secoua la rue calme. La Mercedes d'Elena décolla du sol dans un nuage de flammes et de fumée noire, avant de retomber, transformée en brasier, privée de son capot, la portière avant gauche arrachée. Elena, hébétée, regardait les flammes qui s'élevaient des débris de sa Mercedes.

— Voilà pourquoi je ne voulais pas aller dans votre voiture, fit placidement Malko. Vous étiez programmée pour sauter juste après le pont. Je sais qu'on se sort parfois vivant de ces attentats, mais en très mauvais état. Pour une aussi jolie femme que vous, c'eût été dommage.

Elena, livide, la mâchoire serrée, regardait sa voiture brûler. On entendit une sirène de pompiers qui se rapprochait. Les badauds commençaient à s'attrouper à une distance respectueuse. Malko mit en marche et démarra, contournant l'épave en feu.

— Je vous raccompagne, dit-il. Mais je crains que la prochaine fois ne soit la bonne. Vous représentez un risque pour Simion Gourevitch. Il a envie de dormir tranquille, il faut le comprendre...

Elena mit bien cinq minutes à retrouver la parole. Tournée vers Malko, elle demanda d'une voix croassante :

— Vous me conduisez où ?

— Où vous voudrez. Vous ne devez pas le retrouver à Novokournetzkaïa ?

— Mais si ce que vous dites est vrai, il va me tuer ! protesta Elena.

Malko hocha la tête, compatissant.

— C'est une hypothèse hautement probable, mais je ne suis pas chargé de veiller sur vous.

Elena, affolée, posa la main sur son bras.

— Attendez ! Arrêtez-vous.

Il obéit, s'arrêtant le long du trottoir. Elle sortit une cigarette et l'alluma d'une main tremblante, avant de demander :

— Comment avez-vous su ?

— Très simplement. Je vous faisais surveiller depuis hier soir, après ma visite à Gourevitch où je lui ai appris que j'avais identifié Maxim Gogorski. Je pensais bien qu'il allait *vous* demander de l'éliminer. Et ensuite, en faire autant avec vous. Afin d'en terminer avec cette histoire désagréable. Cette nuit, quelqu'un est venu placer quelque chose sous votre voiture. Je me suis douté qu'il s'agissait d'une charge explosive, mais j'étais certain que rien ne vous arriverait *avant* que vous n'ayez rempli votre mission. Désormais, une femme prévenue en vaut deux. Je suppose que vous avez les moyens de vous protéger.

Elena écrasa sauvagement sa cigarette dans le cendrier, avec un rictus qui la rendait presque laide.

— Non, dit-elle.

— Dans ce cas, fit Malko, évasif, vous devriez fuir.

— Accepteriez-vous de me protéger ? demanda-t-elle brutalement.

— Je vous ai dit que ce n'était pas mon métier…

— Je parle d'une vraie protection, comme dans les films.

— C'est-à-dire ?

— Vous lc savez bien. Vos amis américains le peuvent.

— Pourquoi le feraient-ils ?

— J'ai quelque chose qui les intéresse.

— Quoi ?

— Ce qu'Igor Zakayev devait leur remettre. C'est pour ça qu'il a été liquidé. J'ai accès au coffre et j'ai la clef. Il me l'avait donnée par précaution…

Malko la regarda pensivement.

— C'est une précaution qui va peut-être vous sauver la vie, Elena. Je vois que vous comprenez vite.

— Emmenez-moi à l'ambassade américaine, dit-elle d'une voix blanche. Tout de suite.

*

* *

L'hôtel *Dolder* était toujours aussi calme, isolé dans les bois sur une colline dominant le lac de Zurich. Malko leva sa coupe de champagne en direction d'Elena, assise en face de lui.

— À votre nouvelle vie, Elena !

Ils étaient peu nombreux dans la grande salle à manger solennelle, dont les baies vitrées donnaient sur la ville. Arrivée la veille en Falcon 2000 appartenant à la *Company*, Elena était sortie de Russie avec un faux passeport fourni par la CIA, encadrée de « baby-sitters ». Elle n'était même pas repassée chez elle avant de quitter la Russie. Disparue de la surface de la terre, comme partie sur une autre planète. Elle ignorait bien sûr la manip de Malko : c'est un agent de la CIA qui avait placé une charge explosive sous sa voiture, durant la nuit. Une charge télécommandée qu'on avait fait exploser au moment psychologique.

Le piège avait fonctionné... Depuis le début, Malko et la CIA savaient qu'elle avait accès aux précieux documents, sans avoir le moyen de la contraindre à les donner. Il fallait qu'elle les offre...

Malko se reversa un peu de Taittinger Comtes de Champagne Rosé 1993. À une table non loin d'eux, quatre hommes finissaient de dîner : les « baby-sitters » qui allaient, le lendemain, emmener Elena vers son nouveau destin. Une nouvelle identité, un nouveau domicile. Malko lui-même ignorait ce qu'elle deviendrait. Ils avaient passé la journée au Crédit Suisse. Elena avait viré de ses comptes sept millions huit cent cinquante mille dollars sur un compte de la CIA, d'où l'argent repartirait vers sa nouvelle identité.

Quant à Malko, il s'était livré, aidé d'un conseiller financier de la CIA, à diverses manipulations amusantes. Jonglant entre les comptes des dizaines de « coquilles » offshore qui géraient la fortune des clients d'Igor Zakayev. Simion Gourevitch en faisait partie. Malko avait envoyé à différentes banques des avis de transfert qui risquaient de faire quelques vagues. Dont un virement de quatre millions de dollars au crédit d'un compte dont Leila lui avait communiqué les coordonnées. Economisant aussi quatre millions de dollars à la CIA. Quant à la jeune femme, elle était repartie pour le Caucase, en compagnie de Mukhit Saitakov et d'Achemez Gotchiyayev.

Moralement, c'était choquant, mais il n'y avait pas d'autre solution.

Maintenant, c'était la détente. Avant de quitter l'Europe, Elena s'était acheté une robe longue d'Alaya qui lui allait magnifiquement. Elle avait soigné le maquillage de sa bouche rouge, ses cheveux semblaient vernis et les rares mâles encore en état de bander dans la salle à manger du *Dolder* enviaient Malko.

— Qu'allez-vous faire ? demanda Malko.

Elena sourit.

— Rien, je pense. Respirer. Profiter du soleil. J'adore le soleil.

La salle à manger s'était vidée, sauf les « baby-sitters ». On se couche tôt à Zurich. Elena quitta la table la première, ce qui permit à Malko d'admirer sa chute de reins mise en valeur par la robe collante. Ils avaient évidemment deux chambres séparées. Elena s'arrêta devant la porte de la sienne et se retourna vers Malko.

— Je ne pense pas vous revoir...

— Je ne pense pas non plus...

Elle le regardait pensivement, oubliant d'être en représentation. Très belle avec sa grosse bouche rouge et le casque noir de ses cheveux.

— Vous m'avez sauvé la vie, dit pensivement Elena. Je voudrais vous remercier.

— Comment ? demanda gaiement Malko, plutôt euphorique après le succès de sa manip et la dernière bombe à retardement qu'il avait lancée dans l'après-midi.

— Je ne vois qu'une façon, fit la jeune femme de sa voix rauque.

Sa bouche s'écrasa lentement sur celle de Malko tandis qu'elle s'abandonnait contre lui. D'abord, il ne réagit pas. Elena traînait trop de galères sulfureuses derrière elle et sa sincérité était évidemment sujette à caution. Pourtant, elle n'avait rien à demander. Et lui, ironie du destin, il ne lui avait même pas sauvé la vie. C'était elle qui lui avait rendu un sacré service. Alors, pourquoi ne pas en profiter ?

*

* *

Ils avaient continué dans la chambre ce qu'ils avaient commencé dans le couloir. Soudés l'un à l'autre. Un flirt torride. Malko avait découvert que sous sa robe, Elena portait des bas, ce qui prouvait sa préméditation ! Sa robe glissa et elle apparut comme une vision des années cinquante, en soutien-gorge, slip et porte-jarretelles noirs, avec de longs bas brillants montant haut sur les cuisses.

Sur le lit, d'un geste gracieux, Elena fit glisser sa culotte le long de ses jambes. Puis, elle s'attaqua à lui, une fellation d'une douceur et d'une habileté à vous arracher des frissons. Elle se renversa ensuite sur le dos et dit de sa voix rauque :

— Caresse-moi.

Malko lui obéit et, rapidement, s'aperçut qu'elle réagissait au ballet de ses doigts. Ses reins se creusaient, elle respirait plus vite, ses mains se crispaient sur les draps, et surtout, elle était de plus en plus humide. Soudain, elle poussa un râle.

— Continue ! Continue ! Je vais jouir.

Il la sentit s'arquer et elle exhala un cri bref, avant de retomber, apaisée.

— Il y avait très, très longtemps que je n'avais pas joui aussi bien, avoua-t-elle. Depuis l'époque où je me caressais dans mon lit de jeune fille. Je m'étais mise entre parenthèses. C'est bon signe pour ma vie future, ajouta-t-elle en riant.

Comme un peu honteuse de cet intermède, elle replongea sur son sexe, toujours aussi habile. Et c'est d'un ton particulièrement naturel qu'elle demanda un peu plus tard à Malko :

— Comment veux-tu jouir ? Dans ma bouche, dans mon ventre ou entre mes fesses ?

— Laisse-moi te faire la surprise, fit Malko.

Il lui échappa, ce qui éliminait déjà une de ses offres, puis, gentiment, il l'installa à quatre pattes. D'elle-même, Elena prit ses fesses à deux mains et les écarta avec une prescience remarquable. Faisant craquer son vernis civilisé, Malko se plaça et, d'un seul trait, la sodomisa jusqu'au fond des reins. Comme un reître. Une sensation si forte qu'il en explosa presque aussitôt.

Docile, Elena se cambra pour qu'il puisse profiter jusqu'à la dernière seconde de son offrande. Elle commençait bien sa nouvelle vie.

*

* *

Simion Gourevitch hurlait dans son portable, arpentant son bureau comme un malade.

— Mais, Doudaiev, je n'ai rien fait ! *Bolchemoi !* Je te le jure, sur la tête de ma mère !

— Ta mère est une chienne de putain qui a enfanté un porc ! répliqua aimablement son interlocuteur. Tu ne pourras jamais t'empêcher de voler ! Je m'attendais à ce que tu me fournisses une *bonne* explication. *Dobrevece.*

C'est lui qui coupa la communication. Simion Gourevitch se laissa tomber sur un siège, épuisé. En pleine crise d'hépatite, il avait l'impression de monter le Golgotha. D'abord, la disparition brutale d'Elena. Personne ne l'avait revue après sa sortie de Ritual Elite. Sa voiture avait explosé en face et le financier ne s'expliquait pas comment. Son portable était coupé. Elle n'avait pas reparu et tous ses amis au FSB n'avaient rien pu lui dire. Comme si elle avait disparu de la surface de la terre. Il n'était pas remis de ce choc qu'il avait reçu un coup de fil furieux d'un de ses associés tchétchènes, qui lui demandait pourquoi il avait vidé le compte de sa société, aux Bahamas, alors justement qu'il allait acheter des armes ! Simion Gourevitch avait juré ses grands dieux qu'il n'avait rien fait de tel. Il avait appelé la banque qui lui avait confirmé qu'une demande de transfert avait bien été faite avec son code personnel...

Le téléphone sonna de nouveau. C'était Doudaiev, son ami tchétchène.

— Je me suis mis en colère, dit-il, j'ai eu tort. Je t'attends à l'hôtel *Saliout* dans une heure, pour qu'on s'explique.

— *Karacho! Karacho!* fit Gourevitch, soulagé. J'arrive.

Le temps de ramasser ses papiers, il bondit hors de son bureau et jeta au chauffeur :

— Au *Saliout!*

Une demi-heure plus tard, il pénétra dans le parking du *Saliout* où un vigile lui indiqua une place pour se garer. Il avait la main sur la portière lorsque l'Opel Rekord orange garée à sa droite explosa dans un fracas assourdissant. Son chauffeur, ses deux gardes du corps et trois passants qui s'apprêtaient à reprendre leurs voitures furent balayés par le souffle de la déflagration. Le visage en sang, un bras cassé, des brûlures partout, Simion Gourevitch parvint à faire quelques pas et s'effondra devant l'hôtel. Quelqu'un éteignit sa veste qui brûlait, mais il était déjà évanoui.

*

* *

Le glas sonnait pour Raissa Gorbatcheva au clocher doré du monastère de Novodievitchi, sous un radieux ciel bleu. La foule attendait, massée derrière les barrières afin de voir arriver les officiels accompagnant la dépouille funèbre. Des miliciens grouillaient partout. La limousine de l'ambassadeur des États-Unis, où Malko était assis à côté d'Austin Redd, s'arrêta devant l'entrée de la petite église. Ils descendirent tous pour rejoindre la nef où se trouvait déjà la famille Gorbatchev. Austin Redd se pencha vers Malko.

— C'est lui, le grand au deuxième rang. Alexandre Volochine, chef de l'administration du Kremlin.

La femme de Boris Eltsine était, elle aussi, à côté de Gorbatchev, dont le visage était ravagé par la souffrance. Si les Russes avaient été nombreux à saluer la dépouille mortelle de Raissa, c'est qu'ils aimaient les histoires d'amour. La télé filma le moment où l'ancien président de ex-URSS se penchait et embrassait une dernière fois le visage de sa femme, morte d'une leucémie trois jours plus tôt, avant de refermer le cercueil.

La cérémonie fut brève, tout le monde se dirigea ensuite vers le cimetière situé derrière l'église. Là reposaient les héros de l'Union soviétique, artistes, savants, astronautes, maréchaux, apparatchiks, sous des stèles parfois totalement kitsch. On mit en terre le cercueil aussitôt recouvert de monceaux de fleurs. Pas de public, juste les officiels et le gouvernement. Au moment où la cérémonie se terminait, Austin Redd s'approcha d'Alexandre Volochine et dit à mi-voix :

— Voilà le dossier dont je vous ai parlé. J'espère qu'il vous sera utile.

Le Russe prit le dossier sans un mot et remercia d'un sourire froid.

C'était la copie des documents retirés de la banque de Zurich. La liste des *véritables* bénéficiaires des détournements de fonds depuis 1995. En tout, onze milliards de dollars, dont une bonne partie avait profité à la « Famille ». Désormais, le Kremlin savait que les Américains savaient et avait intérêt à garder un profil bas. S'il y avait des fuites, ces fuites-là seraient infiniment plus dommageables que les révélations sur les détournements, toujours un peu abstraits. Au cas où les gens du Kremlin auraient la mauvaise idée d'annuler ou de truquer les élections, les révélations fuseraient…

Malko se sentait bien. Après son échec en Yougoslavie, il avait gagné cette fois-là. Contre des adversaires coriaces.

La foule se dispersait.

Soudain, Malko vit arriver dans l'allée un homme en costume sombre, un maigre bouquet de roses à la main. Evgueni Primakov, ancien directeur du KGB, ancien ministre des Affaires étrangères d'URSS, ancien Premier ministre de Boris Eltsine. Impassible, il croisa le cortège des officiels qui repartait.

Austin Redd se pencha vers Malko et dit à voix basse :

— Grâce à nous, voilà le prochain président de la Russie.

IMPRIMÉ EN FRANCE PAR BRODARD ET TAUPIN
1668X – La Flèche (Sarthe), le 24-12-1999
Dépôt légal : janvier 2000

VAUVENARGUES – 14, rue Léonce Reynaud – 75116 Paris
Tél. : 01.40.70.95.57